KB078064

스킬스
SKILLS

스킬스 1
류화수 퓨전 판타지 소설

초판 1쇄 찍은 날 § 2015년 9월 16일
초판 1쇄 펴낸 날 § 2015년 9월 23일

지은이 § 류화수
펴낸이 § 서경석

편집책임 § 고승진

펴낸곳 § 도서출판 청어람
등록번호 § 제387-1999-000006호
등록일자 § 1999. 5. 31
어람번호 § 제1-2232호

주소 § 경기도 부천시 원미구 부일로 483번길 40 서경B/D 3F (우) 14640
전화 § 032-656-4452 팩스 § 032-656-4453
http://www.chungeoram.com
E-mail § chungeorambook@daum.net

ⓒ 류화수, 2015

ISBN 979-11-04-90414-1 04810
ISBN 979-11-04-90413-4 (세트)

류화수 퓨전 판타지 소설

FUSION FANTASTIC STORY

스킬스 ①

SKILLS

SKILLS

CONTENTS

Chapter 1

골든 메달리스트

사람이 가진 힘은 강하다고 할 수는 없다.

야산을 뛰어다니는 들개를 이길 수 있는 사람이 얼마나 될까?

들개는 사체의 뼈까지 씹어 먹을 수 있는 강력한 이빨과 발톱을 가지고 있다.

사람의 이빨은 들개에 비해 너무도 약하다. 그리고 손톱은 너무도 쉽게 부서진다.

하지만 사람은 동물보다 뛰어난 능력을 가지고 있다.

도구.

사람이 동물보다 더 우월하게 된 계기는 도구의 발견과 발전이었다.

간단한 돌도끼부터 철제 무기까지.

무기의 힘은 사람을 피라미드 구조의 최상층부를 차지하게 해 주었다.

하지만 그 무기를 제작하는 사람들이 좋은 대우를 받고 있는지는 의문이다.

가장 중요한 직업군이지만 존경받지 못하는 직업.

그들을 우리는 장인이라고 부른다.

*　　　　*　　　　*

우리나라에서 군 면제를 받기 위해서는 신체에 하자가 있거나 정신적인 문제가 있어야 하는데 그렇지 않으면 어렵다.

하지만 한 분야에 특별한 재주가 있다면 얘기가 달라진다.

올림픽 같은 세계 대회에서 입상을 하게 되면 국위 선양을 이유로 군 면제를 받게 된다.

최진기도 그런 경우였다. 세계 대회에서 메달을 획득하여 군 면제를 받았다.

그는 올림픽이나 아시안게임 같은 스포츠가 아닌 세계 기능 올림픽 금형 부문 금메달리스트였다.

41회 대회 중에 우리나라가 열일곱 번이나 종합 우승한 세계 기능 올림픽은 세계 대회에서 금메달을 따는 것보다 전국 예선을 뚫는 것이 더 어렵다는 볼멘소리가 나올 정도였다.

특히 금형 부문에서는 우리나라의 독주를 다른 나라에서 막아내지 못하고 있었다.

대회에서 기술자들은 기계의 도움 없이 손의 감각만으로 0.01 ㎜의 오차 없이 금형을 만들어내야 한다.

금형은 산업과 함께 발전하고 있었다.

자동차뿐만 아니라 휴대폰 모든 전자제품에서 금형이 필요했다.

금형은 붕어빵의 틀과 같은 역할을 한다.

원하는 형태의 틀을 만들어 그 안에 철판만 집어넣으면 제품이 완성되는 것이다.

대량생산을 위해서는 금형이 필수였다. 세계 어디를 가도 금형 기술자들의 몸값은 높았고 따라서 금형 부문 금메달을 딴 최진기의 몸값도 당연히 뛰어올랐다.

그런 그를 잡기 위해 많은 기업에서 러브콜을 했고 이제 갓 성인이 된 최진기는 세계 시장에서 이름을 날리는 회사의 금형 사업부의 최연소 직원이 되었다.

다른 친구들은 대학을 가거나 군대를 가는 등 취업을 위한 활동을 하고 있을 때 그는 적지 않은 금액의 계약금과 연봉을 받으며 사회에 뛰어들게 되었다.

"어머니, 걱정하지 마세요. 제가 어디를 가도 굶어 죽지는 않는 놈이라는 거 잘 알고 계시잖아요. 이렇게 울상을 지으시니 제가 어떻게 마음 편하게 러시아로 가겠어요."

최진기가 살고 있는 집에서는 여러 가지 표정을 짓고 있는 가족들이 자리를 잡고 있었다.

슬퍼하고 있는 어머니.

자신의 오빠 방을 자신의 방으로 삼을 기대에 부풀어 있는 여동생.

어리게만 생각했던 자식이 길을 찾아 자신의 품을 떠난다는 것이 믿기지 않는 아버지.

모두 다른 생각을 하고 있었지만 하나의 공통된 감정을 가지고 있었다.

먼 길을 떠나는 최진기에 대한 걱정.

"오빠, 내일부터 내가 오빠 방 써도 된다고 했다. 나중에 딴말하면 안 돼."

"언제는 내 방 네가 안 썼냐. 대회 준비한다고 합숙을 밥 먹듯이 했었는데. 그동안 내 방을 나보다 네가 더 많이 썼잖아."

"그래도 이번은 다르지. 이전에는 빌려 쓴 거라면 지금부터는 온전히 내 방이 되는 거잖아."

들뜬 여동생은 앞으로 자신의 방이 될 최진기의 방의 짐을 창고로 벌써부터 옮기려고 하고 있었다.

"딸, 너는 오빠가 내일 러시아로 간다는데 걱정도 안 되는 거니?"

"엄마는 참. 오빠가 어련히 알아서 하겠지. 오빠가 어디 가서 굶어 죽지는 않을 거라는 거 잘 알고 있잖아. 맞아 죽으면 몰라도 굶어 죽지는 않을 사람이 오빠잖아. 진짜 독하기는 얼마나 독한지. 사람이 좀 유들유들한 맛이 있어야지."

"어머니, 진짜 걱정 안 하셔도 됩니다. 잠시 해외 지사 견학을 가는 것뿐이에요. 고작 3주 출장인데, 남들이 보면 군대라도 가는 줄 알겠어요."

최진기가 다니게 될 회사는 유럽 지역에서 이름을 날리고 있었고, 이번에 새롭게 러시아에 지사를 만들었다.

러시아 시장의 발전 가능성을 보고 한 결정이었다.

회사의 미래가 달린 결정이기도 했다. 러시아 시장에서의 성공은 향후 30년 동안의 회사 발전이 달려 있는 일이기도 했다.

그랬기에 회사의 임원들은 러시아 지사에 대한 관심이 컸고, 최진기를 비롯한 신입 사원들을 러시아 지사로 견학을 보내기로 결정을 내렸다.

현장을 모르고 사무실에 앉아 탁상공론만 하는 것을 원하지 않았기에 가장 힘들고 낙후된 러시아 지사에 신입 사원들을 보내는 것이었다.

최진기는 가족들의 배웅을 받으며 공항으로 향했고, 공항에는 이미 자신을 기다리고 있는 러시아 지부의 사람들이 기다리고 있었다.

"안녕하십니까. 이번에 금형 사업부에 발령받은 최진기입니다."

"그래, 자네 얘기는 많이 들었어. 기능 올림픽 금메달리스트라고?"

"그렇습니다. 좋게 봐주셔서 감사합니다."

"역시 금메달을 따는 이유가 있어. 자네가 가장 먼저 공항에 도착했다네. 신입은 이렇게 부지런한 맛이 있어야지. 이거, 원."

러시아 지사에서 기술 영업 과장직을 맡고 있는 황성준 과장은 만만치 않아 보였다.

 몇 마디 말을 하지도 않았지만 그가 얼마나 감정 기복이 심한 사람인지 알 수 있었다.

 황성준 과장은 회사 내에서도 유명한 인사였다.

 자신의 직속 상사와는 물론이고 다른 부서 상사와도 항상 트러블을 일으키는 사람이었기 때문에 그를 좋아하는 사람은 별로 없었다.

 하지만 그의 업무 능력은 모두가 인정하는 부분이었다. 그랬기에 회사의 미래가 달린 러시아 지사에 그가 파견된 것이었다.

 워크 홀릭.

 40대를 훌쩍 넘긴 그였지만 그는 가정을 꾸릴 생각도 하지 않고 일에만 매달렸다.

 잔업, 야근은 물론이고 주말까지 반납하고 회사와 거래처를 들쑤시고 다니는 그였다.

 거래처 사람들은 그를 피해 도망 다니기까지 했었다.

 깐깐하기로 소문난 그의 표정이 안 좋게 바뀌고 있었다.

 '신입 사원들이 늦게 와서 삐졌네. 아직 약속 시간이 30분도 넘게 남았는데······.'

 수많은 사람이 이용하는 인천공항.

 전국은 물론이고 세계에서도 손꼽힐 정도로 많은 사람들이 이용하는 공항이었기에 자동문이 끊임없이 열리고 닫히고 있었다.

 그리고 지금 4명의 사람들이 여유롭게 들어오고 있었다.

'빨리 오시라고요. 지금 그렇게 여유 부리다가는 여기 앞에 있는 황 과장이 폭발할 거 같네요.'

어떤 회사든지 신입 사원의 기본 교육을 중시했고, 특히 최진기가 입사하게 된 세진글로벌은 사원의 인성 교육을 중요시했다.

세진글로벌의 회장인 김민도는 역술을 강하게 믿었다.

회사를 지을 위치를 정할 때 역술인과 풍수지리가를 대동하는 것은 물론이고 신입 사원을 뽑을 때도 그들의 힘을 빌렸다.

들리는 소문에 의하면 손가락이 길다고 스펙이 좋은 면접자를 떨어뜨리기도 했다고 한다.

손이 길면 딴따라가 될 가능성이 높다는 이유였다.

그렇게 역술인의 도움을 받아 입사하게 된 그들은 한 달간의 신입 사원 교육을 수료했다.

각 부서의 실세들이 하는 교육은 신입 사원들의 입을 바싹 마르게 만들기 충분했고 그중 황 과장이 실시했던 기술 영업 교육은 살벌했다.

인사도 생략하고 오로지 자신의 할 말만 하고 교육을 마쳤던 황 과장이었기에 최진기도 지금 처음 그와 인사를 나눈 것이었다.

"반갑습니다. 공채 38기 유연상입니다."

후덕한 체형을 가진 유연상이 가장 먼저 황 과장에게 걸어가 인사를 했다.

그는 사람 좋은 미소를 지으며 황 과장에게 웃으며 인사를 했지만 돌아오는 반응은 그의 예상과 달랐다.

"요즘 신입 사원들은 시간 개념이 좋지 않군. 선임들을 20분이나 기다리게 하고 말이야."

황 과장의 말 한마디에 한 번도 가보지 않은 러시아로 간다는 생각에 부푼 가슴을 진정시키지 못하고 있던 신입 사원들의 심장이 한순간에 쪼그라들었다.

"죄송합니다. 약속 시간보다 일찍 도착하려고 노력은 했는데, 기다리고 계실 줄은 몰랐습니다."

"아이고, 내가 미안하네. 괜히 일찍 도착해서 자네를 사과하게 만들었네. 내가 죽일 놈이야."

유연상을 비롯한 다른 신입 사원들의 얼굴이 퍼렇게 질렸다.

그에 비해 최진기는 조금 먼저 왔다는 이유만으로 화를 피할 수 있었다.

역시 되는 사람은 되는 법이다.

"과장님, 지금 체크인하면 될 것 같습니다. 움직이시는 게 어떻겠습니까."

신입 사원들을 구원하는 목소리가 들려왔다.

목소리의 주인공은 황 과장이 유일하게 신임하는 윤 대리였다.

"벌써 시간이 그렇게 되었나? 그래, 체크인하고 간단하게 밥을 먹도록 하지."

세진글로벌의 러시아 지부로 파견을 가는 황 과장과 윤 대리는 삐악삐악거리는 신입 사원들을 인솔해 러시아로 간다는 것을 좋아하지 않았다.

자신의 일만으로도 충분히 바쁜 그들이었고, 유치원 선생 역할까지 해야 되는 것에 짜증이 나는 것이 당연했다.

체크인을 마치고 간단히 편의점에서 허기를 달랜 그들은 항공기에 탑승을 하기 위해 이동했다.

'드디어 출국이다.'

러시아 모스크바로 향하는 항공기는 단 1분의 지연도 없이 제시간에 하늘을 비행하기 시작했다.

한국에서의 5월은 더위가 찾아오는 시기였다. 일부 지역은 30도가 넘는 무더위에 미리 여름을 체험하기도 하는 그런 날씨였다.

하지만 모스크바는 지금 봄이 찾아오고 있었다.

5월의 모스크바.

20도가 넘지 않는 선선한 날씨가 세진글로벌의 직원들을 기다리고 있었다.

"과장님, 바로 회사로 들어가실 생각이십니까? 아니면 숙소로 이동할까요?"

오후 3시.

애매한 시간이었다. 회사로 들어가기에는 늦었고, 그렇다고 숙소로 바로 들어가기에는 이른 시간.

하지만 지금 이들을 인솔하고 있는 것은 황 과장이었다.

그는 워크 홀릭이었고, 당연히 윤 대리가 준 두 가지 선택지 중 전자를 선택했다.

"러시아 지사에 몇 번 와보긴 했지만 한창 공사 중이라 제대로 보지 못했는데 지금 바로 보고 싶어. 바로 회사로 이동하지. 너희 생각은 어때?"

답은 정해져 있어서 신입 사원들이 할 수 있는 대답은 '네'라고 외치는 것 말고는 없었다.

모스크바 구경을 하고 싶은 마음이 굴뚝같은 신입 사원들은 윤 대리가 운전하는 소형 버스에 쥐 죽은 듯이 앉아 러시아 지사로 이동했다.

"아직 완전히 공사가 끝난 것 같지는 않네요. 확실히 전화로만 듣는 거랑 직접 보는 거와는 차이가 크네요."

"그러니까. 한 소리 해야겠어. 화상회의 할 때는 공사가 완전히 끝났다고 하더니. 이게 뭐야? 완전히 개판이잖아!"

"과장님, 진정하세요. 첫날부터 이렇게 열을 내시면 어떻게 하십니까. 오늘은 그냥 인사만 하는 걸로 하죠. 우리가 재촉한다고 해서 촉촉한 시멘트가 마르지는 않습니다."

러시아 지사 공장의 담당자가 급히 달려와 본사에서 나온 황 과장 일행을 안내하기 시작했다.

최진기는 자신이 다니게 될 공장을 구경하는 데 여념이 없었다.

'여기가 러시아 공장이구나. 여기서 일을 할 건 아니지만 그래도 잘 봐둬야겠지. 언젠가는 여기서 일하게 될지도 모르니까.'

신입 사원들이 숙소에 짐을 풀게 된 것은 해가 완전히 지고 어둠이 찾아온 뒤였다.

2인 1실로 구성된 숙소는 호텔은 아니었지만 그래도 모스크바 치고는 깨끗한 방이었다.

최진기와 같이 방을 쓰게 된 사람은 김민재였다.

"첫날부터 이게 무슨 고생이고. 안 그래?"

"몸이 피곤하긴 하지만 앞으로 한 달 동안 지낼 공장을 봐서 나쁘진 않았어요."

"그래, 너는 한창 호기심이 왕성할 나이니까."

공채로 뽑힌 신입 사원의 평균 나이는 26~28살이었다.

김민재는 28살로 가장 나이가 많았다.

특채로 입사하게 된 최진기와는 6살 차이가 났다.

"내가 이런 젖비린내 나는 녀석이랑 같은 방을 써야 해? 이거 방을 바꿔달라고 해야 되나."

최진기를 좋게 보지 않고 있는 김민재였다.

대학교도 나오지 않은 최진기를 무시하고 있는 것이었다.

기능 올림픽 금메달을 수상했다고는 하지만 김민재가 볼 때 최진기는 아직 멋모르고 나대는 꼬맹이일 뿐이었다.

하지만 최진기는 그런 김민재의 반응에 크게 신경 쓰지 않고 있었다.

그는 경쟁에 익숙했다. 지방 예선부터 세계 대회까지 모두 경쟁의 연속이었고 당연히 경쟁자들은 최진기를 좋지 않은 눈으로 바라봤었다.

지금 김민재가 최진기를 바라보고 있는 눈빛처럼.

밤은 빠르게 지나갔다.

비행에 지친 상태에서 발을 바삐 움직여 공장 견학까지 했기에 눈을 언제 감았는지 기억도 하지 못한 채 잠이 들었고 시끄럽게 울리는 알람 소리에 기억이 돌아왔다.

"오늘부터는 현장 실습이다. 모두 정신 바짝 차리도록 해라. 괜히 현장 사람들한테 민폐 끼치지 말고."

대학교까지 나와 현장에서, 그것도 해외에 있는 공장에서 일을 하게 될 거라고는 생각지도 못했던 신입 사원들이었기에 표정이 좋을 수가 없었다.

하지만 최진기는 익숙했다. 고등학교 3년과 대회 준비를 하는 2년 동안 현장에서 살아왔던 터라 조용한 사무실보다 기계들이 끊임없이 소음을 만들어내는 공장이 그에게는 더욱 친숙한 공간이었다.

세진글로벌의 러시아 지사는 금형을 주력 상품으로 만들고 있었다.

금형을 만들기 위해서는 여러 작업이 필요했고 오늘은 금형의 가장 기초가 되는 패턴을 제작하는 공장에 실습을 나왔다.

금형의 틀을 제작하기 위해 스티로폼으로 외형을 만드는 것이 패턴이었다.

최진기는 금형 부문 금메달을 수상하긴 했지만 그도 패턴을 만드는 공장을 방문한 것은 처음이었다.

가공과 제작만을 해왔기에 패턴 공장의 모든 것이 신기한 그였다.

"우리가 왜 여기까지 와서 이런 고생을 해야 되는 건데?"

모두가 다 최진기와 같은 생각을 하고 있는 것은 아니었다.

아니, 최진기만이 유일하게 현장을 즐기고 있었다.

공장 안을 가득 채우고 있는 스티로폼 가루에 모두 입과 코를 가리고 있을 뿐 무언가를 배울 생각 같은 것은 하고 있지 않았다.

최진기는 그들에게서 떨어져 나와 금형 패턴 옆에 있는 도면으로 눈을 돌렸다.

이상했다.

도면과 패턴이 맞지 않았다.

5년 동안 수천 개의 도면을 봤었다. 밥 먹는 것보다 도면을 더 자주 봤었다.

"반장님, 여기 도면하고 패턴이 조금 다른 것 같습니다."

"왜 그렇게 생각하지요?"

"제가 줄자로 재봤는데 도면보다 패턴이 20㎜이상 두껍습니다."

"잘 봤어요. 패턴을 처음 봤을 건데 용케 알아차렸습니다."

"아, 그렇군요. 가공 여유를 줘야 하는 것은 알았지만 이렇게나 많이 줘야 한다는 건 처음 알았습니다."

자연스럽게 현장에 스며들어 반장과 다른 현장 사람들과 융화되고 있는 최진기를 바라보는 동기들의 시선이 날카로워졌다.

혼자만 튀려는 것처럼 보였기 때문이었다.

여전히 스티로폼 가루를 피해 코와 입을 가리고 있는 그들이었고, 딱히 움직이고 싶은 마음이 없었음에도 다른 누군가가 인정을 받는 것을 원하지는 않았다.

현장 실습은 계속 이어졌다.

패턴으로 시작해서 가공까지.

그러는 동안 점점 최진기와 동기들 간의 사이가 멀어져 가고 있었다.

현장 실습을 단순히 시간 때우기로 생각하고 있는 동기들과 현장에서 하나라도 더 배우려고 하는 최진기.

골은 점점 깊어만 갔고 급기야 폭탄이 터지고 말았다.

"야, 네가 그렇게 잘났냐? 현장 사람들한테 귀여움 받으니까 좋아? 좋냐고!"

하루 일과를 마치고 펍에서 술을 마시고 있던 최진기와 동기들이었는데 김민재는 오늘따라 술을 거하게 마셨다.

술의 힘이었을까?

김민재는 최진기에서 평소 하고 싶었던 말들을 쏟아붓기 시작했다.

"제대로 교육도 받지 못한 놈이 네가 역학을 알아? 미분 적분은 할 줄 아냐?"

"그만하세요. 저도 제가 많이 부족하다는 것을 잘 알고 있습니다. 그렇기에 남들보다 더 노력하려고 하고 있습니다."

"그래? 알고 있다고? 그러면 조용히 짜져 있어, 이 새끼야. 잘난 척 그만하고."

"제가 언제 잘난 척을 했다고 그러십니까. 저는 단지 하나라도 더 배우기 위해 노력한 것뿐입니다."

"나이도 어린 게 어디서 꼬박꼬박 말대꾸야? 너 죽고 싶어? 가만히 아가리 닥치고 있어라. 한 마디만 더 하면 알아서 해라."

"제가 뭘 그렇게 잘못했습니까? 저는 제가 뭘 잘못했는지 도저히 모르겠습니다."

퍽!

결국 화를 참지 못한 김민재가 최진기를 향해 주먹을 날리고 말았다.

"민재 형, 참으세요. 진기가 아직 어려서 사회생활을 할 줄 몰라서 그런 거예요."

김민재를 말리는 건지, 최진기를 깔아뭉개려고 하는지 의심스러운 동기들이었다.

그들의 말을 듣고 있을수록 가슴에 흠집이 날 수밖에 없었다.

"저 먼저 들어갈게요. 재밌게 놀다가들 오세요."

훼방꾼은 사라져 주는 것이 예의였다.

여기에 계속 있어봐야 좋은 소리를 듣지 못할 거 같아 외로이 숙소로 돌아갔다.

술집에서 소란이 있은 지 일주일이 흘러갔다.

그동안 김민재는 최진기를 없는 사람 취급했다.

잘못을 누가 했는지는 중요하지 않았다.

대세의 흐름이 누구한테 있는지가 중요했다.

동기들은 자신들과 입장이 비슷한 김민재의 손을 잡아주게 마련이었고 최진기는 외톨이가 되어 가고 있었다.

　"저 재수 없는 새끼. 오늘도 신나서 싸돌아다니네. 저거 확 밀어버려."

　위험한 발상이었다.

　지금 그들이 있는 곳은 쇠를 녹이는 용광로가 있는 주물 공장이었다.

　소방관들이나 입을 법한 복장을 하고 있었지만 약간의 쇳물이라도 튀게 된다면 돌이킬 수 없는 일이 생길 수도 있었다.

　"민재 형, 그냥 그러려니 하세요. 저러다가 말겠죠. 지금이야 현장이니 저렇게 날뛰지만 본사로 돌아가면 찍소리도 못할 테니까요."

　"하긴, 제대로 교육도 받지 못한 놈이 뭘 하겠어. 오늘만 내가 참는다."

　용광로에 쇠를 붓는 작업은 위험하고 힘들었다.

　전문 지식이 딱히 필요한 일은 아니었지만 하고자 하는 사람이 없는 그런 일이었다.

　"직접 쇳물을 붓는 작업을 하고 싶은 사람이 있습니까?"

　"제가 하겠습니다."

　가장 먼저 손을 번쩍 든 최진기였다.

　각 현장의 반장들이 현장 실습 점수를 매기고 있다는 것을 알게 된 김민재도 손을 들어 올렸다.

　"저도 하겠습니다."

"그러면 두 분, 사다리를 타고 용광로 위로 올라가세요. 위험한 작업이긴 하지만 안전장치가 이중으로 되어 있으니 겁먹지 않으셔도 됩니다."

"이런 걸로 겁을 먹다니요. 누구와는 달리 군대도 갔다 온 몸입니다."

최진기가 들으라고 한 말이었다.

매사가 이런 식이었다. 비꼬는 말이 아니면 하지 못하는지 김민재는 작은 기회라도 생기면 최진기를 물어뜯기 일쑤였다.

'에휴, 저러다가 말겠지. 본사에 가면 부서가 다르니 얼굴 볼 일도 없을 테니 조금만 참자.'

사다리를 타고 올라가 바라본 용광로는 용암과 다르지 않은 모습이었다.

빨갛게 달아오르다 못해 불꽃을 피워내고 있는 용광로의 근처에 가는 것도 힘들었다.

"크레인을 이용해 쇳물을 붓기만 하면 되는 쉬운 작업입니다. 크레인 조작법은 이미 다 배우고 왔다고 들었습니다. 한번 해보세요."

크레인 리모컨을 앞으로 내미는 반장이었고, 그 리모콘을 잡아들려는 최진기의 손을 밀쳐 내고 김민재가 리모콘을 받아 들었다.

드르륵.

크레인이 움직이기 시작했다.

이미 쇳물이 가득 들어 있는 통이 지상에서 용광로 안으로 이동해 들어가기 시작했다.

"쉽네. 그냥 버튼만 누르면 되는 거였네."

자신감은 좋다. 하지만 자만심은 실수를 만들게 마련이었다.

"위험해요!"

원래의 경로를 이탈한 쇳물통이 용광로의 입구 대신 H빔을 쳤고, 심하게 흔들리며 김민재를 향해 다가갔다.

겁을 집어먹으면 발이 굳게 된다.

김민재는 자신에게 다가오고 있는 쇳물통을 멍하니 바라만 보고 있었다.

최진기가 김민재를 향해 달려갔다.

이대로 두었다간 쇳물에 몸이 녹아내리게 될지도 몰랐다.

퍽!

김민재의 몸을 밀려고 했다.

그의 몸에 손을 가져다 대는 순간 김민재는 정신을 차렸고 자신이 위험한 상황에 빠져 있다는 것을 깨달았다.

빠르게 몸을 빼야 했다.

발을 움직여 피하기에는 늦었다.

자신의 앞에 있는 무언가를 밀치고 그 반동력을 이용해 몸을 피해야만 했다.

김민재는 본능적으로 자신을 구하려고 다가오는 최진기의 몸을 밀어내 쇳물통을 피해 내었다.

"으아아악!"

김민재의 손에 밀린 최진기가 용광로에 빨려 들어가고 말았다.

단말마의 비명 소리가 공장을 울렸고, 최진기의 형체는 용광로의 쇳물에 가려져 사라져 버렸다.

＊　　　　＊　　　　＊

"헉! 헉!"

거친 숨을 내뱉었다.

"여긴 어디지? 내가 아직 살아 있는 건가?"

분명 조금 전까지만 해도 주물 공장에 있었다.

"용광로!"

용광로에 몸이 빨려 들어갔던 마지막 기억이 머릿속에 떠올랐다.

눈을 움직여 주변을 둘러보았다.

용광로가 만들어내는 뜨거운 열기가 느껴지지 않았다.

쇳가루가 날리지도 않았다.

나무와 풀들이 보였다. 이렇게 우거진 나무를 보는 것은 처음이었다.

"어떻게 된 거지? 난 분명 주물 공장에 있었는데."

갑자기 변한 환경에 적응이 되지 않았다. 김민재가 쇳물통 앞에서 그랬듯이 발이 굳어버렸다.

사람을 찾아야 했다. 여기가 어딘지 알고 있는 사람을 찾는 방법으로 무엇이 있을까?

"누구 없어요? 사람 살려요!"

아무리 소리를 질러보아도 답해주는 이가 아무도 없었다. 어둠은 조금씩 산을 뒤덮기 시작했고 겁이 나기 시작했다.

"옷은 어디로 가버린 거야?"

두꺼운 화염복을 입고 있었지만 지금은 속옷 하나 남아 있지 않았다.

등산은 요즘 사람들이 가장 좋아하는 레저 중에 하나다.

삼림욕을 즐기기 위해서 많은 사람들이 산을 찾았지만 산은 위험한 존재이기도 했다.

특히 어둠이 찾아온 산은 더욱 그랬다.

점점 차가워지는 날씨에 저체온증을 걱정해야 되었고 혹시나 모를 산짐승의 습격에 대비해야 했다.

휴대폰은 물론이고 옷까지 사라져 버린 지금 최진기가 할 수 있는 것은 많지 않았다.

마지막 등산의 기억이 고등학교 수학여행 이후 멈춰 버린 그였기에 인가를 찾아 아래로 내려가야 한다는 생각밖에 하지 못했다.

길을 잃었을 때 산 아래로 내려가면 위험하다는 것을 모르는 그였다.

인가를 찾아 움직이니 떨어졌던 체온이 올라가는 느낌을 받았다.

하지만 또 다른 문제가 하나 찾아왔다.

수분 부족.

오랜 시간 길을 찾아 움직여서 목이 말라오는 것은 당연했다.

약간이라도 주변을 확인할 수 있는 지금 물을 찾아야 했다.

시간이 더 흘러 산이 완전한 암흑으로 바뀌게 된다면 물을 찾을 방법이 없게 된다.

호수나 샘을 찾는다면 최고겠지만 지금은 고인물만 찾아도 만족이었다.

"물이다!"

최진기는 헐레벌떡 고인물을 향해 달려가 물을 손으로 떠 올렸다.

"먹어도 될까?"

조금은 탁해 보이는 물이었다.

마실까? 마시자.

최진기는 물에 담긴 탁한 물을 마셨다.

고인물을 마시는 것은 위험한 행동이었다. 산속에 고여 있는 물은 썩은 물이나 다름이 없다. 기생충은 물론이고 세균들이 득실한 물이었다.

"아, 배야. 갑자기 왜 이렇게 배가 아프지?"

고인물의 효능이 즉각적으로 왔다.

최진기의 몸은 뜨거워졌고 땀이 흐르기 시작했다.

그는 나무로 기어갔다. 배에서 오는 통증에 제대로 움직이기 힘들었지만 본능적으로 여기서 쓰러지면 죽는다는 것을 알았다.

나무 밑에는 낙엽들과 나뭇가지들이 쌓여 있었고 최진기는 그 안으로 몸을 비집고 들어갔다.

그렇게 산에서의 첫날밤이 지나갔다.

최진기는 아침이 밝아오는 소리에 눈을 떴다. 복통은 한결 나아졌다.

"앞으로 고인물을 절대 먹지 않겠어."

일단은 몸을 가릴 만한 것을 찾아야 했다. 이 상태로 인가로 갔다가는 변태 취급을 받을 것이 분명했다.

큼지막한 나뭇잎 하나를 대충 엮어 주요 부위를 가린 최진기는 다시금 인가를 찾아 아래로 내려갔다.

"누구 없어요? 살려 주세요."

주기적으로 소리를 질러 도움을 요청하는 것을 잊지 않았다.

하지만 그 노력은 결과를 만들어 내지는 못했다.

이미 해는 중천에 위치해 있었고 어제저녁부터 한 끼도 제대로 먹지 못한 최진기는 극심한 허기를 느꼈다. 그리고 탈수 현상까지.

산을 헤매며 몇 번이나 고여 있는 물을 발견한 그였지만 어제의 일을 교훈 삼아 그 물을 마시지는 않았다.

하지만 그 결심은 극심한 탈수 현상에 흔들리고 있었다.

허기짐과 탈수 현상에 고여 있는 물을 다시 마시고 싶은 마음이 비집고 올라왔다.

"안 돼. 이번엔 진짜로 죽을지도 몰라."

최진기는 고여 있는 물을 뒤로하고 걸음을 옮겼다. 걸음은 아침에 비해 현저히 느려졌다.

걷는다기보다는 긴다는 표현이 어울릴 정도로 움직이고 있었다.

"무슨 소리지?"

귀를 울리는 청아한 소리.

지금 최진기에게 가장 중요한 물이 자신의 위치를 알리는 소리였다.

수풀을 헤치며 소리가 들려오는 곳으로 이동했다.

도착한 곳에는 작은 폭포가 샘을 만들어놓았다.

"물이다, 물이야!"

최진기는 물이 보이자마자 없던 힘이 생겨났는지 샘으로 뛰어갔다.

샘물은 차가웠다.

오전 내내 움직여 달궈진 몸을 식히기에 딱 좋은 온도였다.

벌컥벌컥.

샘 안에 들어가 물을 원 없이 들이켰다. 탈수 현상이 사라지자 허기짐이 더 강하게 찾아왔다.

물배를 채운다는 말은 거짓말이었다. 아무리 물을 마셔도 허기짐이 사라지지 않았다.

"크앙!"

샘 안에서 정신이 팔려 있던 최진기에게 다가오는 들개 한 마리.

들개도 최진기만큼이나 배가 고파 보였다.

입에서 침을 뚝뚝 떨어뜨리며, 최진기를 보며 이빨을 보이고 있는 들개.

"크앙!"

들개가 다시 한 번 울부짖고 나서야 들개의 존재를 알아차린 그였다.

개는 가장 흔하게 볼 수 있는 동물이며 사람과 가족 같은 동물이기도 하다.

하지만 산에서 자란 개는 인간을 가족으로 생각하지 않았다.

자신보다 약하다고 생각되는 순간 먹이로 인식할 뿐이었다.

그리고 힘없이 물을 마시고 있는 최진기는 들개보다 약해 보였다.

"저리 가! 저리 가라고."

최진기는 손을 휘저으며 들개를 쫓아보려고 했지만 헛수고였다.

이미 먹이를 찾는 것에 지친 들개가 좋은 먹잇감을 두고 발길을 돌릴 일은 없었다.

건장한 성인 남자의 육체적인 능력이라면 들개에게 이길 수도 있다.

하지만 지금 최진기의 상태는 좋지 않았다.

탈수에다가 허기로 온몸이 기진맥진한 상태였다.

그리고 그는 싸움과는 거리가 먼 인생을 살아왔다.

지금 그가 할 수 있는 선택은 하나였다.

도망.

들개를 피해 무작정 앞으로 달려갔다.

들개는 네 발을 빠르게 움직여 먹잇감을 따라붙었다.

이빨을 세우고 최진기를 향해 달려드는 들개.

피할 곳은 없었다.

최진기는 몸을 바닥에 눕혀 겨우 들개의 공격을 피해내었다.

그는 바닥을 굴러다니고 있던 돌멩이 하나를 집어 들고 들개를 향해 집어 던졌다.

퍽!

행운이었다.

아무렇게나 던진 돌멩이가 들개의 이마를 때렸다.

"크앙!"

이전보다 더 거칠어진 울음소리.

먹잇감이라고 생각했던 최진기에게 일격을 당한 들개는 화가 났다.

들개는 이마에 흐르고 있는 피가 털을 적시고 있는 것을 신경도 쓰지 않은 채 최진기에게 재차 달려들었다.

최진기는 주변을 더듬거렸다. 돌멩이를 찾고 있는 것이었다.

흔하디흔한 돌멩이지만 찾으려고 하면 보이지 않는 법이다.

늦었다. 돌멩이를 찾기에는 이미 들개의 이빨이 지척으로 다가왔다.

최진기는 들개의 목을 손으로 막아 세웠다. 하지만 들개의 무기는 이빨만이 아니었다.

날카로운 발톱이 최진기의 가슴에 상처를 만들어내고 있었다.

그의 손은 들개의 목을 잡고 있었고 하체는 이미 들개의 커다란 몸에 제압당해 움직이지 못했다.

쓸 수 있는 것은 머리뿐이다.

펙!

최진기는 자신의 머리로 들개의 입과 코의 중간 지점을 찍었다.

깨갱.

효과가 있다. 들개가 고통의 울음소리를 내고 있다.

극도의 공포에 의해 최진기는 고통을 잊고 있었다.

자신이 무슨 짓을 하고 있는지도 모르는 채 계속해서 머리를 움직였다. 최진기의 손에 의해 목이 잡힌 들개는 제대로 피하지도 못한 채 최진기의 머리 공격을 받아야 했다.

들개의 입과 코에서 피가 흘러나오기 시작했다.

들개는 자신의 몸을 풀어주면 도망을 가려고 생각하고 있었다.

하지만 최진기는 그러지 않았다.

이미 그의 눈은 돌아가 있었고 들개를 죽여야 한다는 생각밖에 하지 못하고 있었다.

몇 번의 박치기가 더 들개의 입 부위를 강타하자 들개의 힘이 약해지고 있는 것이 느껴졌다.

아까는 그렇게 찾아도 보이지 않던 돌멩이가 보였다.

잽싸게 돌멩이를 집어 들고 들개를 후려쳤다.

한 번, 두 번, 세 번.

깨갱! 깨갱!

네 번, 다섯 번.

이제는 들개의 울음소리가 들려오지 않았다.

하지만 최진기의 손은 멈추지 않고 들개의 머리를 후려쳤다.

들개의 숨이 멈췄다.

자신의 머리를 후려치는 최진기의 손에 의해 목숨을 잃은 것이었다.

"죽었나? 진짜 죽은 건가?"

뇌를 지키는 단단한 뼈가 부서지고 뇌수가 흘러내리고 있는 들개가 살아 있을 리는 없었다.

하지만 최진기는 여전히 의심스러운 눈빛을 하며 들개를 건드렸다.

"진짜 죽었네."

하— 아.

*　　　　*　　　　*

최진기의 손과 발의 힘이 풀렸다.

무엇인가를 죽인다는 경험은 처음이었다. 온몸에 튀어 있는 피를 닦을 생각도 미처 하지 못하고 들개의 사체만을 바라봤다.

동물의 시체.

지금 최진기에게 가장 필요한 옷과 식량을 제공할 수 있는 들개의 사체다.

들개의 가죽을 벗겨 옷을 해 입을 수도 있고 들개의 고기로 허기를 달랠 수도 있었다.

이 이상한 산으로 넘어와 제대로 먹은 것은 샘물이 고작이었다.

하지만 최진기는 식욕을 잃었다. 들개를 죽였다는 행위가 그에게서 식욕을 빼앗아 갔다.

여전히 배는 먹을 것을 달라고 조르고 있었지만 머리가 그 행위를 방해하고 있었다.

그는 들개의 사체를 그대로 두고 다시 샘물을 향해 걸어갔다. 몸을 더럽히고 있는 피를 씻고 싶었기 때문이었다.

그런 그의 행동은 최악의 상황을 초래했다.

'여기는 도대체 어디야. 어떻게 사람이 한 명도 보이지 않는 거지?'

샘물 안에서 몸을 다 씻은 최진기는 극심한 허기짐을 느끼고 있었다.

배가 외치는 아우성이 머리의 통제력을 벗어났다.

'들개의 고기를 먹을 수 있을까?'

먹을 수 있다. 불만 있다면 들개의 고기는 좋은 영양분이 될 수 있었다.

최진기는 조심스레 들개의 사체가 있는 곳으로 다시 걸어갔다.

여전히 그는 아무것도 입지 않고 있는 상태였다. 들개와의 전투에서 겨우 중요 부위를 가리고 있던 나뭇잎도 떨어져 나간 뒤였다.

"이걸 어떻게 먹지?"

들개의 사체는 여전히 그 자리를 지키고 있었다.

피비린내가 들개에게서 퍼져 나오자 다시 식욕이 떨어진 느낌을 받았지만 배의 아우성이 최진기를 움직이게 했다.

일단 가죽을 벗겨야겠지.

도축은커녕 요리도 제대로 하지 못하는 최진기가 들개의 고기를 효율적으로 분리할 수 있을 리가 없었다.

그는 주변에 보이는 날카로운 돌로 들개의 가죽을 여러 번 찔렀고 한 움큼의 고기를 얻을 수 있었다.

여전히 많은 양의 고기가 남아 있었지만 고기를 도축하는 작업에 질린 그였다.

도축한 들개의 고기를 들고 자리를 벗어나려고 했지만 들개의 이빨이 그의 시선을 사로잡았다.

정확하게 말하면 들개의 송곳니가 반짝거리고 있었다.

왜인지 모르겠지만 저 송곳니를 쉽게 뽑을 수 있을 것 같았다.

주먹만 한 고기를 얻기 위해 한참의 시간을 투자했었지만 반짝이는 들개의 송곳니는 달랐다.

어떻게 하면 들개의 송곳니를 추출할 수 있을지 머릿속에 그려졌다.

최진기는 본능이 시키는 대로 들개의 입을 벌려 송곳니에 손을 가져다 대었다.

잇몸에 단단하게 박힌 송곳니를 뽑는 작업은 고기를 도축하는 작업보다 더 힘든 일이 분명했다. 하지만 최진기의 손이 들개의 이빨에 닿자 자연스럽게 송곳니가 잇몸에서 빠져나와 그의 손 위에 들려 있었다.

[와일드 도그의 송곳니]
등급 : E
내구성 : 5/12
강도 : 9
와일드 도그의 송곳니로 만들 수 있는 무기의 종류 :
작은 손칼, 나무 창.

"왜 머릿속에 이 송곳니로 만들 수 있는 무기의 종류가 그려지는 거지? 내가 미쳐 가는 게 분명해."

그 흔한 온라인 게임 한번 제대로 해보지 않았던 그였다.

당연히 무기의 종류에 대해서는 전혀 모르고 있었다.

그가 접한 무기라고 해봐야 주방용 식칼이 전부였다.

하지만 지금 그의 머릿속에는 송곳니를 활용해 만들 수 있는 무기가 파노라마처럼 펼쳐졌다.

고등학교 3년과 대회를 준비하는 1년 동안 도면을 보지 않고도 어떻게 하면 금형을 만들 수 있을지 머리에 그리고는 했었지만 한 번도 만들어보지 못한 무기가 머릿속에 그려질 줄은 상상도 해보지 못했었다.

긴 나무 조각을 구해 그 위에 송곳니를 박아 넣기만 하면 아주 유용한 창이 완성된다.

그리고 송곳니를 돌에 갈면 훌륭한 손칼이 완성된다.

이 모든 것이 지금 머릿속에서 떠올랐다.

"배고파."

하지만 지금 중요한 것은 허기를 달래기 위한 음식이었다. 갑작스럽게 떠오른 생각들을 정리하는 것보다 뱃가죽이 끓어질 것 같은 허기를 달래는 것이 급했다.

음식을 하기 위해서는 최소 두 가지의 도구가 필요했다.

불을 피우기 위한 도구와 고기를 자를 수 있는 도구.

나는 들개의 송곳니를 갈기 시작했다. 손가락보다 작은 크기의 송곳니였지만 돌에 수백 번 문지르자 좋은 손칼이 완성되었다.

이런 작업은 그에게는 어렵지 않은 일이었다.

금형 대회에서 금메달을 수상한 그였다.

줄과 톱을 이용해 쇠를 깎아내고 갈아 금형을 완성해 내는 그였기에 송곳니를 가는 작업 따위는 쉽게 할 수 있었다.

그의 경험과 머릿속에 떠오르는 무기 제작법이 송곳니를 손칼로 바뀌게 해주었다.

고기를 자를 도구는 완성이 되었다.

이제는 불을 피워야 했다.

무기를 만드는 법이 머릿속에서 떠올랐지만 불을 피우는 법은 그렇지 않았다.

최진기는 TV에서 봤던 것처럼 나무를 비벼 불을 피우려고 했다.

불을 피우는 작업은 그의 생각만큼 쉬운 일이 아니었다.

특히 부싯돌도 없이 마찰열만을 이용해 불을 피우는 작업은 경험이 없고서는 하지 못하는 작업이었다.

땀을 뻘뻘 흘려가며 나무를 비비는 그의 손이 느려졌다.

허기짐에 체력이 급속도로 떨어지고 있었다.

"아, 제발 누가 도와줘요. 제발!"

부스륵!

수풀이 흔들린다. 드디어 최진기를 구해줄 사람이 다가오는 걸까?

그렇지 않았다. 제대로 처리하지 않은 들개의 사체에서 흘러나오는 피 냄새를 맡은 다른 들개들이 모여들고 있는 것이었다.

"크앙!"

들개가 최진기를 향해 이빨을 들이밀었다.

무리를 지어 다니는 들개였다. 한 마리의 들개와 전투를 치르는 데에도 목숨을 걸어야 했었다.

무조건 도망가야만 했다.

최진기는 달렸다. 그의 손에는 송곳니로 만든 작은 손칼과 들개 고기 한 덩어리가 들려 있었다.

아무리 위급한 상황이라도 생명줄이 무엇인지는 잘 알고 있었다.

그는 최선을 다해 달렸지만 멀지 않은 곳에서 멈추고 말았다.

체력이 아무리 좋은 사람이라고 할지라도 하루 동안 음식을 먹지 않고 몸을 사용한다면 지치게 마련이었다.

최진기도 마찬가지였다.

다행히 들개들은 최진기를 쫓아오지는 않았다.

움직이는 먹잇감을 사냥하는 것보다 이미 죽어 있는 들개의 사체가 더 매력적으로 느껴졌던 들개 무리였다.

아무리 지쳤다고 할지라도 몸을 숨길 장소는 찾아야 했다.

수풀 속?

좋지 않았다. 금방 들킬 만한 장소다.

나무 위?

제대로 활동하기 좋은 장소는 아니었다.

동굴!

동굴이라고 하기에는 비좁은 바위틈이 보였다.

바위 틈새를 대충 나뭇가지와 나뭇잎으로 가리자 그럴싸한 보금자리가 완성되었다.

이제는 기다리기만 하면 된다. 들개가 식사를 마치고 떠날 때까지 기다려야 했다.

최진기는 모르고 한 일이었지만 바위 틈새를 가린 나뭇가지와 나뭇잎은 들개들이 싫어하는 향을 피워냈다.

운이 좋았다.

최진기는 1시간이 넘게 바위 틈새에서 몸을 구부리고 있었다.

배고픔에 지쳐 선잠에 빠져들고 깨기를 반복했다.

이제는 들개의 고기를 먹어야 했다.

들개에게 물어 뜯겨 죽으나 굶어 죽으나 차이는 없었다.

고기를 먹을 생각을 하니 또다시 불이 문제였다.

그 순간 다시 머릿속에서 여러 가지 생각들이 떠올랐다.

들개의 송곳니를 뽑을 때처럼, 그 송곳니를 갈아 손칼을 만들

때처럼.

몸을 숨기고 있는 바위 틈새에서 무언가가 반짝거렸다.

처음 보는 광물이었다.

수년 동안 쇠를 만지며 살아온 그였지만 쇠의 종류에 대해서는 잘 알지 못했다.

기껏해야 금형을 만들 때 사용하는 쇠가 무슨 종류인지 아는 것이 전부였다.

그런데 반짝이는 광물을 어떤 용도로 사용하면 좋을지 머릿속에서 자연스럽게 떠오르고 있다.

배운 적도 없는 지식이 머릿속에 들어 있는 것이었다.

광물을 향해 손을 뻗자 놀랍게도 광물들이 마치 스스로 바위 속에서 튀어나오는 것처럼 보였다.

다른 극의 자석이 서로를 당기듯이 바위 속에 있는 광물이 최진기의 손에 끌려 나왔다.

[타만트 광석]
등급 : E
강도 : 8
가장 흔한 금속 중의 하나로 무기로 제작되기에는 부족한 강도를 가지고 있다.

머리에서 떠오르는 장면은 이 정도였다.

이 금속을 가지고 어떻게 불을 만들 수 있을까?

갑자기 떠오르는 기억이 하나 있었다.

대회 준비를 하면서 여러 가지 일과 여러 종류의 사람들을 보았다.

그들 중 자신과 마지막까지 경쟁을 했던 작년 전국 대회 우승자인 정만대는 지독한 골초였다.

어느 날 라이터가 없어 담배를 하루 종일 피우지 못했던 그는 금단 현상에 종일 몸을 부르르 떨었다. 그래서 그는 담배를 피우고 싶다는 간절함으로 머리를 빠르게 굴렸다.

쇠를 줄로 빠르게 갈아 마찰열을 만들어 그 열로 담배에 불을 붙였었다.

최진기도 손에 들려 있는 광석을 이용하면 불을 붙일 정도의 열을 만들어낼 수 있다는 생각이 들었다.

바위 틈새를 가리고 있던 나뭇가지를 치우고 최진기가 나왔다.

그는 손에 들린 광물을 바위 한편에 박혀 있는 다른 종류의 광석에 대고 갈기 시작했다.

붉게 달아오른 광석.

열은 충분해 보였다.

최진기는 마른 나뭇잎을 가져다 대고는 입으로 바람을 불었다.

해본 적은 없지만 불을 피우는 장면을 어디선가 본 적은 있었다.

"성공이다! 불을 피웠어."

나뭇잎에 붙은 불을 나뭇가지에 옮겨 붙여야 했다.

최진기는 불을 지키기 위해 손으로 바람을 막고 나뭇잎과 가지들을 불 위로 빠르게 올렸다.

조심스럽게 입바람을 계속해서 불자 고기를 구울 수 있을 정도로 불이 커졌다.

나뭇가지에 옮겨 붙은 불은 안정적이었다.

불이 어느 정도 올라오자 최진기는 들개의 송곳니로 만든 손칼로 고기를 잘라 나무 꼬챙이에 끼웠다.

불에 가져다 대자마자 맛있는 냄새가 코를 괴롭혔다.

고기 굽는 냄새가 나자 배가 더 심하게 요동을 쳤다.

하지만 익지 않은 고기를 먹을 수는 없었다.

어제도 한순간의 유혹을 이기지 못해 고인 물을 먹어 고생했었다.

고기가 충분히 익을 때까지 기다려야 했다.

들개의 고기는 지금까지 최진기가 먹어왔던 고기와는 달리 노린내가 강하게 났다.

고기를 한입 베어 물 때 나오는 들개의 육즙은 역했다.

하지만 꾸역꾸역 입안으로 집어넣어야만 했다.

'어떻게 해야 하지?'

배가 불러오자 걱정이 찾아왔다.

바위 틈새에서 계속 지낼 수는 없었다.

산을 빠져나와 자신을 기다리고 있는 회사로 돌아가고 싶었다.

'나를 찾고 있겠지? 왜 갑자기 산으로 오게 된 걸까. 혹시 외계인?'

걱정이 꼬리를 물다 보니 터무니없는 생각까지 하게 되었다.

모닥불 앞에 앉아 걱정을 하고 있다 보니 눈이 감기려고 하고 있었다.

모닥불이 주는 따스함이 걱정을 밀어내고 노곤함을 가지고 왔다.

그는 바위 틈새로 들어가지도 않은 채 잠이 들었다.

날이 밝아오자 최진기는 눈을 떴다.

부스럭!

수풀 속에서 소리가 났다.

다시 들개가 나타난 것일지도 몰랐다.

그는 바닥을 굴러다니는 돌멩이를 집어 들었다.

"사람이다! 감사합니다. 저 좀 살려주세요. 산에서 길을 잃었습니다."

수풀에서 나온 존재는 들개가 아니라 사람이었다.

중세 시대에서나 입을 법한 쇠사슬 갑옷과 장검을 들고 있는 그들의 모습이 이상하긴 했지만 지금은 그런 것을 따질 때가 아니었다.

이 지옥 같은 산에서 한시라도 빨리 벗어나고 싶은 마음뿐이었다.

"dfevo ciwqiqid."

처음 들어보는 말이 그들의 입에서 나왔다.

러시아어를 할 줄은 몰랐지만 지금 저들이 하고 있는 말이 러시아어가 아니라는 것은 알 수 있었다.

"헬프 미!"

영어라면 통할 것이다. 만국 공통어인 영어로 구해달라고 말했다.

하지만 그들은 여전히 갸우뚱거리고 있었다.

최진기가 하는 말이 무슨 말인지 모르고 있는 것이었다.

아무리 산에서만 살아온 사람들이라고 해도 짧은 영어 한 마디를 모를 수는 없었다.

그들은 한국말은 물론이고 영어를 처음 들어보는 사람처럼 보였다.

말이 통하지 않을 때는 보디랭귀지로 의사소통을 하는 수밖에 없다.

손을 들어 올려 위험한 사람이 아니란 걸 어필하고는 손가락으로 산 아래를 가리켰다.

그제야 그들도 최진기가 무엇을 원하는지 알아차린 것 같았다.

"qwdi ncuqp vjwqwe."

최진기는 여전히 그들이 하는 말을 알아듣지 못했다.

그래도 그들이 무엇을 말하고자 하는지는 알 수 있었다.

자신들을 따라 내려오라는 뜻일 것이다.

최진기는 이상한 갑옷을 입고 있는 그들이 건네준 천 조각으로 주요 부위만을 대충 가리고는 그들의 뒤를 따라 움직였다.

산은 생각보다 높지 않았다.

2시간 정도 걷자 드디어 지옥 같았던 산을 탈출할 수 있었다.

그리고 이윽고 도시로 보이는 곳에 도착할 수 있었다.

그런데…….

도대체 여긴 어디지?

'아무리 러시아가 우리나라보다 발전이 덜 되었다고 하지만 이렇게 낙후된 도시가 아직 남아 있다니.'

도착한 도시는 벽돌로 만든 성벽으로 둘러싸여 있었고 통나무집과 낮은 벽돌집이 전부였다. 도시 아이들은 최진기가 신기한지 동물원의 동물을 구경하는 듯이 쳐다보고 있었다.

중세 시대 복장을 한 그들을 지휘하는 사람이 최진기를 데리고 성안으로 들어갔다.

그는 최진기가 자신의 말을 알아듣지 못한다는 것을 알고 있었기에 몸짓을 하며 테이블에 앉으라고 했고 곧이어 메이드복을 입고 있는 여자가 따뜻하게 끓인 스프를 가지고 들어왔다.

약간의 고기가 들어 있는 스프일 뿐이었지만 지금은 어떤 음식보다 맛있었다.

며칠 동안 먹은 거라고는 노린내가 강하게 나는 들개의 고기가 전부였다.

스프는 천상의 요리나 다름이 없었다.

최진기는 코스프레를 좋아하는 사람의 도움으로 몸을 씻을 수 있었고, 낡았지만 그래도 몸을 가릴 수 있는 옷도 한 벌 얻을 수 있었다.

"저, 시내로 나가려면 어떻게 해야 되나요?"

자신의 말이 통하지 않는다는 것을 잘 알고 있었지만 급한 마음에 몸짓과 함께 한국말이 튀어나왔다.

중세 복장을 한 사내가 굳은 표정으로 고개를 가로저었다.

최진기가 하는 말을 제대로 이해하지 못한 그였다.

답답했다.

아무리 몸짓을 해봐도 알아듣지 못하고 있었다.

이대로 이 도시에서 시간을 지체하고 싶지 않았다. 한시라도 빨리 자신의 숙소로 돌아가고 싶었다. 행방불명 된 자신을 찾는 회사 사람들에게 생존 사실을 알려야 했다.

하지만 이곳 사람들이 자신의 마음을 몰라주고 있었다.

이들은 최진기를 안쓰럽게 바라만 보고 있었다.

이들은 최진기를 머리가 약간 이상한 사람으로 생각하고 있었다.

하늘은 점점 어두워지고 있었고 최진기는 답답한 마음에 발코니 위에 걸터앉아 한숨을 푹푹 쉬었다.

'여긴 진짜 뭐 하는 마을이지? 간단한 영어조차 알아듣지 못하다니. TV에서나 보던, 문명을 거부하고 사는 사람들이 만든 도시인가?'

최진기는 답답한 마음을 풀고자 광활한 하늘을 바라봤다.

한국에서는 절대 볼 수 없었던 밝은 별들이 하늘을 밝히고 있었다.

별자리를 공부한 적이 없기에 어떤 별들이 하늘에 그림을 그리고 있는지는 몰랐지만 그냥 반짝거리는 별들을 바라보며 마음을 달래고 있었다.

근데 이상했다.

있어서는 안 되는 것이 하늘 위에 있었다.

"왜 달이 두 개야?"

*   *   *

최진기가 중세 시대 복장을 한 사람들이 사는 도시에 도착한 지도 네 달의 시간이 지났다.

그동안 많은 것을 알 수 있었다.

가장 먼저 안 것은 이곳이 지구가 아니라는 것이었다.

믿기지 않았지만 사실이었다.

여기는 지구가 아니라 완전히 다른 차원의 세상이었다.

하늘을 밝히는 두 개의 달이 그 사실을 증명해 주었다.

상식에 밝지는 않지만 지구에서 달이 두 개가 보이는 곳이 있다고는 들은 적이 없다.

그리고 이 세계의 과학은 조선시대보다 더 뒤떨어져 보였다.

식기라고 해봐야 나무로 만든 그릇과 숟가락이 전부였다.

갑옷도 금속으로 만들어 무겁기만 하고 강도가 낮았다. 검도 날카로움이 전혀 느껴지지 않았다.

이 도시가 낙후되어 그런 것일 수도 있지만 어쨌든 그렇게 발전된 세상은 아니라는 것을 알 수 있었다.

처음 한 달 동안은 천덕꾸러기 신세였다.

사냥은 물론이고 간단한 요리조차 하지 못하는 최진기가 도시에서 할 수 있는 일은 없었다.

하지만 지금은 달랐다.

최진기는 마을에 도착하고 한 달을 보내며 자신의 능력을 개발했다.

들개의 송곳니를 뽑아 무기를 만들고 바위틈에서 금속을 발견하는 능력.

그 능력은 병사들의 무기를 개조하는 데 이용되었다.

최진기는 영주 성 한편에 만들어진 작업장에서 무기를 강화시키고 있었다.

최진기는 여전히 말을 능숙하게 하지 못해 웃음으로 병사들을 대했다.

이번 병사가 들고 온 것은 60㎝가 되지 않는 단검이었다.

불순물이 가득 들어 있는 금속으로 만든 단검인지 이가 여러 개 빠져 있었다.

단검을 사냥꾼에게서 받아 들었다.

[낡은 단검]
등급 : D
내구성 : 3/10
강도 : 7

순도 : 60%

타만트를 주성분으로 만든 단검으로 불순물을 다량 함유하고 있다.

불순물을 제거하고 아미웅을 추가하면 강한 강도를 가지게 할 수 있다.

단검이 빛을 낸다. 단검을 구성하고 있는 금속들이 최진기의 손에 의해 이리저리 움직이기 시작했다.

불순물은 밖으로 빠져나와 먼지가 되어버렸고 금속들은 더욱 단단한 구조로 바뀌고 있었다.

최진기는 작업장 내부에 가득히 쌓여 있는 아미웅이라는 금속을 단검에 뿌리기 시작했다.

아미웅이라는 금속은 타만트처럼 흔하디흔한 금속이었다.

하지만 제대로 사용하지 못하고 있었다. 아미웅을 녹일 만한 용광로가 없었기 때문이었다.

불순물이 빠져나간 단검에 아미웅이 스며들어 갔다.

불과 5분도 걸리지 않아 날고 볼품없던 단검이 아름답게 빛을 내고 있었다.

"검날을 갈아야 해요."

짧은 말로 대답했다.

마을 사람들이 사용하는 언어는 브루니스 공용 언어였다.

네 달의 시간 동안 최진기는 단순한 단어를 조합해서 말을 할 수 있는 단계까지 이르렀다.

언어 습득 능력이 낮다고 할 수는 없었다.

브루니스 공용 언어는 한자처럼 표의 문자였다. 수많은 단어를 외워야만 제대로 대화가 가능한 것이었다.

고등학교 시절부터 공부와는 인연이 없었던 최진기였다. 그런 그는 공부를 하는 시간보다 작업장에서 검을 강화시키는 것이 더 좋았다.

그러나 요 네 달간 생존을 위해 이를 악물고 공부를 해야 했다.

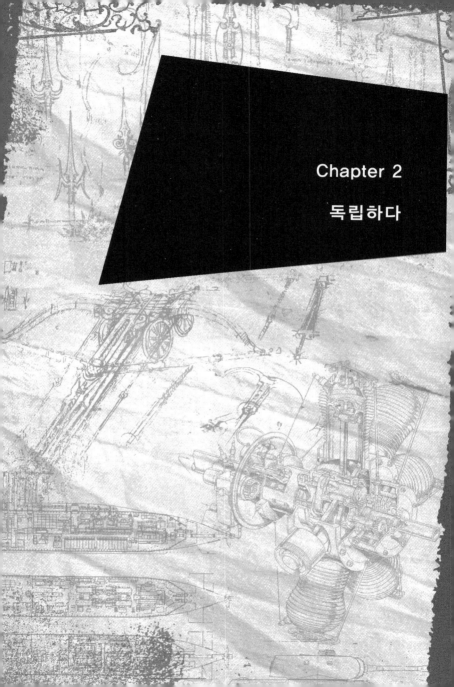

Chapter 2

독립하다

최진기는 검을 자신이 만든 특별한 도구 위에 올렸다.

무기의 구조를 바꾸어 강도를 높이는 작업은 도구가 따로 필요하지 않았지만 무기의 날카로움을 더하는 것은 도구가 필요했다.

평평한 금속처럼 보이는 도구는 사실 여러 가지 금속이 미세하게 튀어나와 있었다.

그곳에 검을 갈게 되면 병사들이 지금까지 사용하던 검과 비교도 하지 못할 정도로 날카로운 날을 가지게 된다.

병사들에게서 가장 중요한 것은 무기였다.

아무리 강한 체력과 힘을 가지고 있는 병사가 있다고 하더라도 무기가 없이 전투를 할 수는 없었다.

무기를 강화시키는 능력을 최진기가 가지고 있다는 사실을 안 도시의 영주는 최진기를 극진히 대접했다.

의식주는 물론이고, 그가 마을에 잘 적응할 수 있도록 교육까지 시켜주었다.

처음 산에서 최진기를 구해준 사람이 이 도시의 영주였다.

브루니스 왕국에서도 가장 낙후된 지역에 자리를 잡고 있는 도시였지만 국가에서 인정받은 영지였다.

영주가 직접 신경을 써준다는 것은 일반 영지민들로서는 상상도 하지 못할 일이었다.

하지만 최진기는 달랐다. 교육을 제대로 받지 못한 영지민과는 다를 수밖에 없었다.

자신이 가진 능력이 범상치 않다는 것을 알게 된 순간부터 미래에 대한 계획을 세웠다.

처음 무기를 강화시켰을 때 사냥꾼이 보였던 눈빛에는 경이로움이 담겨 있었다.

왜 이런 능력을 가지게 되었는지는 이제 중요하지 않았다.

용광로에 빠지게 돼서? 아니면 이세계로 이동하게 돼서?

그런 고민을 하지 않은 것은 아니지만 이제는 어떻게 하면 무기를 더 강하게 만들 수 있을지에 대한 고민이 그의 머릿속을 가득 채웠다.

지구로 돌아갈 방법을 찾기 요원한 지금 자신이 가진 능력을 최대한 활용할 생각이었다.

"다음 사람."

최진기에게서 단검을 받아 든 사냥꾼은 신이 나서 펄쩍펄쩍 뛰어다녔다.

그는 새롭게 변한 자신의 무기를 다른 병사들에게 자랑스레 보여주었고 다른 병사들도 자신들의 무기를 가지고 줄에 합류했다.

날이 갈수록 최진기가 강화시키는 무기의 양이 늘어났다.

하지만 일이 끝나는 시간은 항상 거의 일정했다.

점점 능숙해지고 있는 것이었다.

솔직히 말해서 무기라고 가지고 오는 것들은 너무도 볼품없었다.

각종 가공 기계와 특수강으로 만든 공구들을 만지며 살아왔기에 이런 무기들로 사냥을 할 수 있다는 게 신기할 정도였다.

지금 가지고 온 장검만 봐도 그랬다.

지금까지 가지고 온 무기들이 다 그랬지만 대도시에서 거금을 주고 사왔다는 장검도 다르지 않았다.

강화를 시키면 이전보다는 높은 강도를 가지게 되긴 하지만 여전히 특수강으로 만든 도구보다 약한 강도를 가지고 있었다.

아직 특수강을 만들 능력이 되지 않는 세계였기에 어쩔 수 없다는 것을 알고 있었지만 아쉬웠다.

무기의 강도를 높이는 방법뿐만 아니라 개조시킬 방법들이 머리에 들어와 있었지만 지금의 상황에서는 제대로 실현시킬 수가 없었다.

재료는 물론이고 도구도 부족했다.

최진기는 매일같이 무기를 만지며 살아가고 있지만 지구로 넘어가겠다는 결심을 포기하지는 않았다.

하지만 지금은 준비가 부족했다.

제대로 말도 하지 못하는 지금 대도시로 나가봐야 대부호의 노예로 살아가야 할지도 몰랐다.

성급한 마음을 버리고 이 영지에서 언어를 배우고 준비를 해야 했다.

이미 계획은 세웠다.

무슨 일을 하든지 가장 중요한 것은 돈이다.

한국에서도 그랬지만 이 세상에서도 돈의 힘은 무시하지 못했다.

돈이 있다면 지구로 돌아갈 방법을 더 빨리 찾을 수 있을 것이다

무기를 강화하고 개조시키는 능력이 있다면 돈을 버는 것은 어렵지 않다.

*   *   *

"어서 오세요. 영지 유일의 병기점, 바잔트 병기점에 오신 것을 환영합니다."

20대 초반도 안 되어 보이는 사내가 병기점 가판대를 지키고 있었다.

어려 보이는 나이답지 않게 그는 말솜씨가 뛰어났다.

"여기서 가장 싼 무기류는 뭐가 있나요?"

독립하면서 들고 나온 돈이 많지는 않았다.

시작은 싼 무기를 강화하는 것부터였다.

처음부터 대박을 노리기보다는 차근차근 밟고 올라갈 생각이었다.

"우리 병기점에 잘 오셨습니다. 사실 고급 무기는 취급하지 않고 있습니다. 이렇게 후진 영지까지 대형 상회의 상인들이 찾아오지는 않거든요. 하지만 그렇다고 해서 싸구려 무기들만 있는 것은 아닙니다. 가판대 왼편에 있는 무기들을 개당 25실버에 판매하고 있습니다. 오른편 가판대에 있는 무기는 최소 40실버 이상이고, 상점 안에는 1골드 이상의 고가의 무기들이 있습니다. 고객님이 원하는 물건이라면 여기 왼편에 있는 가판대에 있는 무기들이 되겠습니다."

왼편에 있는 가판대는 있는 물건들은 확실히 낡아 보였다.

"이것도 파는 건가요?"

"네, 그렇습니다. 낡아 보이긴 하지만 그래도 여전히 날은 잘 벼려져 있습니다. 잘 보세요. 이렇게 힘을 주어서 나뭇가지를 치면."

퍽.

종업원이 검을 들고 손가락 마디만 한 나뭇가지를 향해 휘둘렀다.

검으로 자른다는 느낌이 전혀 들지 않았다.

단지 몽둥이로 나뭇가지를 부수는 느낌이었다.

"보이시죠. 이렇게 나뭇가지 정도는 가뿐히 자를 수 있답니다."

"네, 그렇군요……. 그 검도 25실버인가요?"

"처음 오신 분이니 특별히 20실버에 해드리도록 하겠습니다."

"여기 왼편에 있는 무기들을 다 구입하면 개당 얼마에 해줄 수 있습니까?"

장사는 흥정부터 시작하는 것이 기본이다.

"여기 있는 것을 다 사신다는 말씀이십니까?"

그의 표정이 달라졌다. 싸구려 무기를 사려는 사람에서 오랜만에 찾아온 거물급 손님으로 신분이 급상승했다.

"총 30개의 무기가 가판에 있네요. 개당 20실버로 치면 600실버. 저도 마진을 조금 남겨야 하니 550실버에 팔도록 하겠습니다."

독립을 하면서 영주에게 작업장으로 사용할 만한 공간이 붙어 있는 집을 6개월 무상으로 지원받았고 3골드의 돈을 받았다. 석 달 동안 무상으로 병사들의 무기를 강화시켜 준 대가였다.

바잔트 영주는 선을 지킬 줄 아는 사람이었다.

만약 그가 나를 영주 성에 가둬놓고 무기 강화만 계속 시켰다면 무슨 수를 써서라도 탈출을 감행했을 것이다.

하지만 그는 적당한 보수를 제시하며 나를 영지에 자리 잡게 도와주었고 나는 그의 제안을 받아들였다.

"알겠습니다. 그러면 550실버에 사 가도록 하죠. 그런데 이 무기들은 어디서 공급받나요?"

"제가 직접 대도시로 이동해 무기를 사 옵니다. 많은 양의 병기류가 팔리지는 않아서 보통 석 달에 한 번 정도 상행을 합니다. 원하시는 물건이 있으시면 일주일 전에만 말씀해 주세요. 제가 최대한 구해보도록 하겠습니다."

"석 달에 한번이라. 혹시 대도시로 나가 무기를 팔 수도 있습니까?"

"간혹 몬스터 사냥을 통해 좋은 무기를 구하게 되면 저와 거래를 하는 상점에 팔기는 하지만……. 그건 왜 물어보시는 겁니까?"

"조만간 알게 되실 겁니다. 다음번 상행은 언제로 예상하고 있으신가요?"

"손님이 대량으로 물건을 사 가서서 조금 시기를 앞당겨야 할 것 같습니다. 다음 달 초에는 상행을 다녀와야겠네요."

"알겠습니다. 그러면 그 전에 찾아오도록 하겠습니다. 아! 이름이 뭐죠?"

"맨발의 에크라고 하면 도시에서 모르는 사람이 없습니다."

"에크, 좋은 이름이네요. 저는 진입니다. 자주 보게 될 것 같네요."

30개의 무기를 혼자만의 힘으로 옮기는 것은 역부족이었기에 에크는 작은 수레를 이용해 작업장으로 배송해 주었다.

이제 본격적인 시작이다.

지구로 돌아갈 계획을 위한 첫 단추를 뀔 차례였다.

최진기는 작업장 한편에 수북이 쌓여 있는 무기 중 가장 위에 있는 장검을 들어 올렸다.

　[낡은 장검]
　등급 : D
　내구성 : 3/8
　강도 : 8
　순도 : 50%
　타만트를 주성분으로 만든 장검으로 불순물을 다량 함유하고
있다.
　불순물을 제거하고 아미움을 추가하면 강한 강도를 가지게 할
수 있다.

　역시나 불순물이 가득한 장검이었다. 불순물을 빼내고 그 안
에 아미움을 추가하기만 하면 강도의 등급을 2단계는 상승시킬
수 있다.
　아미움을 구하는 것은 어렵지 않았다.
　싼 가격에 팔고 있기도 했고 영주 성에서 나오면서 한 수레의
아미움을 가지고 나오기도 했다.
　그리고 영주가 정기적으로 아미움을 제공해 주기로 약속까지
했다.
　영주 성의 무기를 한 달에 10개 이상 강화시켜 주기로 한 것에
대한 보상이었다.
　장검에 들어 있던 불순물들이 검을 타고 흘러나오기 시작했다.

먼지가 되어 날아가는 불순물을 대신해 아미움이 그 자리를 차지했고 장검은 새로운 모습으로 탈바꿈했다.

"공기청정기라도 있었으면 좋겠네. 검 하나 강화시킬 때마다 이렇게 먼지가 날리면 제대로 작업을 할 수가 없는데. 일단 창문이라도 좀 열어봐야겠어."

최진기는 창문을 열고 다시 작업에 집중했다.

그는 1시간이 조금 넘게 걸려 29개의 검을 강화시킬 수 있었고 이제 마지막 남은 하나의 단도를 강화시킬 차례였다.

"이 검은 조금 특별한데."

[엘프의 피가 섞인 단검]

등급 : D

내구성 : 2/13

강도 : 6

순도 : 70%

엘프의 피가 함유되어 있는 단검.

???을 추가하면 특수한 능력을 가지게 된다.

???가 뜻하는 것이 무엇인지 알 수가 없었다.

타만트나 아미움 같은 금속은 직접 만져 보았기에 ??? 표시가 사라졌지만 아직 만져 보지 못한 금속이 많았다.

"강화를 하려면 일단 금속부터 많이 접해봐야겠네. 대장간에 가면 금속들이 있으려나?"

마지막 남은 하나의 검을 두고는 작업장에서 나왔다.

29개의 검이면 이번 달 분량으로 충분했다.

지금 최진가 자리 잡고 살고 있는 영지의 이름은 바잔트였다.

영주의 가문의 이름을 딴 영지민 대부분은 사냥과 농업에 종사하고 있었고 대장간과 상점들의 수는 부족했다.

특히 금속을 다루는 대장간은 겨우 3개가 있을 뿐이었다.

나는 그중 가장 큰 대장간으로 향했다.

가장 큰 대장간이라고 해봐야 세 개의 화로와 풀무가 있는 곳이었다.

시끄러운 망치질 소리와 화로가 만들어내는 뜨거운 열기가 가득한 대장간은 활기가 넘치고 있었다. 영지에는 대장간이 부족했기에 하루 종일 대장간을 가동해도 주문 수량을 맞추기는 힘들었다.

"안녕하십니까. 광석을 구매하려고 왔습니다."

열심히 망치질을 하고 있는 대장장이가 망치를 내려놓고는 자신에게 말을 거는 사람이 누군지 확인했다.

"여기는 대장간이지, 광석을 판매하는 곳이 아닐세. 다른 곳을 찾아가게나."

대장장이의 말이 틀리지는 않았다. 가장 많은 광석이 있는 곳이 대장간이긴 했지만 대장간은 무기를 만들어 파는 곳이지, 광석을 파는 곳은 아니었다.

"그렇다면 광석의 종류만 한번 보고 가면 안 되겠습니까? 많은 시간을 빼앗지는 않겠습니다."

"광석들을 봐서 뭐하려고? 대장장이처럼 보이지는 않는데. 손을 이리 줘보게나."

지구에서 살아온 최진기의 얼굴은 영지민들보다 훨씬 좋았다.

산을 헤매면서 고생을 하긴 했지만 그렇다고 해서 20년이 넘도록 지구에서 살아온 생김새가 며칠 사이에 바뀌지는 않았다.

"손이요? 여기 있습니다."

최진기는 대장장이에게 자신의 손을 내밀었고 대장장이는 최진기의 손을 대충 훑었다.

"손을 보니 금속을 만지는 사람 같구먼."

최진기의 손은 굳은살 투성이었다.

손바닥 중앙에는 동전보다 큰 크기의 굳은살이 박혀 있었고 손가락 마디는 일반 사람보다 두 배는 더 커져 있었다.

몇 년 동안 공구를 사용하며 생긴 훈장이었다.

대장장이는 그런 최진기를 알아보았다.

자신의 손과 크게 다르지 않은 최진기의 손을 보자 대장장이의 마음이 열렸다.

"그래, 어떤 광석을 보고 싶은 건가? 우리가 가지고 있는 광석의 종류는 그렇게 많지 않다네. 대부분이 타만트나 아미움 같은 저렴한 금속이네. 다른 금속이 없는 것은 아니지만 자네에게 팔 수 있을 정도의 양은 되지 않는다네."

"괜찮습니다. 타만트나 아미움 말고 다른 금속은 어떤 게 있는지 알고 싶어서 찾아왔습니다."

"그래? 자네 손을 보니 우리와 비슷한 일을 하고 있는 것 같은
데. 금속은 봐서 뭐하려고 하는지 모르겠구만. 대부분의 물건들
은 타만트만 사용하면 충분한데 말이야. 물론 특별한 색을 가지
고 있는 검을 가지고 싶어 하는 사람들이 있어 여러 가지 색을
내는 금속을 가지고 있긴 하지만, 이런 금속을 검에 넣으면 오히
려 강도가 떨어져 제대로 사용할 수가 없어."

대장장이의 말이 맞을지도 몰랐다.

하지만 최진기는 대장장이의 말에 괜찮다는 말만 계속하였고,
대장장이는 최진기를 데리고 금속 보관실로 이동했다.

"여기가 우리 대장간의 금속 보관실이네. 대부분의 금속의 타
만트긴 하지만 그래도 이 도시에서 가장 많은 금속을 보유하고
있다고 자부할 수 있다네."

금속 보관실은 50평 정도 되는 크기의 창고였다.

창고 대부분이 익숙한 타만트로 채워져 있었지만 벽 한편에
는 처음 보는 금속들이 빛을 내고 있었다.

"잠시 만져 봐도 되겠습니까? 홈치거나 홈집을 내지는 않겠습
니다."

"그러게나. 아직 정제도 제대로 되지 않은 광석들이니 만져도
상관없다네. 그럼 마음껏 구경하게나. 나는 일이 바빠서 말이지.
궁금한 것이 있으면 나중에 물어보게나. 같은 손을 가지고 있는
사람에게 그 정도 호의는 베풀 수 있지."

대장장이가 밖으로 나가자 본격적으로 금속을 살펴보기 시작
했다.

[에리닉이 포함된 광석]

등급 : D

강도 : 3~10

순도 : 60%

에리닉을 중심으로 여러 가지 금속이 섞여 있다.

불순물을 제거하면 3의 강도를 가지게 된다.

이번에도 역시나 광석에 손을 대자 정보들이 머릿속으로 들어왔다.

3의 강도라면 지금까지 사용했던 금속 중에서 가장 강한 강도를 가지고 있었다.

타만트의 광석의 강도가 겨우 8이었고 정제를 아무리 잘한다고 해도 6을 넘어가기가 힘들었다. 하지만 에리닉 광석은 무려 3의 강도를 가지고 있었다.

몇 개의 광석을 더 둘러보았지만 에리닉처럼 뛰어난 강도를 가지고 있는 광석은 없었다.

[타르트가 포함된 광석]

등급 : E

강도 : 7~10

순도 : 50%

부서지는 성질이 강한 광석으로 무기나 방어구를 만들기에는 적합하지 않다.

세공이 쉬우므로 장식품을 만드는 것이 좋다.

[파르판이 포함된 광석]

등급 : D

강도 : 6~7

순도 : 75%

파르판은 밀집하는 성질이 뛰어나 불순물의 함유가 적다.

높은 열이 있어야만 세공이 가능하므로 무기로 제작되기는 힘들다.

최진기는 금속 보관실을 나와 다시 대장장이를 찾아갔다.

대장간에 있는 금속만으로는 부족했다. 더 많은 금속들을 보고 싶었다.

"잘 봤습니다. 그런데 이런 금속들을 어디서 구하신겁니까?"

"바잔트 병기점에서 일하고 있는 에크를 통해 구했다네. 대도시로 상행을 나가는 사람이 에크뿐이니 그에게 부탁하는 수밖에 없다네. 약간의 수고비만 주면 어렵지 않게 구해 오곤 하지."

바잔트 영지는 낙후되었지만 바잔트 영주는 자작의 직위를 가지고 있었다.

자작은 세습 귀족이다. 세습 귀족은 주변 영지의 귀족들과 어느 정도는 관계를 가지고 있었다.

바잔트 영지는 농지도 부족했고 생필품을 만드는 공장도 적었다.

그랬기에 바잔트 영주의 병사들이 몇 달에 한 번씩 주변 영지를 들러 물건을 사 오곤 했다.

　상인들이 찾아올 이유가 없는 바잔트 영지였기에 어쩔 수 없는 선택이었다.

　하지만 그들이 사 오는 물건은 식량과 필수품이 대부분이었다.

　내가 원하는 물건을 구하기 위해서는 어쩔 수 없이 바잔트 병기점의 에크의 도움이 필요했다.

　그를 회유하는 방법?

　어렵지 않다. 돈의 힘은 사람 간의 신뢰를 만들어준다.

　강화가 끝난 단검 하나를 들고 바잔트 병기점을 찾아갔다.

　"또 오셨습니까. 다른 무기를 구입하실 생각이십니까? 원하시는 저렴한 무기들은 없지만 다른 무기들도 그렇게 비싸지 않으니 부담 없이 둘러보세요."

　"물건을 사려고 온 것이 아니라 팔려고 온 겁니다. 이 정도 단검이면 얼마를 쳐줄 수 있나요?"

　에크는 단검을 받았다. 최진기의 손에 의해 강화가 끝난 단검은 바잔트 병기점에 있는 어떤 무기보다 더 밝은 빛을 내고 있었다.

　"강도를 확인해 봐도 되겠습니까?"

　"그러세요."

　에크가 검의 강도를 확인하는 방법은 간단했다.

　장작으로 쓰려고 둔 나뭇조각에 검을 휘둘러 보는 것이었다.

'저렇게 한다고 해서 강도를 제대로 확인할 수는 없을 건데. 뭐 하루 이틀 장사를 한 게 아니니 노하우가 있겠지.'

에크가 강화된 단검을 휘두르자 장작은 너무도 쉽게 반으로 잘려 나갔다.

아기 팔목만 한 크기의 장작이긴 했지만 예전에 에크가 시험했을 때처럼 부서진 것이 아니라 잘렸다.

"아니, 이런 무기를 어디서 구하셨습니까. 이 정도 단검이라면 1골드는 받을 수 있을 겁니다."

20실버짜리 무기가 1골드가 되었다. 이렇게 하기 위해 쓰인 재료는 1실버도 되지 않았다.

50배를 남기는 장사였다.

상인의 궁극적인 목표는 돈이다.

돈을 벌기 위해 위험한 불구덩이 속으로 뛰어드는 것이 상인들이었다.

성공한 상인이 되기 위해서는 돈 냄새를 잘 맡는 능력을 가지고 있어야 한다.

에크는 20대 초반의 어린 나이였지만 돈 냄새를 맡는 후각을 가지고 있었다.

"이 검의 유통을 저한테 부탁한다는 말씀이십니까? 물론 제가 할 수는 있습니다."

"얼마나 많은 양의 검을 유통시킬 수 있나요?"

"이런 검이 더 많으십니까? 양은 상관이 없습니다. 이 정도 강도를 가지고 있는 검은 대도시로 나가서도 찾아보기가 힘듭니다. 몇 자루가 되든지 모두 판매할 자신이 있습니다."

최진기는 에크와 계약을 맺었다.

모든 검의 유통권을 에크에게 주었고 에크는 검을 판매하면서 생기는 이득의 15%를 가지기로 했다. 나쁘지 않은 계약이었다. 에크 입장에서는 대박을 친 것이나 다름이 없었다.

주로 대도시에서 소량의 물건을 사와 바잔트 영지에 판매하는 것이 그의 수익 구조였다.

바잔트 영지에서 대도시로 갈 때는 항상 빈 수레만을 가지고 가던 그였다.

하지만 이제는 올 때와 갈 때 모두 물건이 가득 든 수레를 가지고 갈 수 있게 되었다.

"언제 상행이 가능하죠? 최대한 빨리 물건을 판매하고 싶은데요."

이미 만들어둔 29자루의 검이 있었다. 첫 상행으로는 이 정도면 충분했다.

무기를 강화하는 데 많은 노력이 필요하지는 않지만 그래도 헐값에 무기를 판매하고 싶지는 않았다.

에크의 능력에 대해서 잘 모르고 있는 지금 29자루의 검은 그의 능력을 시험하는 시험대가 될 것이다.

"당장 내일이라도 상행을 갈 수 있습니다. 영지에서 병기점을 찾는 사람이 하루에 한 명도 되지 않는 실정입니다."

"그러면 지금 제 작업실로 와서 무기를 받아 가세요."

에크는 급히 손수레를 끌고 나와 작업실로 이동했다.

"이 무기들은 혹시 저희 상점에서 구입하신 물건들이 아닙니까?"

눈썰미가 약간이라도 있다면 알 수 있는 사실이었다.

그리고 에크의 눈썰미는 생각보다 좋아 보였다.

"그렇습니다. 모두 바잔트 병기점에서 산 무기들입니다."

"어떻게 이런 일이……."

믿기지 않을 것이다.

최진기도 자신이 무기를 강화시킬 수 있는 능력을 가지고 있다는 사실이 한 번씩 믿기지 않을 때가 있었으니 삼자인 에크가 쉽사리 믿을 수가 없는 건 당연했다.

하지만 눈에 보이는 사실을 부정할 수는 없다.

무기들의 가치를 한눈에 알아본 에크의 눈이 탐욕으로 일렁거렸다.

더럽고 추악한 탐욕이 아니라 밝은 느낌의 탐욕이었다.

"제가 형님으로 모시겠습니다. 형님."

"저와 나이가 비슷해 보이는데 형님이라니요. 괜찮습니다. 그냥 물건 공급자와 판매자의 관계만으로도 충분합니다."

"아닙니다. 저에게 이런 기회를 주신 사람을 형님으로 모시지 않는다면 하늘에 계신 저희 부모님들이 저를 욕할 것입니다. 형님으로 모시게 해주세요."

못 해줄 건 없다. 최진기도 에크의 도움이 필요했다.

비즈니스적인 관계보다 더 깊은 관계가 된다면 앞으로의 일이 더욱 순탄하게 진행될 것이었다.

"알겠습니다. 그렇게 원하신다면 받아들이겠습니다."

"형님, 말씀 낮추세요. 반말을 하든, 막말을 하든 모두 받아들이겠습니다."

"그래… 막말은 하지 않을게."

"진 형님, 하루에 강화시킬 수 있는 무기의 양이 얼마나 되십니까? 그 정도 정보는 알고 있어야 계획을 세울 수 있습니다."

말해주어야 할까? 만난 지 겨우 하루밖에 되지 않은 사이였다.

최진기를 형님으로 모신다고 하는 에크였지만 그를 전적으로 믿기에는 아직 신뢰가 부족했다.

에크도 자신이 아직 최진기에게 신뢰를 주지 못하고 있다는 것을 잘 알고 있었다.

그랬기에 강화를 어떻게 시키는지에 대해서는 일절 물어보지 않고 강화시킬 수 있는 양에 대해서만 물어본 것이었다.

에크는 나름대로 선을 지킨 것이었고 그것이 최진기의 입을 열게 하였다.

"하루에 만들 수 있는 무기는 종류에 따라, 등급에 따라 다르기는 하지만 오늘 내가 너의 가게에서 구입한 무기 정도의 등급이라면 하루에 50개 이상의 무기를 강화시킬 수 있어."

복권에 당첨된 표정.

지금 에크의 표정이 그랬다. 자신의 생각보다 훨씬 많은 양의 무기를 강화시킬 수 있다는 최진기의 말에 에크의 표정이 한없이 밝아졌다.

"그러면 돌아올 때 큰 수레를 하나 구입해 와야겠습니다. 말도 한 마리 구입하고요."

공격적인 선택이었다.

에크는 몇 년 전에 아버지를 잃었다. 대도시로 상행을 떠난 아버지가 강도를 만나 돌아가셨다. 아버지가 에크에게 물려준 재산은 병기점과 약간의 돈이었다.

에크는 돈을 허투루 사용하지 않았다. 꼭 필요한 물건이 아니라면 사용하지도 않았다.

자신을 위해 돈을 사용해 본 기억이 언제인지 생각이 나지 않을 정도였다.

그런 그가 말을 구입한다는 것은 엄청난 결정이었다.

지금 잡은 기회를 절대 놓치지 않겠다는 의지가 가득 들어 있는 결정이기도 했다.

"하긴 말과 수레가 있긴 해야겠지. 나도 어느 정도 투자를 할 테니까. 기왕 수레와 말을 살 거, 품질이 좋은 것들로 사는 게 어떨까?"

최진기는 감격한 에크를 바라보고 있었다.

이 세상의 사람들은 순수했다. 모든 사람들이 순수한 것은 아니었지만 한국에서 만난 사람들과 비교하면 대체적으로 순수한 편이었다.

때가 아직 덜 탄 느낌.

감정을 잘 숨기지 못하고 거짓말을 잘하지 못하는 사람들이었다.

세상의 발전이 사람들에게 더러움을 묻히는 것이 아닐까라는 생각을 하는 최진기였다.

　"감사합니다. 그러면 어느 정도 크기의 수레를 구입하는 것이 좋을까요? 제 마음 같아서는 말 두 마리가 끄는 크기의 수레를 구입하고 싶긴 하지만……."

　"원하면 그렇게 해야지. 말 한 마리 값도 내가 투자할 테니까 무기를 판매하고 생긴 돈으로 일단 수레와 말을 사도록 해. 그리고 남는 돈의 절반은 값싼 무기를 사는 데 사용하고 나머지 절반은 다양한 광석들을 구입해 왔으면 좋겠는데. 가능하겠어?"

　"가능합니다. 최대한 많은 광석들을 구입해 오겠습니다, 진 형님."

　"그런데 혼자 가능하겠어? 사람을 더 모아야 하지 않겠어? 상행은 점점 규모가 커질 테니 용병이라도 구하는 게 좋을 것 같은데."

　"하지만 용병 중에서 저희 영지로 들어오고 싶어 하는 용병이 많지 않은 편이라 용병을 구하기가 어렵습니다. 영지에 저와 친한 친구들이 있습니다. 그들을 상행에 동행시키도록 하겠습니다."

　에크는 수레에 강화된 무기들을 담아 자신의 병기점으로 가지고 갔고 내일 상행을 떠나기 위한 준비를 했다.

　그러는 동안 최진기는 바잔트 영주의 급작스러운 방문을 맞이해야 했다.

　"영주님, 어쩐 일로 직접 찾아오셨습니까."

"자네가 어떻게 하고 살고 있는지 궁금해서 찾아왔지. 내가 그래도 자네의 생명의 은인 아닌가. 생명의 은인을 이렇게 서 있게 할 건가?"

"누추하긴 하지만 일단 안으로 모시겠습니다."

장난기 가득한 영주의 말투에 최진기는 웃으며 영주를 집 안으로 모셨다.

"마땅히 대접할 차도 없습니다. 진작 연락을 주셨으면 준비를 해놓는 건데, 죄송합니다."

최진기는 영주를 좋아했다.

산에서 자신을 구해준 것뿐 아니라 독립을 위해 지원을 해주기도 했다.

그리고 영주는 사람을 편안하게 해주는 능력을 가지고 있었다.

자작이라는 작위를 가지고 있는 영주였다.

여기서도 귀족은 평민들을 무시하기 일쑤라고 들었지만 그가 처음 본 귀족인 영주는 그러지 않았다.

낙후된 도시에서 살아왔기 때문일 수도 있었지만 그의 성격은 본성이었다.

천성적으로 따뜻한 마음을 가지고 있는 영주였다.

"어려운 부탁인가?"

몬스터 사냥을 직접 다닐 정도로 건장한 영주가 앉아 있기에는 좁아 보이는 의자에 영주는 다리를 꼬고 앉아 최진기의 대답을 기다렸다.

"영주님. 물론 제가 병사들의 무기를 강화시킬 수는 있습니다. 하지만 이것은 좀……."

테이블 위에는 한 자루의 검이 놓여 있었다.

세월의 무게를 견디지 못해 조금 낡아 보이기는 했지만 화려한 문양과 칼자루에 보석이 박혀 있는 검.

바잔트 가문의 가보인 '약속의 검'이었다.

언제 만들어졌는지 영주도 모르고 있었다. 단지 집안 어른들이 소중히 다뤘기에 중요한 검이라는 것만 알고 있었다.

이 검을 영주가 왜 최진기에게 가지고 왔을까?

미세한 금들이 검에 가 있었다. 자세히 보지 않으면 육안으로 확인할 수도 없는 금들이 검 면을 채우고 있었다.

"이걸 고치기만 한다면 어떤 부탁이라도 들어주겠네. 영지를 달라면 주지. 이런 영지를 가지고 싶어 할 리는 없겠지만 말이야. 하하하."

"영지를 가지고 싶은 마음은 없습니다. 다만 제가 이 검을 수리할 수 있을지 모르겠습니다. 차라리 전문 대장간에 이 검을 맡기시는 것이 어떻습니까?"

"당연히 대장간에는 이미 맡겨보았다네. 나뿐만 아니라 나의 아버님도, 할아버님도 이 검을 수리하기 위해 전국 각지의 이름깨나 있는 대장간이라는 대장간은 모두 방문했었지만 그들 모두 고개를 가로저었다네. 자네가 수리하지 못한다고 해도 내 탓하지 않겠네. 그냥 이대로 묵히기는 아까운 검이라 그렇다네."

"알겠습니다. 그러면 최선을 다해 수리해 보도록 하겠습니다.

하지만 너무 큰 기대를 하시지는 말아주십시오."

"최선을 다해주기만 하면 충분하다네. 그러면 이만 가보겠네.
아! 그리고 영지 무기고에 있는 무기들을 내일부터 옮겨다 주겠
네."

최진기가 독립을 할 때 한 약속이 있었다.

영지 무기고에 있는 모든 무기를 강화시켜 준다는 약속.

한 자루의 검을 강화시키는 데 받는 돈은 단돈 20실버.

최진기의 입장에서는 손해 보는 거래일 수도 있었지만 흔쾌히
받아들였다.

생명의 은인에 대한 예우였다.

간단한 다과도 없는 최진기의 집이었기에 영주는 오래 머물지
않았다.

집 앞에서 대기하고 있던 병사들과 영주가 성으로 돌아가자
최진기는 영주가 두고 간 검을 살펴보기 시작했다.

[바잔트 가문의 가보]

등급 : B

내구성 : 1/20

강도 : 11

순도 : 85%

조금만 힘을 주어도 깨질 정도의 내구성을 가지고 있는 검.

???와 ???을 이용해 수리가 가능하다.

이번에도 ??? 표시가 떴다.

아직 금속에 대한 정보가 많이 부족했다.

에크가 대도시에서 금속들을 구입해 와야만 해결될 것 같았다.

'그래도 B급을 가지고 있는 무기니 수리하면 괜찮은 검이 될 것 같은데.'

에크가 대도시를 다녀오려면 최소 2주는 기다려야 했다.

바잔트 영지가 워낙 후미진 곳에 있었고 에크가 가지고 있는 노새는 느렸다.

말 두 마리와 새로운 수레를 구입하면 이동 시간이 단축될 것이나 이번 상행은 노새를 이용할 수밖에 없었다.

'영주님에게 말 한 마리만 빌려달라고 할 걸 그랬나? 아니야, 괜히 엮여서 좋을 건 없지.'

2주라는 시간 동안 최진기는 영지의 무기고에 있는 무기들을 강화시켜 주며 시간을 보냈다.

검과 창 종류의 무기와 방패와 철 갑옷 종류의 방어구까지 다양한 병기들을 강화시켜 주었고, 2주 동안 벌어들인 돈이 적지 않았다.

에크를 통해 직접 무기를 판매하는 것보다는 액수가 적긴 했으나 그래도 집과 작업장을 꾸미기에는 충분한 돈이었다.

보름하고 5일이 지나자 에크가 영지에 도착했다.

예상보다 빠른 시간에 도착한 것이었다.

바잔트 영지에서 가장 가까운 대도시는 에르민 영지였다.

걸어서 간다면 일주일은 걸리는 거리에 있는 도시였다.

에크가 얼마나 급히 움직였는지 알 수 있었다.

"고생했어. 무기는 다 팔았어?"

고생한 에크보다 신경이 쓰이는 것은 무기를 얼마에 판매했는지였다.

"당연합니다. 제가 누굽니까. 맨발의 에크입니다. 무기들을 생각보다 비싼 가격에 판매했습니다. 시간이 더 있었다면 더 비싼 가격에 판매할 수 있었지만 첫 포크질에 배를 채울 수는 없는 법 아니겠습니까. 다음번 상행은 더 많은 이득을 취할 수 있을 것 같습니다."

에크가 에르민 영지에 도착해서 가장 먼저 찾은 곳은 주로 거래를 해왔던 상가가 아니었다.

그는 마을 광장에 자신이 들고 온 무기를 꺼내 보였고 경매 형식으로 무기들을 판매했다.

에크는 자신의 입담에 모여든 사람 중 가장 비싼 가격을 제시하는 사람에게 무기를 판매하였고 50골드의 수입을 얻을 수 있었다.

큰 도시로 갈수록 좋은 무기를 원하는 사람들은 많아진다.

기사들은 무기를 목숨처럼 여긴다. 기사들뿐만 아니라 영지 직속 병사들 또한 좋은 무기를 가지고 싶어 했다.

가진 재산을 모조리 털어서라도 좋은 무기를 가지고자 하는 것이 그들이었다.

이번 상행이 성공하는 것은 당연했다.

"여러 상가에서 독점 계약을 맺자고 제의를 해왔지만 일단은 제안을 다 거절했습니다. 안정적인 수입을 위해서는 독점 계약을 맺는 것이 더 좋을지도 모르지만 괜히 남 좋은 일시키는 것 같아 거절했습니다. 형님 생각은 어떠십니까? 계약을 맺는 게 나을까요?"

"아니야, 잘했어. 괜히 독점 계약을 맺었다가 뒤통수 맞으면 망할 수 있으니까. 그리고 무기 판매에 대한 것은 전적으로 너에게 맡길게. 나는 그냥 보고만 듣는 것만으로 충분해. 나보다 네가 상재는 더 뛰어나잖아."

50골드.

처음 상행으로 벌어들인 금액이었다.

50골드로 할 수 있는 일은 많았다.

더 큰 집으로 이사를 할 수도 있었고, 몇 달 동안 일을 하지 않고 흥청망청 살아갈 수도 있었다.

하지만 지구로 돌아갈 계획을 이루기 위해서는 그래서는 안 되었다.

"수레 안에 형님께서 원하시는 금속들이 실려 있습니다. 최대한 많은 종류의 금속을 구하긴 했지만 그렇게 많지는 않습니다. 광석을 판매하는 상점이 많지도 않았고, 조금이라도 빛이 나는 광석은 보석점에서 비싼 값에 판매하고 있어서 이번 상행의 대부분의 수입을 금속을 사는 데 사용했습니다. 남은 돈은 5골드가 전부입니다."

수레에는 많은 종류의 광석과 보석들이 실려 있었다. 새로 강화할 무기들도 실려 있었고 에크가 개인적으로 판매할 물건들도 조금 실려 있었다.

　말과 수레까지 사고 남은 돈이 5골드라면 만족스러웠다.

　"그래, 고생했어. 한동안은 좀 쉬어."

　"알겠습니다. 그러면 다음 상행은 언제 다시 가면 되겠습니까? 물건만 준비된다면 다음 주라도 바로 출발할 수 있습니다."

　"그래? 그럼 다음 주가 시작하는 날에 상행을 떠날 수 있도록 물건을 준비해 놓을게."

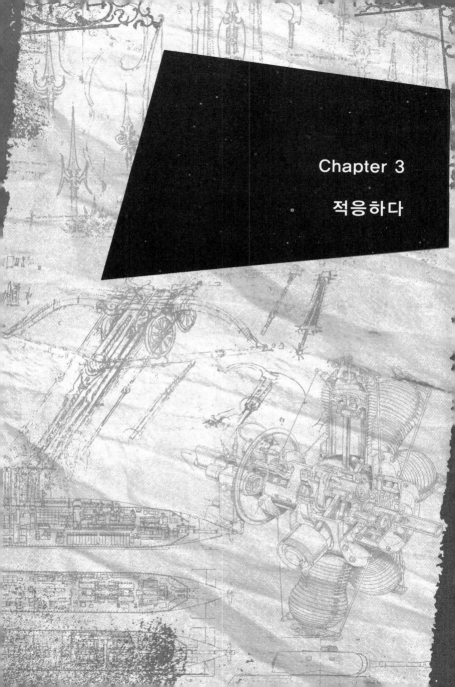

Chapter 3

적응하다

[엘프의 피가 섞인 단검]

등급 : D

내구성 : 2/13

강도 : 6

순도 : 70%

엘프의 피가 함유되어 있는 단검.

칸누를 추가하면 특수한 능력을 가지게 된다.

수십 개가 넘는 금속과 보석들을 다 만져 본 최진기가 다시
엘프의 검을 만졌는데 ??? 표시가 '칸누'로 바뀌어 있었다.

칸누.

노란빛을 내는 광물로 아주 고가는 아니지만 서민들의 결혼식 예물로 사용되곤 하는 보석 중 하나였다.

　최진기는 곧장 칸누를 집어서는 작업대 위로 가져갔다.

　칸누를 든 상태로 엘프의 검을 들자 검은 격하게 빛을 내기 시작했다.

　검도 자신을 강화시킬 칸누를 원하고 있었다.

　천천히 칸누를 검에 가져다 대자 검은 칸누가 검 속으로 녹아들어 갔다.

　검은 점점 노란빛으로 변해갔다.

　신기한 일이 일어났다.

　검에서 불순물들이 진액처럼 흘러나왔고 최진기는 그 진액을 깨끗한 천으로 닦아내었다.

　진액을 여러 번 닦아내자 이번엔 반대편 검면이 붉게 변하고 있었다.

　결국 검은 한 면은 노란색, 다른 한 면은 붉은색을 내는 이상한 검이 되어버렸다.

　주먹만 한 크기의 칸누는 작은 자갈의 크기로 바뀌었고 그제야 검에서 흘러나오는 빛이 멈추었다.

　"이제 끝난 건가? 강도가 얼마나 강해졌는지 확인해 볼까. 강도가 5만 되도 대박인데."

　[정령의 단검]
　등급 : B

내구성 : 22/22

강도 : 4

순도 : 96%

엘프의 피와 칸누가 포함된 단검.

정령 소환 유지 시간을 30% 올려준다.

"여기에 정령사도 있는 거였어? 이 세계는 알면 알수록 모르겠어. 전설인 줄 알았던 정령도 있으니 지구로 돌아갈 방법도 있겠지."

정령 소환을 할 수 있는 사람은 영지 내에 없었다.

다음 상행에 정령의 단검을 판매할까도 생각해 봤지만 처음으로 얻은 능력을 올려주는 무기였기에 기념으로 작업실 한편에 보관하기로 했다.

*   *   *

최진기는 하루에도 수십 개의 무기와 방어구를 강화시켰고 그 대부분은 영지 무기고에 있는 것들이었다. 강화된 무기와 방어구는 전부 병사들에게 지급되었고, 강한 무기와 방어구를 얻게 된 영지병들은 바잔트 영주의 지휘하에 몬스터 사냥을 나갔다.

몬스터 지대에 밀접한 바잔트 영지였기에 다른 도시보다 몬스터를 발견하는 빈도가 더 높았고 영지에서 벗어나 산 하나만 건너면 어렵지 않게 몬스터를 만날 수 있었다.

몬스터는 좋은 수입원이었다.

몬스터의 가죽은 여러모로 쓸모가 많았고 몬스터의 피와 마정석은 마탑에서 비싼 가격에 구입하고 있었다.

가죽부터 뼈까지 버릴 곳이 하나도 없는 것이 몬스터였다.

하지만 몬스터를 사냥하는 것은 쉬운 일이 아니었다.

몬스터 중에서 가장 약한 1성 몬스터인 와일드 도그만 하더라도 건장한 성인 남성의 힘과 비슷했다. 와일드 도그보다 한 단계 더 높은 2성 몬스터 와일드 피그는 성인 남성 두 명이 있어도 상대하기 힘들었다.

특히 영지 인근에서 가끔씩 출몰하는 3성급 몬스터인 유령 거미는 5명 이상의 병사가 진형을 유지해야만 피해 없이 사냥할 수가 있었다.

하지만 이제는 달라졌다. 강화된 무기와 방어구를 착용한 병사들은 평소보다 더 쉽게 몬스터들을 사냥할 수 있었고 이전보다 더 많은 양의 몬스터의 부산물을 획득할 수 있었다.

이는 전부 영지의 재산으로 들어갔고 고스란히 영지의 발전을 위해 사용되었다.

영지에 돈이 돌기 시작했다.

몬스터의 부산물을 가공하는 사람들의 일거리가 늘어났고 병사들은 특별 수당을 받게 되었으며 그 돈은 영지 내의 상점과 술집의 매상을 올려주는 역할을 하였다.

작은 변화였지만 파장은 컸다.

몬스터를 사냥하며 입는 피해는 줄어들고 수입은 늘어났다.

영주는 수입이 늘어나자 병사의 숫자를 늘렸고 도시 보수공사를 시작했다.

성벽만을 보수하기에도 적은 금액이었지만 공사를 시작한다는 것이 중요했다.

영지민들이 할 일이 생긴 것이었다.

자신들의 주업도 중요하지만 추가 수입을 얻게 되는 부업을 가지게 된 영지민들은 조금 더 풍족해졌다.

영지민들이 풍족해지자 도시는 빠르게 발전해 갔다.

정체되어 있던 도시에 강화된 무기가 발전의 기폭제가 된 것이다.

대도시의 입장에서는 이런 변화는 정말 사소한 변화라고 느낄지는 몰라도 바잔트 영주에게는 지금의 변화가 중요했다.

자신의 아버지 그리고 할아버지까지 영지의 유지를 위해 힘썼지만 영지를 발전시키는 것은 실패했었다.

자신의 대에서 영지가 조금이지만 발전하고 있다는 것에 희열을 느끼고 있는 바잔트 영주였다.

그리고 그 중심에는 최진기가 있었다.

영주도 그 사실을 잘 알고 있었기에 최진기의 집과 작업장 주변에 초소 하나를 세우기까지 했다.

최진기에게 수리를 맡긴 가보가 이제는 어떻게 되어도 상관이 없었다.

단지 최진기가 계속해서 영지에서 무기를 강화시키며 지내기만을 원하고 있었다.

다행히 최진기는 아직 영지를 떠날 생각을 하지 않고 있었다.

＊　　　　　＊　　　　　＊

독립한 지 두 달.

최진기는 짧은 시간 내에 꽤나 많은 돈을 벌었고 여러 가지 금속과 보석을 모았을 뿐만 아니라 많은 정보도 들을 수 있었다.

마법사의 탑에서 조언을 듣기 위한 금액은 5골드.

브루니스 왕국의 국교로 지정된 바인트 사원에서 신탁을 받기 위해 필요한 금액은 10골드.

마탑과 사원에서 정보를 듣는 조건은 돈이면 충분했다.

최진기는 에크를 시켜 마법사의 탑에 차원 이동에 대한 정보를 구했었다.

하지만 마법사의 탑에서는 현재의 마법적 지식으로는 차원 이동은 불가능하다는 정보를 전해주었다.

5골드나 받았지만 만족스러운 대답을 주지 못한 마법사의 탑이었다.

바인트 사원에 기대를 걸어봤지만 그들 역시 불가능하다는 답만을 주었다.

이대로 지구로 돌아갈 방법을 찾는 것을 포기해야 할까?

아직 마지막 남은 지푸라기가 하나 있다.

현자 지락니스.

세상의 모든 지식을 품고 있다고 하는 그를 찾으면 방법이 생길지도 몰랐다.

그가 현재 어디에 지내고 있는지 알고 있는 사람은 아무도 없었다.

그가 살아 있는지 죽었는지에 대해서도 말이 많았다.

하지만 한 번씩 그를 보았다는 증언이 나오고 있었기에 그가 아직 죽지 않았다는 것이 정보 길드의 입장이었다.

그에 대한 정보를 입수하기 위해 사용한 돈만 하더라도 30골드가 넘었다.

가진 돈을 다 퍼부어 그에 대한 정보를 알아보고 있었다.

그를 찾더라도 지구로 돌아갈 방법을 알게 된다는 보장은 없다.

이제는 현실을 인식해야 했다.

만약 지구로 돌아가지 못한다면 이 세계에 적응하며 살아가야 한다.

과학의 발전이 더딘 이곳에서의 삶은 힘들었지만 사람을 괜히 적응의 동물이라고 부르는 게 아니었다.

하루가 지나는 만큼 최진기는 몸도 정신도 이곳에 적응하고 있었다.

샤워기 대신 바가지로 몸을 씻는 것이 익숙해졌고 쌀밥 대신 빵을 먹는 것도 익숙해졌다.

매운 음식을 먹지 못하는 것이 아쉽기는 했지만 큰 문제는 되지 않았다.

현자라는 지푸라기만 잡고 있을 수는 없다.

이제는 본격적으로 움직여야 했다.

한 번 사는 인생 허투루 살고 싶지는 않았다.

오히려 이곳이 능력을 발휘하기 더 좋은 곳일지도 몰랐다.

제대로 교육을 받지도 않는 사람들이 대부분이었고 정보는 적었다.

지구에서의 삶은 정보의 바다에서 지낸다고 해도 다르지 않다.

하루에 받아들이는 정보의 양이 이 세계보다 열 배, 아니 백 배는 더 될지도 몰랐다.

기능 올림픽을 준비하면서 제대로 고등교육을 받지 못했다고는 하지만 이 세계의 사람들보다 더 좋은 머리를 가지고 있다고 장담할 수 있다.

그리고 어떻게 하면 이 세계에서 성공할 수 있는지에 대한 답도 알고 있었다.

과학은 물론이고 경제의 발전이 지구와 비교할 수도 없을 정도로 더딘 이 세계였다.

무기를 강화해 파는 것만으로는 부족했다.

물론 그렇게만 하더라도 일반 영지민들은 평생 만지지도 못할 정도의 돈을 단기간에 벌 수 있다. 하지만 그는 그렇게 꿈이 작은 사람이 아니었다.

세상을 좌지우지한다는 꿈은 없었지만 그래도 작은 그릇을 가진 사람으로 기억되고 싶지는 않다.

최진기는 움직였다.

작은 작업실과 집에 만족하며 살고 싶지 않은 그였다.

그는 생각을 정리하고는 곧장 영주 성을 향해 이동했다.

성의 입구를 지키고 있는 병사들은 모두 최진기를 알고 있었다.

그들 모두 최진기에게 무기를 맡겨본 적이 있었기에 모를 수가 없었다.

자신들이 차고 있는 강화된 무기가 전부 최진기 덕분이라는 것을 알고 있는 병사들은 웃는 얼굴로 최진기를 반겼다.

"반갑습니다. 무슨 일로 여기까지 다 오셨습니까? 작업할 게 많으시다고 알고 있는데, 무슨 문제라도 있습니까?"

"영주님을 뵙고 드릴 말씀이 있어 찾아왔습니다. 영주님을 지금 만날 수 있을까요? 약속도 잡지 않고 이렇게 무작정 찾아와 실례가 되는 게 아닐까 생각합니다만, 꼭 드릴 말씀이 있어서요."

"잠시만 여기서 기다려 주세요. 제가 바로 영주님에게 전하고 오겠습니다."

해가 중천에 떠 있는 시간.

이미 점심시간은 지나가 있었고 디저트를 먹기 딱 좋은 시점이었다.

"약속도 하지 않고 찾아왔는데 만나주셔서 영광입니다. 그리고 이렇게 맛있는 다과까지 주시고 정말 감사합니다."

최진기는 영주의 집무실로 안내받았고 영주와 어렵지 않게 독대를 할 수 있었다.

"요즘 자네 덕분에 몬스터 사냥이 쉬워졌다네. 무기와 방어구가 좋아지니 병사들도 자신감이 붙어 몬스터를 보고도 겁을 집어먹기는커녕 달려든다네."

40대의 영주였지만 그의 얼굴에는 주름이 자글자글했다.

제대로 된 의료 시설도 없었고, 영양분을 충분히 섭취한다고는 하지만 영지에 대한 걱정이 그를 나이보다 더 늙게 보이게 했다.

사실 다른 영지민의 사정도 다르지 않았다. 자시의 나이보다 최소 10살은 더 들어 보였다.

이 세계에서 최진기의 얼굴은 10대라고 해도 믿을 정도였다.

"영주님, 사냥하는 몬스터의 수가 늘어나 영지가 발전되고 있는 것을 느끼고 있습니다. 만족하십니까?"

조금은 당돌해 보일 수도 있는 질문.

영주는 한 영지의 왕과도 같은 존재였다. 함부로 대할 수 있는 사람이 아니었다.

최진기는 영주가 자신을 얼마나 총애하고 있는지 잘 알고 있었기에 지금과 같은 질문을 던질 수 있었다.

"만족? 모르겠네. 이 정도로 만족을 해야 하는지, 아니면 더 욕심을 내야 하는지. 하지만 더 욕심을 내고 싶어도 딱히 방법이 생각나지 않는다네. 영지를 발전시키기 위해서는 인재가 필요하지. 수도에 있는 왕실 학교의 졸업생들을 영입하고 싶어 몇 번이나 접촉을 시도했지만 이렇게 낙후된 도시에 오려고 하는 인재는 아무도 없었다네."

"도시가 발전하면 인재는 저절로 모이게 되어 있습니다. 제가 영지를 발전시킬 계획을 하나 가지고 있는데 들어보시겠습니까?"

영주는 자신의 가려운 곳을 긁어주려고 하는 최진기에게 바짝 달라붙어 귀를 쫑긋 세웠다.

"영주의 발전을 위해서는 돈이 있어야 합니다. 하지만 바잔트 영지에는 특산물이라고 할 만한 물건도 없고 농지도 많지 않아 돈을 벌기에 적합하지 않습니다."

"알고 있다네. 우리 가문이 바잔트 영지를 다스린 지 150년은 넘었다네. 브루니스 왕국의 시작과 같이한 바잔트 가문이라네. 이 영지에 대해서 나보다 더 잘 알고 있는 사람은 없다네."

"특산품이 없다면 다른 방법으로 돈을 벌어야 합니다. 제가 강화시키고 있는 무기의 가치에 대해서 알고 계십니까?"

"알고 있다네. 나도 직접 사용해 보았고, 자네가 강화시킨 무기 덕분에 몬스터 사냥이 수월해졌다네. 어찌 내가 무기의 가치를 모를 수 있겠는가."

"그렇습니다. 강화된 무기의·가치는 날이 갈수록 높아지고 있습니다. 현재 에르민 영지에서 3골드가 넘는 금액에 무기가 거래되고 있습니다. 제가 의도적으로 많은 수의 무기를 풀지 않고 있기도 하지만 무기의 가격은 제 생각보다 더 높게 책정되어 팔리고 있습니다."

"나도 자네의 무기가 비싼 가격에 팔리고 있다는 것은 알고 있다네. 싼 가격으로 우리 병사들의 무기를 강화시켜 준 것에 대해서는 감사하게 생각하고 있다네."

"당연히 해야 하는 일입니다. 영주님은 제 생명의 은인이시지 않습니까. 병사들의 무기를 강화시키는 것만으로는 성의가 부족하다고 생각하고 있었습니다. 그래서 영지에 무기 경매장을 만들 생각입니다. 무기 경매장은 엄청난 수익을 만들어내는 황금 거위가 될 것이 분명합니다."

"자네가 강화시키는 무기의 가치가 높다는 것은 알고 있지만 자네의 무기를 사기 위해 사람들이 바잔트 영지로 찾아올지는 의문이네."

"아닙니다. 무조건 모이게 되어 있습니다. 광고를 할 생각입니다. 제가 만든 특별한 무기가 몇 개 있습니다. 그것을 대대적으로 광고하면 사람들은 모일 수밖에 없습니다. 큰돈을 벌 수 있다는 것을 장담할 수 있습니다."

"알겠네. 자네가 그렇게 강하게 주장하니 큰 수익을 벌 수 있다고 치겠네. 그런데 큰 수익을 나는 사업을 왜 나와 같이하려고 하는 건가?"

영주의 입장에서는 당연하게 들 수밖에 없는 의문이었다.

영주도 사람이었다. 사람의 욕심은 끝이 없다는 것을 모르지 않았다.

그랬기에 최진기가 지금 자신에게 하는 제안을 어떻게 받아들여야 할지 고민이 되었다.

영주는 최진기를 믿었고 총애했다. 하지만 지금 드는 의문은 그것들을 떠나 고개를 갸웃거리게 하기 충분했다.

"영주님의 도움이 필요합니다. 저 혼자만으로는 도저히 불가능합니다. 경매장을 만들고 사람을 끌어모으는 것은 저 혼자만으로도 충분합니다. 하지만 경매장을 지키는 것은 저 혼자만의 힘으로 불가능합니다. 경매로 물건을 구하려고 하지 않고 강도 짓을 하려는 사람이 있다면, 그것도 혼자가 아니라 조직적으로 움직인다면 제 능력으로는 경매장을 지킬 수가 없습니다. 그리고 영주님이 경매장을 공증해 주신다면 사람들은 안심하고 경매장을 찾을 겁니다. 그리고 강도 짓을 하려는 사람은 당연히 줄어들 겁니다."

"그러니까, 자네가 하려고 하는 경매장의 보안을 나에게 부탁한다는 말인 건가? 하긴 비싼 돈을 들여 경매를 하는 것보다 훔치는 것이 더 쉽다면 누가 경매에 참가하려고 하겠는가. 자네가 무슨 말을 하려는지 잘 알겠네. 그러면 이제 나머지 얘기를 꺼내 보게나."

영주는 최진기가 왜 자신의 도움을 필요로 하는지 알게 되었다.

이제는 다른 얘기를 듣고 싶어 했다.

수익 분배.

경매장이 성공한다면 사람들이 모이게 되고, 사람들은 영지의 상점을 이용하고 영지의 식당에서 식사를 해결해야 했다. 그렇게 되면 영지의 발전은 당연하게 이루어지는 것이다.

하지만 수익 분배는 파급효과로 발생하는 수익을 배제하고 해야 했다.

영주는 한 영지를 다스리는 사람답게 셈에 어둡지 않았다.

아니, 자신의 인생에서 몇 번 찾아오지 않는 기회가 지금이라는 것을 알았는지 평생 사용할 두뇌를 지금 다 사용하고 있었다.

"경매장에서 판매할 모든 무기를 제가 다 만들고, 장소까지 제가 만들 생각입니다. 경매장을 운영하기 위한 사람들의 봉급도 제가 줘야 합니다. 7:3 정도가 좋지 않겠습니까?"

영주의 머리가 힘차게 돌아갔다.

어떻게 하면 더 좋은 조건으로 계약을 맺을 수 있을지를 찾아내기 위해 머리를 굴리는 영주였고 그의 얼굴에는 하나의 주름이 더 생겨났다.

"6:4. 자네가 6이고 내가 4. 대신 경매장의 건물은 내가 제공하도록 하겠네. 그리고 경매장의 안전을 위해 병사들을 상시 거주시키겠네. 그리고 만약 문제가 생긴다면 모든 병사를 동원해 주겠다는 약속을 하겠네."

"알겠습니다. 그렇게 해주신다면 6:4로 하겠습니다."

"고맙네. 그럼 바로 계약서를 작성하도록 하지. 집사!"

영주는 최진기가 말을 바꿀 틈을 주지 않기 위해 급히 집사를 불렀고 그들은 2장의 계약서를 서로 나누어 가졌다.

성공적인 경매가 이루어지기 위해서는 크게 두 가지가 필요했다.

물건과 구입자.

좋은 물건이 있으면 사람이 모여들게 마련이었다.

그렇지만 광고도 중요했다.

광고를 통해 구입자가 많이 몰려들수록 경매품의 가치는 더욱 올라가게 마련이었다.

"여기 새로운 물건이 있습니다. 지금까지 제가 판매해 온 물건과는 비교가 불가능할 정도의 성능을 가지고 있는 물건입니다."

에르민 영지의 중앙에 위치해 있는 분수대에 에크가 자리를 잡고 떠들어대기 시작하자 사람들이 모여든다. 그가 가지고 온 물건이 시중에서는 구할 수 없는 무기들이라는 것을 에르민 영지 내의 사람들이라면 모르는 사람이 없었다.

무기를 사용할 일이 없는 아낙네들까지 알고 있을 만큼 에크가 가지고 온 무기는 입소문이 퍼져 나갔다.

그리고 오늘은 평소와 다르게 에르민 영지 내에서 활동하지 않는 상인들의 모습도 보였다.

'진 형님이 말한 대로 다른 도시의 상인들이 모여들기 시작하는구나. 오늘이 중요하지. 입을 한번 풀어보자.'

"무기라는 게 무엇입니까? 몬스터들이나 짐승들을 사냥하기 위한 도구입니다. 혹은 전쟁에서 적을 더욱 효율적으로 상대하기 위한 것이 무기입니다. 무기의 강도가 높아야 될 것이고 날카로움도 중요합니다. 그런데 무기를 들고만 있어도 힘이 강해진다면 어떻게 되겠습니까? 이 무기를 들고만 있어도 어린아이가 어른을 이길 수 있고, 신입 병사가 고참 병사를 이길 수도 있습니다."

에크의 말에 분수대 주변에 모인 사람들은 약장수나 할 법한 말을 하는 에크를 비웃었다.

하지만 전부가 그런 것은 아니었다. 수십 년이 넘는 세월 동안 상인으로 활동하며 여러 가지 물건들을 보아온 상인들은 에크의 말이 진실일지도 모른다고 생각하고 있었다.

지금은 사라졌지만 예전에는 무기에 특이한 능력을 부여하는 마법이 존재했다고 한다.

그 물건들이 몇 년에 한 번씩 모습을 드러내기도 했었다.

백작 이상의 가문에서는 그런 무기들이 가문을 나타내는 상징이기도 했다.

지금 분수대 위에 있는 저 상인의 말이 사실이라면 대박이었다.

특수한 능력을 가지고 있는 무기를 원하는 사람들은 많았다.

돈으로 작위를 산 귀족들은 가문을 빛낼 무기를 원하고 있었다.

돈으로 사지 못한 역사를 특수한 능력을 가지고 있는 무기로 대치하려고 했고, 돈이 얼마가 들어도 그런 무기를 가지고자 했다.

그뿐만 아니라 역사가 깊은 가문의 자제들도 그런 무기를 가지고 싶어 했다.

구할 수가 없어서 그렇지 가지고자 하는 사람들은 넘쳐 났다.

"자네의 말을 의심하고 싶지는 않지만 직접 보여줄 수 있겠나?"

당연한 질문이었다. 무턱대고 물건을 구입할 정도로 상인들은 허술하지 않았다.

"알겠습니다. 지금 질문하신 분이 누구신지 물어봐도 되겠습니까?"

"나는 바인트 상가의 지점장이다. 상인들이라면 나를 알고 있을 것이다."

그의 말이 사실인지 다른 상인들이 고개를 끄덕여 주었다.

"지점장님이 직접 확인해 보신다면 다른 상인들도 의심을 하지 않겠네요. 실례가 되지 않는다면 직접 확인해 보시겠습니까?"

지점장은 자신의 눈으로 직접 특수 능력이 있는 무기를 확인할 기회를 놓칠 리가 없었다.

"먼저 일반 무기를 휘둘러 여기 있는 짚단을 잘라보시고 그다음 이 '힘의 시미터'를 이용해 짚단을 베어보십시오. 확실히 차이가 있을 겁니다."

에크가 지점장에게 건넨 무기의 이름은 힘의 시미터였다.

[힘의 시미터]
등급 : C
내구성 : 12/12
강도 : 5
순도 : 78%
사용자의 힘을 20% 올려준다.
체력이 10% 빠르게 소모된다.

시미터가 가지고 있는 능력은 확실히 힘을 강하게 해주긴 하지만 체력도 빠르게 소모시켰다. 하지만 굳이 그런 사실을 알려 줄 필요는 없었다.

무기의 능력을 눈으로 확인할 수 있는 사람은 최진기가 유일했다.

"이얍!"

지점장이 일반 시미터를 휘둘러 짚단을 베어내려고 했다. 하지만 나이가 지긋하기도 했고 운동과는 거리가 멀어 짚단을 단숨에 베어내지는 못했다.

"이제 힘의 시미터를 사용해 보십시오."

"이얍!"

다시 한 번 지점장의 입에서 기합 소리가 울려 퍼졌다.

싹둑.

이전에는 베어내지 못했던 짚단이 힘의 시미터에 잘려 나갔다.

지점장의 힘이 상승한 효과도 있었고 힘의 시미터 자체의 날카로움이 이전에 사용했던 시미터보다 훨씬 뛰어나기도 했다.

"대단하군. 확실히 자네의 말이 맞네. 마법사의 탑에 확인을 해야 정확히 알 수 있겠지만 사용자의 힘을 강하게 해준다는 것은 진실이야. 자네 이 시미터를 나에게 팔게나. 자네가 제시하는 금액의 두 배를 더 쳐주지."

바인트 상가의 지점장은 시미터의 능력을 직접 확인했기에 시미터의 가치가 얼마나 되는지 누구보다 빠르게 알아차렸고 무조건 구매해야 된다는 결론을 내렸다.

힘의 시미터의 효과가 진짜라는 얘기를 한 것을 후회하기까지 했다.

자신의 말 덕분에 다른 경쟁자들의 눈이 광기로 일렁거리고 있었기 때문이다.

"힘의 시미터는 평소와 같이 경매로 판매할 생각입니다. 바인트 상가의 지점장님께서 직접 확인한 시미터입니다. 처음은 5골드로 시작하겠습니다."

힘의 시미터를 구입하고자 하는 상인들은 많았다.

5골드가 10골드로, 10골드가 30골드로 뛰는 데는 몇 분의 시간이 걸리지도 않았다.

최종 낙찰을 받은 것은 바인트 상가의 지점장이었다.

그가 유통할 수 있는 금액이 다른 상인들보다 많았기에 경매 분위기는 과열되지 않았다.

특수 능력이 있는 무기치고는 낮은 금액인 50골드에 낙찰을 받은 지점장은 미소를 숨기지 못하고 있었고 다른 상인들은 아쉬움에 힘의 시미터만 하염없이 바라만 보았다.

"자, 이것이 끝이 아닙니다. 다음 달 1일에 바잔트 영지에 경매장이 생깁니다. 소문을 들으신 분들도 있겠지만 힘의 시미터 같은 물건들이 최소 5개 이상 경매품으로 출품됩니다. 오늘 힘의 시미터를 구입하지 못한 상인분들은 바잔트 영지로 오셔서 특수 능력이 있는 무기를 낙찰받으시길 바랍니다."

실망하고 있던 상인들의 눈이 반짝였다. 그리고 힘의 시미터를 헐값에 낙찰받은 바인트 상가의 지점장의 눈도 덩달아 반짝였다.

"특수 능력이 있는 물건을 어떻게 구한 것인가? 우리 상가에서도 특수 능력이 있는 무기들을 구하려고 갖은 노력을 해봤지만 구하지 못했네. 바잔트 영지는 어떻게 이런 무기들을 다량으로 보유할 수 있었는가?"

"자세한 것은 다음 달 1일에 경매장이 열리면 영주님이 직접 설명해 주실 겁니다. 많은 관심 부탁드립니다. 자, 이제 특수 능력이 없는 무기들을 경매하도록 하겠습니다. 20실버부터 시작하죠."

에크가 가지고 온 다른 무기들은 특수 능력을 가지고 있지는 않았지만 시중에서 파는 무기들보다 뛰어난 성능을 가지고 있었기에 순식간에 팔려 나갔다. 하지만 사람들의 관심은 다음 달에 있을 바잔트 영지의 경매장에 쏠려 있었다.

현재 브루니스 왕국에는 3개의 큰 상가가 있었다.

경제적 활동을 적극 권장하는 사회 분위기 덕분에 대부분의 큰 상인들은 귀족들이었다.

일반 영지민들도 물건을 사고 팔 수는 있었지만 전국을 누비는 상인이 될 수는 없었다.

귀족이라는 이름이 주는 특권 없이는 상인이 되기 힘든 상황이었다.

물론 소수의 사람은 그 비좁은 틈을 비집고 나와 큰 수익을 올리는 상인이 될 수 있었고 그중 한 명이 바로 브루니스 왕국의 경제를 지탱하는 3개의 상인 가문 중 한 곳의 수장이었다.

파브리안.

돈으로 작위를 산 인물 중에 가장 높은 직위를 가지고 있는 사람이었다.

오직 돈의 힘으로만 산 작위가 백작이었다.

그가 백작이 되기 위해 얼마나 많은 돈을 왕족과 귀족들에게 쏟아부었는지는 아무도 몰랐다. 평민이 백작이 되기 위해서는 엄청난 관문이 기다리고 있었고, 그는 그 관문을 자력으로 밟고 일어선 인물이었다.

평민들에게는 신화 같은 인물이었고 다른 귀족들에게는 좋은 사업 파트너였다.

그런 그가 직접 바잔트 영지를 찾았다.

다른 상가들이 대리인을 보내는 것과는 달리 파브리안가는 가주가 직접 움직이는 것으로 보았을 때 이번 바잔트 영지에서 벌어지는 경매를 얼마나 중요하게 생각하고 있는지 알 수 있었다.

"영주님, 이제 준비는 끝났습니다. 준비하신 대로만 하시면 됩니다."

바잔트 영지에는 참모진이 부족했다.

머리를 쓰는 사람이 이런 낙후된 영지에서 일을 할 이유가 없었고 이번처럼 많은 귀족과 상인들이 참석하는 행사가 일어난 적도 없었다.

사냥과 훈련이라면 누구에게도 밀리지 않을 바잔트 영주였지만 행사의 시작을 알리는 개식사를 준비하는 것은 바잔트 영주에게는 무리였다.

영지 내에서 이런 행사를 준비할 능력이 있는 사람은 부족했고 어쩔 수 없이 최진기와 영주가 머리를 맞대어 행사 식순을 정했다.

대회 시상식에서 상을 몇 번이나 받아본 적이 있는 최진기였기에 간단한 식순에 대해서는 알고 있었고 개식사 또한 간략하게 준비할 수 있었다.

"식전 연주가 있겠습니다."

그들은 도시에서 연주깨나 하는 사람들을 모아 연주를 준비했지만 다른 귀족들이 보기에는 엉성했다.

"영주님의 개식사가 있겠습니다."

영주는 떨리는 손을 움켜쥐며 단상 위로 올라갔다.

"바쁘신 와중에도 바잔트 영지를 방문해 준 모든 분들께 감사의 인사를 전합니다. 바잔트 경매장은 앞으로 바잔트 영지의 발전의 모든 것이 달려 있다고 해도 부족하지 않은 사업입니다. 진귀한 물건들을 구하기 위해 가문의 모든 것을 투자했습니다. 세계 어떤 경매장을 가더라도 구하지 못하는 진귀한 물건들이 많다고 자부할 수 있습니다. 여기서 나오는 모든 물건들은 제가 직접 공중한 것입니다. 만약 물건에 하자가 있을 경우 제가 책임지도록 하겠습니다. 그러니 아무런 걱정 없이 경매를 즐기시기 바랍니다."

영주의 개식사가 끝나자 잔잔한 박수가 행사장을 가득 채웠다.

물건에 대한 모든 책임을 영주가 진다는 말에 귀족들과 상인들의 얼굴은 부드러워졌다.

이런 낙후된 영지까지 와서 잘못된 물건을 사게 되면 손해가 이만저만이 아니었다.

하지만 이제 그런 걱정을 하지 않아도 되었다.

영주의 개식사가 끝나고 몇 개의 식순이 지나가자 경매장 입구에 꽃잎이 흩날렸다.

저 꽃잎을 모으기 위해 영지 병사들이 산을 돌아다녔다.

경매장의 입구가 열리자 귀족들과 상인들은 천천히 경매장 안으로 들어갔다.

영주의 별장을 개조해 만든 경매장이었지만 귀족들과 상인들이 보기에는 인테리어가 후질 것이다.

하지만 인테리어가 중요한 것이 아니었다. 중요한 것은 특수 능력이 있는 물건이었다.

아무리 좋은 인테리어를 가지고 있는 경매장이 있다고 하더라고 물건이 기대에 미치지 못하면 경매 참가자들에게 실망감을 안겨 줄 수밖에 없었다.

"경매 일정표를 전부 받으셨겠지만 제가 한 번 더 설명을 드리도록 하겠습니다. 저는 경매 진행을 담당할 에크라고 합니다."

에르민 영지의 분수대에서 경매를 하던 에크가 경매장의 메인 경매사가 되었다.

물건의 가치를 가장 잘 알고 있는 최진기가 직접 경매사를 할 수도 있었지만 그의 얼굴이 알려지게 되면 곤란한 일이 생길지도 몰랐다.

최진기는 이미 바잔트 영지에서 영주 다음으로 중요한 인물이었다.

그런 그에게 고작 경매사 일을 시키려고 할 사람은 아무도 없었다.

"경매는 1부와 2부로 진행이 됩니다. 1부는 일반 무기의 판매권에 대한 경매가 이루어집니다. 저에게서 물건을 사 가신 분들은 아시겠지만 저희 영지에서 생산되는 무기는 시중에서 판매되는 무기와는 다릅니다. 강도는 물론이고 날의 날카로움까지 비교가 불가합니다. 그런 무기의 연간 판매권에 대한 경매가 1부에 이루어집니다. 그리고 특수 능력이 미약한 무기에 대한 경매도 1부에서 이루어집니다. 그리고 2부에서는 단 3개의 무기가 경매에 출품됩니다. 그 무기들에 대한 설명은 2부가 시작되면 해드리도록 하겠습니다."

1부는 조용한 분위기에서 진행되었다.

전초전에서 힘을 다 소진할 정도로 멍청한 사람은 여기에 있지 않았다.

하지만 조용하다고 해서 치열하지 않은 것은 아니었다.

특히 바인트 상가와 파브리안 상가의 각축전이 치열했다.

가주가 직접 참여한 파브리안 상가, 그리고 이전 경매에서 힘의 시미터를 낙찰받고는 마법사의 탑에서 무기에 대한 능력을 인증 받아서 무기의 가치에 대해 정확히 알고 있는 바인트 상가.

그 둘의 눈치 싸움은 치열했다.

일반 무기에 대한 힘 싸움의 승자는 파브리안 상가가 되었다.

가주가 직접 움직이는 파브리안 상가와 달리 대리인의 자격으로 참가한 바인트 상가의 지점장은 다소 소극적일 수밖에 없었다.

'그래, 일반 무기를 낙찰받지 못했다고 해서 실망할 이유는 없지. 우리의 목표는 특수 능력을 가진 무기니까.'

바인트 상가의 지점장의 마음을 읽기라도 한 건지 파브리안 가주는 그를 바라보며 열은 미소를 띠었다.

일반 무기에 대한 경매가 끝이 나자 특수 능력이 있는 무기들에 대한 경매가 시작되었다.

3대 상가를 제외한 다른 상인들과 귀족들이 움직일 차례였다.

2부에 있을 무기들은 자신들이 낙찰받지 못한다는 것을 잘 알고 있었기에 여기서 승부를 걸어야 했다.

그걸 잘 알고 있는 3대 상가의 사람들이었기에 팔짱을 끼고 의자에 몸을 기대며 구경꾼의 자세로 경매를 지켜보았다.

"힘의 시미터에 대한 소문을 들어보셨는지 모르겠습니다. 저번에 바인트 상가에서 낙찰받은 그 물건의 형제라고 부를 수 있는 물건이 이번 경매품입니다."

[힘의 투핸드 소드]
등급 : C
내구성 : 15/15

강도 : 4

순도 : 75%

사용자의 힘을 20% 올려준다.

체력이 15% 빠르게 소모된다.

3대 상가가 경매에서 빠지자 오히려 경매의 열기는 더욱 뜨거워졌다.

처음 입장할 때 받은 번호판을 추켜올리며 입찰받기 위해 경쟁하는 상인들과 귀족들 덕분에 무기의 가격은 생각보다 높게 책정되어 팔려 나갔다.

"이제 본격적인 경매가 시작되겠군. 바잔트 영지의 영주가 된 이후로 지금처럼 떨리는 순간은 처음이구나."

경매장에서 발생하는 수익의 40%는 영주의 차지였다. 떨리는 게 당연했다.

지금 경매장에서 오가는 금액이 영지의 분기별 수익과 비슷하니 영주의 손에 땀이 흐를 수밖에 없었다.

"너무 걱정하지 않으셔도 됩니다. 오늘 영지의 1년 치 수익을 벌 생각입니다."

바잔트 영지는 영지라고 하기에도 애매한 수의 영지민을 가지고 있었다.

고작 700명이 넘는 영지민이 살고 있는 도시였다.

병사들의 숫자에 비해 터무니없이 낮은 영지민들의 숫자는 영지에 뚜렷한 수익 구조가 없기 때문이기도 했다.

영지민들이 자리를 잡고 살기 위해서는 환경이 중요했다.

지금의 시대에는 농사가 가장 중요한 수익원이었다.

하지만 몬스터가 살고 있는 지역과 밀접하게 붙어 있는 바잔트 영지의 특성상 농사를 지을 만한 땅이 없었고 영주가 직접 병사들을 끌고 나가 몬스터를 사냥하며 영지를 먹여 살리고 있었다.

영지민들은 바잔트 영지의 낮은 세금 정책이 아니었다면 진작 영지를 떠났을 것이다.

"아무리 우리 영지가 가난한 영지라고는 해도 1년에 들어가는 돈은 상당하다네. 아무리 경매품들이 비싸게 팔려 나간다고 하더라도 불가능하다네."

"조금 있으면 알게 되겠죠."

최진기는 영주를 바라보며 의미심장한 미소를 지어 보였다.

자신이 있었다. 2부에 내놓을 무기들의 특수 능력은 세상 어디를 가더라도 쉽게 찾아볼 수 없는 무기들이었다.

"모두들 식사는 맛있게 하셨는지 모르겠습니다."

에크의 질문에 제대로 대답을 하는 사람은 아무도 없었다. 바잔트 영지에 있는 식당의 수준이 귀족들과 상인들의 혀를 만족시켜 줄 리 없었다.

하지만 그런 것 따위는 중요하지 않았다. 한 끼 굶는다고 해서 사람이 죽는 것도 아니었고, 여기에 온 이유가 맛있는 음식을 먹기 위해서도 아니었다.

"바로 경매를 재개하도록 하겠습니다. 2부의 첫 시작을 알리는 무기는 바로 천사의 샤벨입니다."

[보호막을 가지고 있는 샤벨]
등급 : B
내구성 : 20/20
강도 : 3
순도 : 89%
착용자가 공격을 당하면 방어막이 구현된다.
방어막의 등급 : B

방어막을 가지고 있기에 천사의 샤벨이라고 이름을 지은 무기
였다.
방어막이 막을 수 있는 공격의 강도는 생각보다 강했다.
마법사를 실제로 본 적이 없어 그들이 펼치는 실드의 방어도
를 알지는 못했지만 영주와 에크를 통해 들은 정보에 의하면 실
드 마법은 화살을 막을 정도의 방어도는 되지만 랜스를 막을 수
는 없다고 했다.
하지만 천사의 샤벨은 시험해 본 결과 하루에 두 번 기사가
내지른 랜스를 막을 수 있는 보호막을 만들어내었다.
전쟁이 벌어지지 않는 상황이었지만 사람들의 안전에 대한 걱
정이 줄어든 것은 아니었다.
특히 부와 권력을 가지고 있는 사람이라면 자신의 목숨을 걱
정하는 일이 많아진다.

경쟁자가 보낸 암살자에 의해 또는 원치 않는 상황에서 당한 사고로 목숨을 잃고 싶지 않아 했고 여분의 목숨을 필요로 했다.

천사의 샤벨.

이 무기야말로 그들의 욕구를 충족시켜 줄 수 있는 가장 가치 있는 무기였다.

"직접 시연을 보여 드리도록 하겠습니다. 시연을 해주실 영주님께 박수 부탁드립니다."

영지에서 보호막을 자를 정도의 공격을 할 수 있는 사람은 영주뿐이었기에 어쩔 수 없이 영주가 직접 천사의 샤벨의 능력을 보여주는 수밖에 없었다.

개식사를 읽을 때보다 한결 나은 표정의 영주였다.

말을 하는 것보다 몸을 쓰는 것을 더 좋아하는 영주였고 그는 간단히 인사를 하고는 천사의 샤벨을 들고 있는 에크를 향해 검을 휘둘렀다.

콰앙.

영주의 벼락같은 공격에 두 눈을 찔끔 감은 에크였지만 영주의 검은 에크의 몸을 보호하고 있는 보호막을 뚫지 못했다.

"영주님은 다들 아시다시피 다년간의 몬스터 사냥으로 강함을 입증하신 분입니다. 영주님의 검을 막을 정도의 강도를 가지고 있는 보호막입니다. 이런 보호막이 하루에 두 번 구현됩니다. 그러면 이제 방어막이 부서질 정도의 공격을 영주님께서 보여주시겠습니다."

영주는 검을 내려놓고는 배틀 액스를 들어 올렸다.

보호막을 깨기 위해서는 검보다는 도끼가 더욱 효율적이었다.

콰앙.

영주가 휘두른 배틀 액스에 에크를 보호하고 있던 보호막이 사라졌다.

하지만 보호막의 반발력에 의해 배틀 액스를 들고 있는 영주의 손도 한참이나 뒤로 물러나 있었다.

짝짝짝.

한편의 공연과 같았던 영주와 에크의 무기 시연은 경매 입찰자들의 손을 저절로 움직이게 하였다.

"다들 보셨기 때문에, 하루에 두 번 몸을 보호해 주는 방어막의 효율이 얼마나 대단한지 설명해 드리지 않아도 아실 겁니다. 바로 경매에 들어가도록 하겠습니다. 시작가는 100골드입니다."

100골드.

영주의 입이 벌어지게 만들 수 있는 금액이었다.

영주는 자신이 직접 시연한 무기의 가치가 100골드나 될 줄은 상상도 하지 못했다.

100골드면 영지의 낡은 성벽을 모조리 수리하고도 남는 금액이었고 몬스터 지대를 정리할 용병들을 고용할 수도 있는 금액이었다.

"정말 100골드에 저걸 사 갈 사람이 있을까?"

"수고하셨습니다. 영주님의 멋진 시연 덕분에 저 무기는 비싸게 팔릴 겁니다."

영주는 여전히 의심이 가득해 보였지만 바인트 상가의 지점장이 번호표를 들어 올리자 짙게 깔려 있던 의심이 눈 녹듯이 사라져 버렸다.

"100골드 나왔습니다."

"120골드 나왔습니다."

경매장의 분위기가 달아오르고 있었다.

"370골드 나왔습니다."

천사의 샤벨의 가격은 하늘 높은 줄 모르고 올라갔고, 최종 낙찰을 받은 사람은 파브리안 가주였다. 역시나 대리인들을 보낸 다른 상가와 달리 직접적으로 자금을 유통시킬 수 있는 파브리안 가주를 이길 수 있는 상인은 없어 보였다.

최종 낙찰 금액은 400골드.

최진기와 에크가 처음 예상했던 금액보다 100골드나 비싸게 팔렸다.

"아직 두 개의 무기가 남아 있습니다. 천사의 샤벨보다 절대 가치가 떨어지지 않는 물건들입니다. 바로 공개하도록 하겠습니다."

에크의 말에 실망한 표정을 짓고 있던 다른 상인들의 얼굴에 다시금 생기가 돌았다.

그들은 첫 경매품에 많은 돈을 투자한 파브리안이었기에 다음 물건을 낙찰받는 것은 자신들이라고 생각하고 있었다.

[미노타우로스의 팔찌]

등급 : D
내구성 : 7/7
강도 : 7
순도 : 68%
착용자의 활력이 상승하는 팔찌.
착용자의 물건 크기가 커진다.

무기가 아닌 것을 강화한 것은 이 팔찌가 처음이었다.

최진기는 에크가 구해 온 팔찌에서 빛이 나는 것을 발견하고는 여러 가지 보석들을 융합해 활력의 팔찌를 만들어내었다.

하지만 생각보다 떨어지는 등급과 능력에 실망감을 감추지 못했었다.

하지만 이 팔찌의 가치가 최진기의 생각보다 더 높다는 사실을 에크는 알고 있었다.

에크는 에르민 영지와 바잔트 영지를 오가며 사람들이 원하는 물건들을 구해왔고 정력 강화제가 엄청난 가치를 가지고 있다는 것을 알았다.

"형님, 이 팔찌의 가치는 세상의 영주 성들보다 비쌀지도 모릅니다. 부와 권력을 가지고 있는 사람 중에 성 불구자가 많습니다. 그들은 젊음을 버리고 부와 권력을 얻었고 여자에 대한 욕심이 강합니다. 그들에게 이 팔찌는 억만금의 가치가 있습니다. 저를 믿고 이번 경매에 이 팔찌를 내놓는 것이 어떻겠습니까."

지구에서도 사람들은 정력에 대한 관심이 지극히 높았다.

정력에 좋다는 음식이라면 썩은 풀도 뜯어 먹는 사람들이 한둘이 아니었다.

그리고 이 세계도 다르지 않다는 것을 엄청난 속도로 들어 올려지는 번호판으로 인해 알 수 있었다.

최종 낙찰 금액은 520골드.

여분의 목숨을 가지게 해주는 천사의 샤벨보다 120골드나 더 비싼 가격으로 팔려 나갔다.

낙찰을 받은 사람은 이전까지 경매에 참여하지 않고 방관자의 입장으로만 보고 있던 파칸 상가의 대리인이었다.

파칸 상가는 브루니스 왕국의 3대 상가 중 하나였다.

그는 이번 경매에 적극적으로 참여하기보다는 분위기를 보러 온 것처럼 보였지만 팔찌를 보는 순간 소극적인 자세를 버리고 적극적으로 경매에 참여했고, 그의 공격적인 입찰에 다른 경쟁자들은 뒤로 한 발 물러섰다.

파칸 상가의 가주는 젊었을 때부터 여색을 밝히기로 유명했다.

4명의 부인과 12명의 첩을 가지고 있는 그였지만 세월이 주는 힘만큼 물건의 고개가 숙여질 수밖에 없었다. 그는 파칸 상가의 지점장들에게 정력을 강화할 수 있는 약이나 물건을 구하라는 지시를 내린 바 있었다.

"마지막 남은 경매품의 입찰을 시작하도록 하겠습니다."

이번 경매에서 특수 능력을 가지고 있는 물건을 많이 내놓지는 못했다.

특수 능력을 가진 무기를 만드는 것이 쉬운 일은 아니었다.

수천 개 중에 특수 능력을 가진 무기로 만들 수 있는 무기는 극소수였다.

일반 무기와 특수 능력을 숨기고 있는 무기의 차이점을 알 수는 없었다.

단지 강한 빛을 내는 무기가 특수 능력을 가진 무기로 강화된다는 것만을 알고 있었다.

어떤 능력을 가질지는 강화를 해봐야만 알 수 있었다.

강화를 하기 전에 약간의 단서를 통해 예상할 수는 있었지만 그 단서와 전혀 다른 특수 능력이 생기기도 했다.

이윽고 마지막 남은 경매품까지 다 팔려 나갔다.

오늘 하루 동안의 경매로 벌어들인 돈은 1,300골드가 넘었다.

"1년 치 수익을 벌 수 있다는 제 말을 이제는 이해하실 수 있겠습니까?"

"이해하고말고. 정말 자네는 우리 영지의 희망이야."

이번 경매로 최진기는 780골드, 영주는 520골드가량의 수익을 벌어들였다.

경매장 덕분에 영지에 자금이 유입되기 시작했을 뿐만 아니라 많은 사람이 경매장을 찾아 영지를 방문했다.

하루가 다르게 경매장에 대한 소문이 전국으로 퍼져 나갔고 영주에게 개인적으로 찾아오는 상인의 숫자도 늘어났다.

"영주님, 절대 다른 상인들과 개인적인 약속을 하시면 안 됩니다. 그렇게 되면 황금 거위의 배를 가르는 꼴이 됩니다."

"나도 그 정도 머리는 있다네. 그리고 상인들에게는 좋은 감정이 전혀 없다네. 우리 영지에 제대로 된 상점이 하나 있던가? 아무리 내가 부탁을 해도 우리 영지에 지점 하나 내어 주지 않던 그들이네. 그들이 무슨 조건을 내건다고 하더라도 경매장에 대한 이권을 넘기지 않을 거야."

사실 경매장에서 이 정도로 수익을 발생시키는 것은 최진기의 손에 의해서만 가능했다.

영주가 개인적인 약속을 한다고 하더라고 최진기가 무기를 강화시키지 않는다면 소용이 없었다.

영주의 머릿속에는 경매장에서 벌어들이는 소득을 이용해 영지를 발전시킬 생각이 가득했다.

성벽을 수리했고 용병을 고용했다. 그리고 최진기의 조언을 따라 영지 내에 고급 숙박 시설과 식당을 만들기도 했다.

몇 번의 경매가 더 진행되었고 영지는 이전의 모습을 지워가고 있었다.

이제는 브루니스 왕국뿐만 아니라 다른 나라의 상인들도 관심을 표했다.

영지가 발전하는 만큼 최진기의 환경도 달라지기 시작했다.

작업장이 달려 있는 초라한 집에서 영주 성을 제외하면 영지에서 가장 큰 집을 가지게 되었다.

최진기를 걱정한 영주가 직접 목수를 공수해 와 지어준 집이었다.

작업실도 넓어졌고, 에크는 더 이상 에르민 영지를 오가며 상행을 하지 않아도 되었다.

에크는 자신을 대신해 무기를 구해 오는 직원을 구해 이제 경매장의 일에 집중했다.

자리가 잡혔다. 이제 본격적으로 지구로 돌아갈 방법을 찾아야 했다.

지금의 생활이 나쁘지는 않지만 그래도 한국으로 돌아가고 싶다는 마음을 접은 적은 단 한 번도 없었다.

사랑하는 가족들이 기다리고 있는 곳은 한국이었다.

"에크, 차원을 이동할 수 있는 방법에 대한 정보는 구해봤어?"

"마탑과 신전에 많은 돈을 기부했지만 차원 이동에 대한 정보를 구하지 못했습니다. 그래도 정보 길드에서 현자에 대한 정보를 구할 수 있었습니다. 수도에서 현자를 목격했다는 사람이 있다고 합니다."

"그래? 안 되겠어. 내가 직접 수도로 가서 현자를 찾아봐야겠어. 그리고 마탑과 신전에도 직접 들러 보고."

최진기는 답답한 마음에 수도로 직접 이동하기로 결심했다.

"한 달 치 분량의 경매품을 미리 만들어놓을 테니 영주님하고 경매장 잘 운영해. 나는 수도로 가봐야겠다."

"형님 혼자 가실 생각이십니까? 위험합니다. 아무리 브루니스 왕국이 안전한 나라 중 하나라고는 하지만 형님 같은 약골이 혼자 다닐 수 있을 정도로 치안이 좋지는 않습니다."

에크의 말이 틀리지는 않았다.

최진기는 건장한 체구를 가지고 있지도 않았고 동안의 얼굴

덕분에 어려 보이기도 했다.

"꼭 가야만 하신다면 제가 수도로 갈 방법을 알아보겠습니다. 이번 경매에 참석한 상인들 중에 수도에서 온 이들이 있을 겁니다. 그 상인들과 함께 움직인다면 안전하게 수도에 다녀오실 수 있으실 겁니다."

"내 정체를 말하면 안 되는 거 알고 있지?"

"저도 머리를 달고 있습니다, 형님."

"머리를 달고 있는 거랑 생각을 하는 거랑은 다르거든. 그래서 혹시나 해서 말이야."

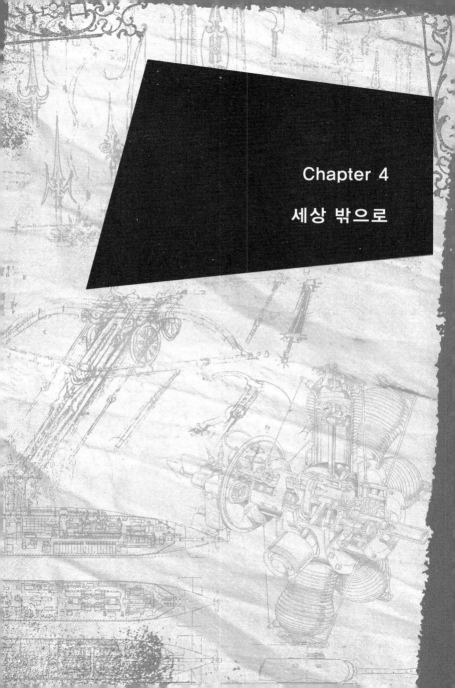

Chapter 4

세상 밖으로

수도로 가는 길은 힘들지 않았다.

많은 상인들이 황금 알을 낳는 사업인 바잔트 영지의 경매장에 관심을 두고 있었고 경매를 진행하는 에크의 도움 요청을 앞다투어 받아들이려고 했다.

그 결과 최진기는 파브리안 상가의 도움을 받아 수도로 입성할 수 있었다.

"우리는 경매가 시작되기 전에 바잔트 영지로 출발할 계획이니 이번 달 말일 전까지만 여기로 오면 바잔트 영지로 같이 갈 수 있을 거야."

"감사합니다, 지점장님."

본점이 수도에 있는 파브리안 상가의 지점을 맡고 있는 지점장의 도움으로 수도에 도착했다. 확실히 수도는 최근 들어 빠른 속도로 발전하고 있는 바잔트 영지와 많은 것이 달랐다.

거리를 걸어 다니는 사람들의 옷부터 고급이었다.

유동 인구도 상당했으며 건물들도 중후한 매력을 풍기고 있었다.

하지만 많이 놀라지는 않았다. 아무리 발전된 도시라고 해봐야 서울에 비하면 LED 등 앞의 전구였다.

수도에 도착해서 가장 먼저 가야 하는 곳은 바인트 사원이었다.

'바인트 사원? 어디서 많이 들어본 이름인데…… 바인트 상가의 주인이 바인트 사원인 건가?'

최진기의 생각은 틀리지 않았다. 3대 상가인 바인트 상가는 바인트 사원이 운영하고 있었다.

"무슨 일로 사원을 찾으셨습니까? 기도를 하시려면 아직 시간이 남았습니다. 우리 사원은 하루에 두 번 기도 시간을 갖고 있습니다. 저녁이 지나서 다시 찾아와 주시기 바랍니다."

순결을 의미하는 하얀색의 사제복을 입고 있는 사제 한 명이 사원 입구를 지키고 있었다.

최진기가 원하는 것은 기도가 아니었다. 지금까지 종교를 믿어본 적이 없는 그가 갑자기 기도를 하고 싶어 하는 마음이 들리는 없었다.

"신의 말씀을 듣고자 왔습니다."

신의 말씀.

신탁을 받고자 하는 사람들은 많았다. 자신들의 고민을 해결해 줄 신탁은 사람이라면 모두 받고 싶어 하는 일이었다.

하지만 신탁을 받는 사람은 소수에 불과했다.

신탁을 받기 위해서는 큰돈이 필요했기 때문이다.

3대 상가를 운영하고 있는 바인트 사원 역시 막대한 액수의 기부금을 받고 신탁을 내려주곤 했다.

"여기 기부금을 준비해 왔습니다."

보통 귀족들이 신탁을 받기 위해서는 50골드 이상의 돈을 기부해야만 가능했다.

하지만 최진기는 귀족도 아니었고 이름 있는 상인도 아니었다.

그래서 준비한 돈은 100골드.

많은 수익을 올리는 경매장을 운영하고 있다고는 하지만 100골드는 그에게도 큰돈이었다.

하지만 한국으로 돌아갈 방법을 찾기 위해서라면 100골드는 아깝지 않았다.

"들어오십시오. 바로 신탁이 가능한 고위 사제를 만나게 해드리도록 하겠습니다."

사원의 입구를 지키고 있는 사제는 신탁을 받고자 하는 사람을 여럿 안내해 보았는지 능숙하게 절차를 진행시켰다.

"고위 사제님 말고 주교님을 뵐 수 있을까요?"

이왕 신탁을 받을 거라면 계급이 높은 주교에게 신탁을 받고 싶었다.

그러기 위해서는 추가 요금이 필요했다.

짧은 수도 여행이라 많은 돈을 준비하지는 않았다.

가지고 온 돈은 400골드.

일반 평민들이라면 평생 만져보지 못할 돈이었지만 중요한 정보를 구하기 위한 사람에게는 많은 돈이 아니었다.

그 정보가 차원 이동에 관한 것이라면 더욱 그러했다.

문지기 사제에게 100골드의 추가 요금을 더 지불하고 나서야 주교급의 사제를 만날 수 있었다.

"안녕하십니까, 형제님. 신탁을 받고자 찾아오셨다고 들었습니다. 어떤 신탁을 받기를 원하십니까?"

처음 신탁이라는 것이 있다는 것을 알았을 때는 믿기 어려웠다.

점쟁이들이 하는 말과 신탁의 차이점을 알지 못했다.

하지만 사제들은 신성력이라는 힘을 가지고 있었고 신성력을 가지고 있는 사제는 신과의 연결 고리가 있어 신의 말씀을 해줄 수 있다고 했다.

여전히 믿기지 않았지만 200골드를 지불했으니 믿고 싶지 않아도 믿어야 했다.

"차원 이동에 관한 신탁을 받고 싶습니다."

"차원 이동……. 차원 이동에 관한 신탁을 받고 싶어 하는 사람은 형제님이 처음입니다. 일단 기도를 드려보도록 하겠습니다. 손을 이리로 주십시오."

주교급의 사제는 최진기의 손을 맑은 물이 들어 있는 수조에 집어넣고는 자신의 손도 수조 안으로 집어넣었다.

사제의 입에서 알지 못하는 말들이 쏟아져 나왔다.

접신의 단계에 접어든 것이었다.

그의 눈에서는 불투명한 하얀빛이 흘러나왔고 그의 머리 위에는 하얀 고리 하나가 떠올랐다.

손이 찌릿했다.

전기에 감전된 것처럼 손끝이 따끔거렸고 사제의 얼굴은 점점 창백해져 갔다.

점점 이상해지는 모습의 사제를 바라보는 것은 고역이었다.

사제의 눈에서는 검은자가 사라졌고 입에서는 침이 흘러 내려왔다.

귀신에 육체를 뺏긴 사람처럼 보이는 사제는… 공포 영화의 등장인물처럼 보였다.

그래도 눈을 돌리고 딴 곳을 바라볼 수는 없었다.

200골드를 허공으로 날리고 싶은 생각은 없었기에 사제에게서 눈을 돌리지 않았다.

"지옥의 불길의 틈바구니에서 신의 무기를 만드는 존재여. 원래의 세상으로 돌아가기 위해서는 너를 이곳으로 보낸 존재를 찾아야만 한다. 그 존재는 스스로 모습을 드러낼 것이다. 너는 그를 찾을 수 있을 것이다. 그러나 많은 시련과 고난이 너를 찾아올 것이니 준비를 해야 한다. 준비를 하지 않는다면 너는 물론이고 세상은……."

사제의 말이 흐려지며 신탁이 끝났다.

"허억, 허억……."

사제는 숨을 제대로 쉬지 못하고 있었다. 그의 입에서는 계속해서 침이 흘러 내려왔고 그의 사지는 부르르 떨렸다.

이윽고 몸을 추스른 사제가 말했다.

"원하시는 신탁을 받으셨습니까? 이 정도로 강한 부름은 처음 받아봤습니다. 감사합니다."

신탁을 여러 번 해본 경험이 있는 주교급 사제였지만 지금 같은 신탁은 처음이었다.

그는 이번 신탁을 통해 신성력이 늘어났음을 느꼈고 최진기에게 감사의 인사를 전했다.

"아닙니다. 전부 주교님의 덕이지요."

원하는 정보를 얻지는 못했다.

한국으로 돌아갈 방법이 있다는 사실만을 알게 되었지 어떤 방법을 통해 지구로 돌아갈지는 듣지 못했다.

"준비를 해야 한다고? 어떤 준비를 해야 하는 거지. 기왕 말해 줄 거면 정확하게 말해주지. 내가 믿음이 약해서 그런가?"

최진기는 에크가 알려준 여관에 짐을 풀었다.

그는 방에서 누군가를 기다리고 있는지 방문을 하염없이 바라봤다.

해가 떨어지자 누군가가 최진기의 방문을 두드렸다.

"현자에 대한 정보를 가지고 왔습니다."

"들어오세요."

최진기는 의자에서 빠르게 일어나 방문을 열었다.

검은 로브로 몸을 가리고 있는 사내는 방으로 들어왔다.

"현자는 현재 수도에 있습니다. 그가 지내고 있는 정확한 위치에 대해서는 모르지만 마탑 상점과 3대 상가의 상점을 들렀다는 정보를 입수했습니다. 현자가 무언가를 찾고 있는 것 같습니다."

검은 로브의 사내는 자신이 할 말만을 하고는 지체 없이 몸을 돌려 여관을 빠져나갔다.

말 몇 마디를 듣기 위해 사용한 돈이 100골드였다.

정보가 가뭄인 이곳에서 정보를 얻으려면 많은 돈이 필요했다.

"현자가 뭘 구하려고 한다 이거지? 일단은 3대 상가의 상점 주변을 둘러보다 보면 현자를 발견할 수 있겠지."

최진기는 현자를 찾기 위해 3대 상가의 상점과 마탑의 상점 주변을 매일같이 둘러보았지만 현자를 찾지 못했다.

사실 현자의 인상착의조차 제대로 파악하지 못한 최진기가 현자를 발견한다는 것은 매우 어려운 일이었다.

현자의 얼굴을 제대로 본 사람은 드물었다. 아니, 보았다고 하더라고 기억하지를 못했었다.

들리는 소문에 현자는 기억을 조작하는 마법을 사용한다고 했다.

"이제 영지로 돌아갈 날이 얼마 남지 않았는데. 현자는 도대체 어디에 있는 거야. 그냥 이대로 돌아가야 하나. 신탁을 받은 대로 그냥 준비를 하며 시간을 보내야 하는 건 아닌가 몰라."

반짝.

'저런 빛을 내는 물건이라면 특수 능력이 잠재해 있다는 건데? 사야겠다!'

상점을 둘러보던 중 발견한 물건이었다.

"이 상자 주세요."

"상점만 둘러보다 가시더니 드디어 물건을 구입하시는 겁니까."

파칸 상점의 종업원이 미소를 품으며 상자를 건넸다.

빛이 나고 있는 상자 안에는 아무런 물건이 들어 있지 않았다.

상자 자체가 특별한 능력을 가지고 있는 것이었다.

[보관 상자]

등급 : E

내구성 : 8/8

강도 : 7

특별할 것이 없는 상자.

???가 함유되면 능력이 개방된다.

상자가 가지고 있는 능력이 무엇인지는 알지 못했지만 분명 특수 능력을 가지고 있는 상자였다. 물음표 표시가 뜬 재질은 언젠가는 발견할 수 있을 것이다.

"자네, 그 상자 나에게 팔지 않겠나? 아니, 꼭 나에게 팔아주게나."

수도에 와서 처음 득한 상자 덕에 기분이 좋아진 최진기의 앞에서 허름한 옷을 입고 있는 노인이 상자를 아련하게 바라보고 있었다.

노인이 상자에 특수 능력이 있다는 사실을 알지는 못할 것이다.

만약 나와 비슷한 능력을 가지고 있는 사람이 있었다면 특수 능력을 가지고 있는 무기가 시중에 팔리지 않을 이유가 없다.

그렇다면 이 상자를 가지고자 하는 노인은 특별한 사연이 있는 게 분명했다.

"왜 이 상자를 필요로 하시는지 여쭈어봐도 되겠습니까?"

허름한 옷을 입고 있었지만 눈빛은 예사롭지 않은 노인이다.

이전의 최진기라면 사람의 외향만 보고 사람을 평가했겠지만 물건의 본질을 보는 능력을 가지게 된 지금은 겉모습을 뚫고 속을 바라볼 수 있었다.

"이 상자는 나의 오랜 친구가 사용했었던 상자라네. 얼마나 오랜 시간 동안 이 상자를 찾기 위해 노력했는지 모른다네. 자네에게 꼭 필요한 물건처럼 보이지는 않는데. 자네가 구입한 가격의 두 배를 내가 지불하겠네."

"그렇게 말씀하시니 상자를 어르신에게 그냥 드리겠습니다."

상자를 노인에게 주었다. 아무런 대가도 바라지 않고 그냥 주었다.

하지만 그냥 준 것은 아니었다. 모기의 날갯짓 같은 혼잣말.

"이 상자의 비밀을 푸시길 바랄게요."

"자네, 이 상자의 비밀에 대해서 알고 있는 건가? 상자의 비밀을 알기 위해 나와 안토니가 얼마나 많은 시간을 투자했었는데 자네가 어찌……."

노인의 입에서 나온 안토니라는 사람.

처음 브루니스 공용 언어를 배우기 위해 공부한 책에 나와 있는 사람의 이름과 같았다.

대마법사 안토니 클라우드.

그는 세상에 마나가 풀리고 처음으로 7서클의 경지에 오른 사람으로 유명했다.

5서클 이상의 마법사도 존재하지 않는 지금 그는 인간으로는 유일하게 7서클의 경지를 밟은 사람이었다.

그의 마지막을 기억하는 사람은 없었지만 그의 업적을 모르는 사람은 없었다.

그의 입에서 나온 사람이 대마법사 안토니라면…….

지금 눈앞에 있는 노인이 현자일 가능성이 높았다.

혹시나 하는 마음으로 물었다.

"혹시 현자이십니까?"

얼굴은 물론이고 이름까지 숨기고 살아온 현자였다.

사람들은 그가 인간인지도 궁금해했다.

"다른 사람들이 나를 그렇게 부르기는 하지만 나는 많이 부족한 사람이네. 아는 것보다 모르는 것들이 더 많아 세상을 정처 없이 떠돌아다니는 늙은이라네."

처음에는 나이가 많은 사람이라고 생각했기에 그가 노인이라고 느꼈지만 다시 보니 그의 얼굴은 마치 안개에 가려진 것처럼 확인할 수가 없었다.

'이러니 현자의 얼굴을 알고 있는 사람이 없지.'

"이 상자의 비밀을 저도 정확히는 알고 있지 않습니다. 하지만 상자의 비밀을 풀 수 있는 사람이 저 말고는 없다고 말할 수는 있겠네요."

아직 물건의 잠재 능력을 파악하고 강화시킬 수 있는 능력을 가지고 있는 사람이 있다는 말을 들은 적은 없었으니 상자의 비밀을 풀 수 있는 사람이 없다는 것은 틀린 말이 아니었다.

"나를 도와주게나. 이 상자의 비밀을 풀기 위해 나와 안토니는 몇십 년 동안 고민을 했었다네. 안토니가 죽기 직전 상자를 강에 던져 버리기 전까지만 해도 나는 상자의 비밀을 알아내기 위해 하루의 대부분을 상자의 옆에서 보냈다네."

미끼도 매달지 않은 낚싯줄에 대어가 잡혔다.

이런 대어를 그냥 보내주는 것은 예의가 아니었다.

"상자의 비밀을 풀기 위해서는 짧지 않은 시간이 필요합니다. 여러 가지 도구들도 필요하고 아직 파악하지 못한 재료도 구해야 합니다. 그리고 제 작업장은 수도가 아니라 바잔트 영지에 있습니다."

바잔트 영지로 같이 가자는 말을 길게 돌려 했다.

"가겠네. 세상을 떠돌아다녔네. 바잔트 영지까지 가는 것 정도야 나에게는 뒷산을 오르는 것과 다르지 않다네."

현자를 꼬드겨 자신이 머물고 있는 여관까지 데리고 간 최진기는 넌지시 차원 이동에 대해 물어보았다.

"혹시 차원 이동에 관해서 알고 계신가요? 차원 이동을 해서 넘어온 사람이나 차원 이동을 연구한 자료에 대해서 아십니까?"

"차원 이동이라. 나도 한때 연구한 적이 있었지. 잠시만 기다려 보게나."

현자는 자신의 가방을 열었다. 책 몇 권 들어가지 않을 것 같은 가방에서는 엄청난 양의 책이 쏟아져 나왔고 현자는 그 책들을 훑어보다 한 권의 책을 집어 들었다.

"여기 있군. 내가 따로 옮겨 적은 차원 이동에 관한 연구를 토대로 만든 책이라네. 실제로 차원 이동을 한 사람을 본 적은 없지만 자신이 다른 세계에서 왔다고 주장하는 사람들의 말을 적어놓았다네. 대부분이 단순 정신 이상자의 말이지만 그중에는 신빙성 있는 사람들도 여럿 있다네. 특히 악마 강림에서 세상을 구한 진크스 황제도 자신이 차원 이동을 한 사람이라고 주장했었지."

이 세계에는 악마가 등장한 역사가 두 번 있었다.

처음 악마가 등장했을 때는 이 세계를 지탱하는 수호자인 드래곤의 힘으로 악마를 막을 수 있었지만 드래곤들은 악마를 막아내기 위해 자신들의 목숨을 내놓았고 그 이후 드래곤은 세상에서 사라졌다.

그리도 두 번째 악마의 강림.

드래곤이 사라졌기에 악마를 대신해 막아줄 수 있는 존재는 없었고 인간의 힘으로 악마를 막아내야만 했다.

모든 나라가 연합했고 악마와 5년간의 치열한 전투를 치러야만 했다.

하지만 인간의 힘으로 악마를 제압하는 것은 불가능해 보였다.

세상의 인구가 절반으로 줄어들었을 때 혜성같이 등장한 진크스 황제.

진크스 황제에 대한 이야기는 여러 설화에 기록되어 있었다.

그가 신의 사자라는 설부터 드래곤의 마지막 유산이라는 이야기까지.

하지만 정확히 그가 어디서 왔는지에 대해서는 정확한 기록이 남아 있지 않았다.

"진크스 황제가 남긴 기록이 아직 남아 있다네. 하지만 이 세상에 존재하지 않는 문자로 기록했기에 아무도 그 기록을 해독하지 못했다네. 나도 몇 년 동안이나 기록을 해독하기 위해 노력했지만 고작 서두만 해독할 수 있었다네."

"그 기록을 볼 수 있을까요?"

현자는 다시 가방을 뒤적거렸고 한 장의 종이를 꺼냈다.

그림 같은 글자들.

알고 있는 글자였다. 읽기는 어려웠지만 어디서 나온 문자인지는 알고 있었다.

한자.

진크스 황제는 중국에서 넘어온 사람이 분명했다.

그렇다면 그는 최진기보다 앞서 차원 이동을 한 사람이 분명했다.

"진크스 황제의 마지막을 알고 계십니까? 혹시 그가 다시 차원 이동을 해 고향으로 돌아갔나요? 아니면 여기서 죽음을 맞이했습니까?"

"그의 마지막을 기억하는 사람은 아무도 없다네. 그는 처음 이 세계로 왔을 때처럼 바람처럼 사라져 버렸다네. 이 기록이 진크스 황제가 마지막으로 남긴 것이라네."

초등 교육을 받을 때부터 한자를 공부했지만 한자를 읽는 것은 어려운 일이다.

"서두를 해독하셨다고 했는데 어떤 내용입니까?"

"정확한 문장으로 해독하지는 못했다네. 내가 해독한 문자는 악마, 귀환, 푸른 이리, 오고타이 이것이 전부라네. 이 단어들이 어떤 의미를 가지고 있는지에 대해서는 알지 못한다네."

'악마를 잡아서 귀환했다는 뜻인가? 푸른 이리라면 몽골의 설화와 관련이 있는 것 같은데.'

"오랜 시간을 들여 진크스 황제에 대한 가설을 하나 만들어보았다네. 들어보겠나?"

"부탁드리겠습니다."

"진크스 황제가 온 시점과 악마가 강림한 시점은 거의 동일하다네. 그리고 악마가 사라진 시점과 진크스 황제가 사라진 시점도 동일하지. 만약 진크스 황제가 차원 이동을 했다고 가정하면 그가 이 세상으로 넘어온 이유가 악마와 관련이 있을 게야. 악마를 소멸시키자 원래의 세상으로 돌아간 게 아닌가 하고 가설을 세웠다네."

현자의 가설이 맞다면 신탁의 내용도 이해가 되었다.

역경과 고난은 악마의 강림을 말하는 것이고, 악마 퇴치를 위한 준비를 하라는 뜻으로 해석이 되었다.

'내가? 고작 무기를 만드는 능력을 가지고 있는 내가 악마를 퇴치할 수 있을까?'

"혹시 지금 악마가 강림한다면 어떻게 될까요?"

"만약 악마가 강림한다면 이 세상은 악마를 막아낼 수 없다네. 진크스 황제와 같은 능력을 가진 사람이 나타나지 않는다면 세상은 멸망하고 말 게야."

*　　　*　　　*

악마의 강림에 대한 고민을 해봐야 나아지는 것은 없었기에 최진기는 현자와 함께 바잔트 영지로 돌아왔다.

"상자의 비밀을 어떤 방식으로 풀 수 있는 겐가?"

현자는 바잔트 영지에 도착하는 순간부터 상자의 비밀을 풀기 위해 최진기를 재촉했다.

물음표 표시가 뜻하는 재료가 무엇인지 알기 전에는 상자의 능력을 개방할 수 없다.

"상자의 비밀을 풀기 위해서는 재료가 필요합니다. 여러 가지 금속들과 보석들을 구해야지만 그 재료가 무엇인지 알 수 있을 것 같습니다."

경매에 참석하는 상인들과 귀족들의 수는 이전보다 두 배 이상은 늘어났다.

그만큼 특수 능력을 가지고 있는 무기를 차지하기 위한 경쟁은 더욱 치열해졌다.

대리인을 보내던 다른 상가들도 가주가 직접 경매에 참여해 경매장은 조용한 전쟁터가 되었다.

주먹으로 하는 전쟁이 아닌 돈으로 하는 전쟁.

그들이 치열하게 전쟁을 치르는 만큼 최진기와 영주의 주머니는 두둑해졌다.

최진기는 돈을 버는 족족 보석들과 금속들을 수집했고 최진기의 집 옆에는 보석 보관실이 따로 만들어질 정도였다.

"이렇게나 많은 금속들을 모았는데도 아직 재료를 찾지 못한 겐가?"

"저도 답을 찾고 싶은데 어렵습니다. 흔치 않은 보석을 필요로 하는 것 같습니다."

"그런데 꼭 금속들을 직접 봐야만 상자의 비밀을 풀 재료를 알 수 있는 게 아니라면 내가 정리해 놓은 금속과 보석 백과사전을 통해 재료를 찾을 수 있지 않을까?"

도움이 될지도 몰랐다. 만약 현자가 가지고 있는 금속 백과사전을 통해 금속들을 알게 되면 더는 금속과 보석을 구입하기 위해 많은 돈을 투자하지 않아도 되었다.

"금속 백과사전을 한번 볼 수 있을까요?"

"여기 있다네. 내가 살아오면서 보아온 모든 금속과 보석에 관한 내용을 적어두었다네."

300쪽은 가뿐히 넘어 보이는 책이었다.

책을 받아 든 최진기는 식사도 거르고 잠도 자지 않고 책을 읽었고, 다음 날 오후가 돼서야 책을 놓았다.

[보관 상자]
등급 : E
내구성 : 8/8
강도 : 7
특별할 것이 없는 상자.
붉은 사막의 정수가 함유되면 능력이 개방된다.

　"현자님, 붉은 사막의 정수가 상자의 비밀을 풀어줄 재료입니다."
　"붉은 사막의 정수라……. 구하기 힘든 재료구나. 붉은 사막의 정수는 십 년에 한 번 붉게 변하는 몽트리안 사막의 지하 동굴에서 생겨나는 암석을 뜻한단다. 그 빛이 얼마나 황홀한지 보석을 수집하는 사람들이라면 많은 돈을 들여서라도 구하고 싶어 하는 보석이란다. 현재 브루니스 왕국에서 붉은 사막의 정수를 가지고 있는 사람은 파칸 상가의 가주인 파칸 백작이 유일하구나. 그에게서 보석을 구입하는 것은 쉽지 않을 게야."
　파칸 상가는 브루니스 왕국의 3대 상가였고 그 가주인 파칸 백작이 보석을 판매할 이유가 없었다. 돈이 궁한 것도 아니었으며 유명한 보석 수집가이기도 한 그에게서 보석을 구하기 위해서는 보석의 가치보다 더한 물건을 제시해야 한다.

지금 최진기에는 그 어떤 정보 길드보다 많은 정보를 알고 있는 사람이 옆에 있었다.

그리고 그, 현자는 최진기를 적극적으로 도와야 할 이유도 있었다.

파칸 상가.

불과 몇십 년 전만 하더라도 무가로 이름 높았던 파칸 가문은 이번 가주인 가루소 파칸에 의해 왕국 3대 상가의 한 자리를 차지하게 되었다.

그는 3형제 중의 막내로 태어났다. 그가 가주가 되기까지의 길은 순탄하지 않았다.

바람기가 심했던 첫째 어머니였기에 큰형이 파칸 가문의 혈통인지도 의심스러웠고 가문의 원로들은 그를 파칸 가문의 사람으로 인정하지 않았다.

작은형은 무재가 있었다. 그를 가르친 기사들은 하나같이 왕국 제일의 검사가 될 자질이 있다고 칭찬했다. 가문의 후계자는 작은형이 될 거라는 것을 의심하는 사람은 아무도 없었다.

하지만 무재가 뛰어난 작은형이 말에 떨어져 죽어버렸다.

작은형이 사라졌지만 가문의 원로들은 큰형을 가주로 만들고 싶지는 않아 했고, 원치도 않았던 가루소 파칸이 가주가 되었다.

항간에는 그의 어머니가 가루소 파칸을 가주로 만들기 위해 큰형을 암살했다는 소문이 돌았지만 그 소문이 사실인지 증명되지 않았고 가루소 파칸은 파칸 가문의 정식 가주가 되었다.

그는 무재도, 머리도 뛰어나지 않았다. 하지만 그는 승부사였다.

그는 아슬아슬한 상황을 즐겼고, 지는 게임을 하지 않았다.

언제나 승리했고, 그러는 과정에서 파칸 가문은 왕국 3대 상가로 자리 잡았다.

"이 팔찌를 만든 사람이 누구인지 알아 오라는데 왜 아직까지 아무런 정보도 가지고 오지 않는 거냐!"

파칸 가주는 화를 잘 내는 사람이 아니었다.

냉철한 승부사는 자신의 속마음을 잘 드러내지 않는 법이다.

하지만 지금 그는 화를 내고 있었다.

그것도 목소리까지 키우며.

그는 요 근래 최고의 나날을 보내고 있었다.

바잔트 영지에서 벌어진 경매를 둘러보고 오라고만 지시해 두었던 지점장 하나가 독자적인 판단으로 팔찌를 하나 구입해 왔다.

거금을 들여 팔찌를 사 온 지점장을 처음에는 무식한 놈이라고 욕을 했었다.

하지만 팔찌를 착용하고 밤을 보낸 순간, 그는 하루 전날 욕을 했던 지점장의 봉급을 100% 인상시켜 주었다.

많은 부인과 첩을 둔 그였지만 힘을 쓰지를 못했던 시간들.

하지만 팔찌를 찬 순간.

젊었을 때의 모습으로 돌아갔다.

육체가 젊어진 것이 아니었다. 육체가 젊어지는 것까지는 기대하지도 않았다.

단지 밤일을 할 수 있을 정도의 활력이면 충분했다.

활력을 높이는 영약은 물론이고 갖은 아이템들을 사용해 보았지만 다 소용이 없었다.

하지만 바잔트 영지의 경매장에서 구입한 팔찌는 진짜였다.

꿈에도 그리던, 그렇게 찾고 싶어 했던 물건을 드디어 손에 넣게 된 것이었다.

팔찌가 주는 활력에 하루에도 몇 번씩 부인과 첩들을 찾았고 이렇게 살다 죽고 싶다는 생각까지 했었던 파칸 가주였다.

쨍그랑.

자신이 아끼던 첩 하나가 팔찌를 부서뜨리기 전까지는 천국을 만끽했었다.

팔찌를 닦아주겠다던 첩이 팔찌를 바닥에 떨어뜨렸고 강도가 그렇게 높지 않았던 팔찌는 산산조각 나 부서지고 말았다.

파칸 가주는 다급해졌다.

이전의 모습으로 돌아가고 싶지 않았다.

고개 숙인 남자.

밤일을 제대로 하지 못하는 순간부터 삶의 의욕마저 잃어버렸고 팔찌를 고치고 싶다는 생각만이 그의 머리에 가득했다.

"안 되겠다. 내가 직접 바잔트 영지로 찾아가야겠다. 바로 마차를 준비하거라."

60이 넘은 파칸 영주가 수도를 벗어나는 것은 근 5년 만이었다.

젊은 시절 여행을 수도 없이 다녀본 그는 남은 인생을 가문

안에서 보내기로 다짐했었다.

그 다짐은 팔찌 하나로 깨지고 말았다.

"형님, 파칸 가주가 바잔트 영지로 찾아오고 있다고 합니다. 어지간히 급한가 봅니다."

"포기를 했다면 모를까, 희망이 있다면 사람은 움직이게 마련이지."

최진기가 파칸 가주에게서 붉은 사막의 정수를 구할 방법을 생각하던 도중 희소식이 들려왔다.

파칸 상가에서 1회 경매에서 사 간 팔찌가 부러졌다고 하며 그 팔찌를 수리할 방법이나 제작자에 대한 정보를 파칸 상가에서 문의해 온 것이다.

현자는 오랜 세월 많은 것을 경험했고 거래하는 법에 대해서도 통달해 있었다.

최진기는 현자의 도움으로 파칸 가주에게서 보석을 얻어낼 작전을 짰고 파칸 가주가 바잔트 영지로 온다는 소식을 들은 순간 작전 성공의 팔부 능선을 넘은 것을 직감했다.

"그가 도착하면 절대 쉽게 만나주어서는 안 된다네. 최대한 까칠하게. 다급한 사람은 그라는 것을 명심하게나. 그리고 절대 얼굴을 내비쳐서는 안 된다네. 철저하게 대리인을 내세우게나."

현자의 작전대로 하려면 영주의 도움이 필요했다.

자작의 직위를 가지고 있는 영주는 백작의 직위를 가지고 있는 파칸 가주의 말을 들을 수밖에 없는 입장이었다.

괜히 실랑이가 붙으면 바잔트 영지는 태풍 앞의 양초가 될지도 몰랐다.

"영주님, 최대한 저와의 친분을 최대 숨기셔야 합니다. 영주님도 저를 직접 보지 못했다고 말씀하셔야 합니다. 그렇지 않으면 저는 바잔트 영지를 떠나야 될지도 모릅니다. 고향과 같은 이곳을 떠나고 싶지 않습니다."

하루가 다르게 발전해 가는 영지에 희열을 느끼고 있는 영주가 최진기를 버릴 리는 없었다.

파칸 가주를 만난 영주는 최대한 불쌍한 척을 하며 파칸 가주의 질문에 대답했다.

"저도 경매품을 제작하는 자에 대해서는 잘 모르고 있습니다. 그가 어디서 왔는지, 그의 능력이 무엇인지 알지 못합니다. 단지 그가 물건을 팔 만한 공간을 제공해 달라는 말에 경매장을 만들었습니다."

"그는 어디에 살고 있는가? 내가 직접 찾아가 대화를 해보겠네."

"백작님, 제발 참아주세요. 그는 바람 같은 사람입니다. 괜히 찾아갔다가 떠날지도 모릅니다. 제가 최대한 팔찌를 수리하거나 새로 만들 수 있도록 말해보겠습니다. 저를 믿고 조금만 기다려 주십시오."

"부탁하네. 팔찌가 없는 인생은 지옥의 불구덩이에 몸을 던진 것보다 못하다네."

파칸 가주는 영주가 사용하던 방으로 이동했다.

백작 위를 가진 파칸 가주가 머물 만한 방은 영주가 사용하는 방 말고는 마땅히 없었기 때문에 영주는 어쩔 수 없이 자신의 방을 파칸 가주에게 넘겨주었다.

　"잘하셨습니다. 이제 조금만 더 앓는 소리를 하시면 됩니다."

　"내가 잘하고 있는지 모르겠네. 거짓말을 하는 것이 익숙하지가 않아. 들통이라도 난다면 우리 영지는 끝이라네."

　"충분히 잘하고 계십니다. 이틀만 더 고생해 주시면 제가 좋은 선물을 하나 드리겠습니다. 절대 실망하지 않을 선물일 거라고 장담합니다."

　팔찌를 수리하는 일은 어렵지 않았다.

　부서진 팔찌만 있다면 약간의 재료를 투입해 온전한 모습으로 만들 수 있었다.

　하지만 수리를 쉽게 할 수 있다는 사실을 파칸 가주가 알게 된다면 붉은 사막의 정수를 얻는 것은 물거품이 되어버리고 만다.

　"바잔트 영주! 지금 내가 여기에 지낸 지 3일이 되었소. 도대체 얼마나 더 기다려야 된다는 말인가!"

　"백작님, 제가 하루에도 몇 번씩 장인을 찾아가 부탁을 드렸습니다. 그리고 오늘 아침 대답을 들었습니다. 팔찌가 가지고 있는 능력을 가지고 있는 다른 물건을 만들지는 못하지만 팔찌를 수리할 수는 있다고 합니다."

　"그래? 수리를 위해 얼마의 시간이 든다고 하던가? 장인이 원하는 모든 것들을 내 지원해 드리리다."

"하지만 상황이 그렇게 좋지는 않습니다. 팔찌를 수리하는 데 필요한 재료가 워낙 고가이고 차라리 그냥 없는 셈치고 사는 게 나을지도 모른다고 합니다."

"지금 나를 무시하는 건가? 내가 파칸 상가의 가주 파칸 가루소라는 걸 잊은 건가? 금액이 얼마가 들든, 어떤 재료가 필요하든 내가 다 구해주겠네. 그런 걱정은 하지 말고 팔찌 수리에만 전념하라고 전하게."

바잔트 영주는 파칸 가주와의 대화를 마치고 곧장 최진기의 작업실로 향했고, 그곳에서는 여유롭게 차를 마시고 있는 최진기와 현자가 그를 기다리고 있었다.

"오셨어요? 파칸 가주가 넘어왔습니까?"

"살 떨리고 피가 말린다네. 일단 파칸 가주는 자신만만하게 모든 지원을 아끼지 않겠다고 말을 하긴 했다네."

"그러면 이제 말을 꺼낼 때가 되었군."

이번 작전을 주도하고 있는 현자였다.

"필요한 재료 목록을 적어줄 테니 그대로 파칸 가주에게 전해주게나."

현자가 적어준 목록에는 붉은 사막의 정수는 물론이고 고귀한 보석이 여러 개 적혀 있었다.

"현자님, 이렇게 강하게 나가도 괜찮을까요? 지금 여기 적힌 보석의 절반만 하더라도 팔찌의 가격의 배가 넘습니다. 아니, 붉은 사막의 정수만 하더라도 팔찌의 가격보다 훨씬 비쌉니다. 파칸 가주가 팔찌 수리를 포기하면 어쩌시려고 이러십니까."

"쯧쯧쯧. 내가 왜 현자라고 불리는지 모르는군. 사람의 심리라는 게 요상하다네. 종이에 붉은 사막의 정수만 덩그러니 적혀 있으면 의심을 하게 마련이네. 하지만 그렇게 중요하지 않은 보석들 틈바구니에 붉은 사막의 정수가 적혀 있으면 의심을 하지 않는 법이지. 나를 믿고 목록이 적혀 있는 종이를 파칸 가주에게 건네주게나."

저 노인네를 누가 처음 현자라고 불렀는지는 모르겠지만 저 노인네는 현자라기보다는 타고난 사기꾼이 분명했다.

한국에 있었다면 9시 뉴스의 메인을 장식했을 법한 노인네였다.

이미 팔찌의 수리는 끝이 나 있었다.

처음 파칸 가주가 바잔트 영지에 온 날 팔찌 수리를 마쳤다.

오로지 파칸 가주의 애간장을 녹이기 위해 시간을 끌고 있는 중이었다.

그리고 정확히 일주일이 지나 팔찌는 주인을 찾아 떠나갔고 파칸 가주는 팔찌를 금속 상자에 보관하고는 바잔트 영지를 떠났다.

"이게 붉은 사막의 정수군요. 확실히 값비싼 이유가 있을 법한 보석입니다."

파칸 가주가 남기고 간 붉은 사막의 정수.

바가지를 듬뿍 쓴 파칸 가주였지만 그는 아무런 불만을 표하지 않았고 오히려 감사의 인사를 바잔트 영주를 통해 전해왔다.

"나도 실제로 보는 것은 오랜만이군. 자, 이제 상자의 비밀을 풀어보게나."

현자와 대마법사가 수십 년 동안 풀지 못한 비밀이 무엇인지 최진기도 궁금했다.

상자를 집어 들자 상자를 구성하고 있는 금속 입자들이 춤을 추고 있는 것이 느껴졌다.

입자들은 자신들에게 부족한 것을 채워달라고 아우성을 쳤다.

'너희들이 원하는 붉은 사막의 정수를 지금 주입해 줄 테니까 조금만 기다려.'

붉은 사막의 정수가 최진기의 손에 의해 녹아내려 상자 속으로 빨려들어 갔다.

세공하기 까다롭기로 유명한 붉은 사막의 정수였기 때문에 원형 그대로의 모습을 살려 관상하는 것이 일반적이었다. 하지만 최진기의 손에 의해 붉은 사막의 정수는 녹아내렸고 상자를 이루는 또 다른 금속 입자가 되었다.

[드래곤의 보관 상자]
등급 : A
내구성 : 100/100
강도 : 1
드래곤의 마법으로 만들어진 아공간과 연결된 상자.
무한대의 물건을 보관할 수 있다.

강도가 1이었다. 아무리 강한 무기라고 하더라도 5의 강도를 넘어가는 일이 없었다.

드래곤이 만든 물건이 아니라면 이런 강도를 가진 물건이 세상에 있을 수는 없었다.

"드래곤의 보관 상자라고 합니다. 드래곤이 만든 아공간을 이용할 수 있는 상자네요."

최진기는 드래곤의 보관 상자를 이용하면 여러 가지 물건을 제한 없이 보관할 수 있다는 생각 정도밖에 하지 못했다.

"드래곤의 보관 상자라……. 아공간에 드래곤이 남긴 유산들이 남아 있을 수도 있겠군."

"드래곤의 유산이라면?"

"드래곤들이 만들고 사용했던 마법 무기들이지. 현재 남아 있는 마법 무기들은 세월이 지나면서 능력들이 감소했지. 하지만 아공간에 보관되어 있던 무기들이라면 드래곤 시대의 능력을 고스란히 가지고 있을지도 모른다네."

드래곤을 실제로 본 사람은 존재하지 않았다.

첫 번째 악마의 강림을 막으며 그들은 멸종되었고 그들에 관한 이야기는 동화 속에서나 남아 있었다. 그리고 그들이 사용하던 무기들도 남아 있지 않았다.

지금 사용되고 있는 마법 무기들은 드래곤이 만든 마법 무기의 아류작에 불과했다.

"꺼내볼까요?"

최진기의 가슴이 이유 없이 두근거렸다.

새로운 물건을 본다는 신선함에 가슴이 두근거리는지, 아니면 다른 이유가 있어 두근거리는지 알지 못했다.

"드래곤이 아공간을 이용했다는 내용이 세브리안 황제의 자서전에 남아 있다네. 드래곤 시대를 살았던 사람 중에 유일하게 드래곤에 관한 내용을 자세하게 서술한 황제였지."

"자서전에 아공간을 여는 법에 대해서도 나와 있습니까?"

"내 기억이 맞다면 드래곤의 보관 상자의 주인이 되어야만 아공간을 이용할 수 있다네. 자네의 피를 상자의 열쇠 구멍에 한 방울 떨어뜨려 보게나."

현자는 보관 상자의 비밀을 알고 싶었을 뿐이지 상자의 주인이 되고 싶었던 마음은 없었기에 미련 없이 최진기가 상자의 주인이 될 수 있는 방법을 설명해 주었다.

아얏!

뾰족한 바늘에 찔려 최진기의 손가락에는 피가 송골송골 맺혔고 그 피는 손끝을 따라 상자의 열쇠 구멍으로 흘러들어 갔다.

최진기의 피가 들어간 열쇠 구멍에서 하얀 연기가 피어오르기 시작했다.

마치 램프 속에서 지니가 튀어나올 것만 같은 분위기였다.

"처음 뵙겠습니다, 주인님. 다시 세상에 나올 수 있을 거라고는 상상도 하지 못했습니다. 저를 깨워주셔서 감사합니다."

"현자님, 저게 뭐예요? 귀신이 말을 해요!"

"귀신이 아니란다. 지금은 없어졌지만 기록에는 남아 있지. 물

건에 정신이 깃들면 생겨난다는 정령이다. 정령사들이 사용하는
자연 계열 정령과는 다른 목적으로 만들어진 정령이지."

"그렇습니다, 주인님. 저는 아공간의 물건을 정리하고 주인님이
필요한 물건을 찾아드리는 역할을 합니다."

정령을 처음 봐 멍하니 있는 최진기를 대신해 현자가 정령에
게 질문을 던졌다.

"아공간에 있는 물건의 종류와 수량은 얼마나 되는가?"

정령은 자신의 주인이 아닌 현자가 질문을 하자 대답해도 좋
은지 최진기에게 눈빛으로 물어보았다. 최진기의 고개가 끄덕여
지자 정령은 아공간에 있는 물건에 대해 설명을 하기 시작했다.

"현재 아공간에는 총 127종류의 물건이 있으며 가장 많은 양
을 차지하고 있는 것은 금입니다. 3ton의 금이 저장되어 있습니
다. 마지막 저의 주인이셨던 블루 드래곤 네르키스 님이 새로운
던전을 만들기 위해 아공간에 넣어두었습니다."

드래곤의 마법적인 능력은 여러 서적에 기록되어 있다.

그중 가장 자세하게 기록 되어 있는 서적은 세브리안 황제의
자서전이고 그 내용을 보면 이러하다.

**황국을 수호하는 드래곤에게 감사의 인사를 표하기 위해
산의 크기와 같은 황금을 준비했다.**

**드래곤이 작은 상자를 열자 황금의 산은 상자 안으로 빨
려 들어가 모습을 감추었다.**

"상자의 능력이 무엇인지 여쭈어봐도 되겠습니까."

"세상 모든 것을 담을 수 있는 상자다."

황금의 산에 감동한 드래곤은 한 자루의 검을 나에게 주었다.

검을 한 번 휘두르자 번개가 쳤고, 다시 휘두르자 모든 귀족들이 무릎을 꿇었다.

세 번째 휘두르자 백성들이 눈물을 흘렸고, 네 번째 휘두르자 팔이 잘려 나갔다.

여기까지가 드래곤의 상자에 대한 기록이었다.

"금을 제외한 다른 물건들은 어떤 것들이 있지?"

"56종류의 귀금속이 있으며 20개의 무기와 50개의 잡화가 있습니다."

금과 보석도 중요했지만 사실 가장 궁금한 것은 무기류였다.

악마의 강림이 다시 시작된다면 그들을 막기 위해서는 강한 무기가 필수였다.

최진기가 무기를 강화시켜 능력을 부여할 수 있다고는 하지만 그런 무기를 찾는 것도 쉽지 않았고 능력도 드래곤의 무기에 비해 떨어질 것이 분명했다.

"무기를 전부 꺼내줘."

"무기를 테이블 위에 올리도록 하겠습니다. 잠시만 기다려 주십시오."

아공간의 정령이 분주히 상자 속을 들락날락거렸고 테이블 위와 그 주변에서 20개의 무기가 모습을 드러냈다.

"오, 이것은 전설로만 전해졌던 빛의 심판자가 아닌가. 그림으로만 남아 있던 무기가 아공간 안에 있었다니."

최진기보다 무기를 보고 더 좋아하는 현자였다.

그는 세상의 모든 지식을 가지고 있다고 칭해질 정도로 아는 것이 많은 사람이었지만 실제로 보지 못했던 드래곤의 무기를 보게 되자 어린아이처럼 신이 나서 가만히 있지를 못했다.

테이블 위에 있는 작은 단도를 집어 들었다.

[핏빛 고리(봉인)]
등급 : B
내구성 : 30/30
강도 : 3
순도 : 89%
이 무기에 상처를 입게 되는 생명체는 목숨을 잃는다.
사용자의 목숨도 함께 앗아간다.
봉인을 풀기 위해서는 과사둠이 필요하다.

모든 무기가 봉인에 걸려 있는 상태였다.

처음 상자의 비밀을 풀었을 때는 그것만으로 충분히 기뻤다.

하지만 사람의 욕심은 끝이 없었는지 무기에 봉인이 걸려 있다는 사실을 알게 되자 실망감이 들었다.

"왜 무기들이 전부 봉인되어 있는 거지? 이 봉인을 풀기 위해서는 어떻게 해야 되는지 알고 있어?"

"죄송합니다, 주인님. 봉인을 푸는 방법에 대해서는 알지 못합니다. 이 무기들은 첫 번째 악마의 강림 시절 드래곤들과 그들의 하수인들이 직접 사용했던 무기들입니다. 하지만 두 번째 악마의 강림이 시작되고는 무기들의 능력이 모조리 사라지고 말았습니다."

"나도 그에 대한 얘기를 들은 적이 있다네. 악마가 강림하게 되면 세상의 마나와 신성력이 사라져 마법사와 사제 그리고 오러를 사용하는 기사가 능력을 잃는다고 하였다네. 아마 무기들도 악마의 강림에 의해 능력이 봉인당한 것 같다네."

과학의 발전이 더딘 이계는 마나에 의해 돌아가고 있다고 볼 수 있다.

연락을 주고받기 위해 마법 수정구를 사용하고 수도의 상하수도를 유지하기 위해 마법사의 도움을 받고 있었다.

이런 지금 마나가 사라지면 세상은 혼란에 빠져들고 말 것이었다.

또한 오러를 사용할 수 있는 기사의 수는 극소수였지만 그들이 한 국가의 기사단 전부라고 할 수 있었다. 국가는 오러를 사용할 수 있는 기사의 수로 국방력을 판가름했다.

"현자님, 혹시 과사둠을 어디서 구할 수 있는지 알고 계십니까?"

최진기는 모든 무기를 만져 본 결과 무기에 걸려 있는 봉인을 풀기 위해서는 과사둠이라는 금속이 필요하다는 것을 알게 되었다.

"과사둠이라… 금속 백과사전에 그 모습과 이름을 적어두긴 했지만 가지고 있는 사람이 있다는 얘기는 듣지 못했다네. 나도 엘프의 고서에서 그 존재에 대해 알게 되었다네."

과사둠에 대한 힌트를 찾기 위해서는 엘프를 찾아야만 한다.

하지만 엘프는 사람과의 접촉을 하지 않고 독자적인 영역을 구축한 지 몇백 년은 되었다고 한다. 그런 엘프들을 찾는 것은 시간 낭비가 될 수가 있었다.

무기들을 다시 아공간에 집어넣자 허탈한 심정이 되었다.

엄청난 능력을 가지고 있는 무기들이 20개가 있었지만 사용할 수 있는 무기는 아무것도 없었다. 물론 능력이 봉인된 무기라고 할지라도 일반적인 무기에 비해 강도는 뛰어났지만 반쪽짜리일 뿐이다.

'하긴 지금 당장 무기를 사용할 일은 없을 것 같으니까. 괜히 고민해 봐야 나아지는 것도 없으니 사서 고민하지는 말자.'

허탈감을 지우려고 노력하고 있는 최진기에게 아공간의 정령이 할 말이 남아 있는지 주변을 날아다녔다.

"주인님, 아공간 안에 어떤 잡화가 있는지 궁금하지 않으십니까? 신기한 물건들이 많이 있습니다."

아공간의 정령은 억겁의 세월을 아공간을 지키며 살아왔기 때문에 아공간 안에 있는 물건들에 애정이 있었다. 그래서 아공간에서 잠자고 있는 물건들을 새로운 주인인 최진기에게 자랑을 하고 싶어 했다.

"나중에 보자. 지금은 머리가 좀 복잡해서 말이야."

최진기의 말에 금세 시무룩해져 버린 아공간의 정령이었다.

"그런 표정 하지 말고. 그래, 한번 보자. 가장 신기한 잡화 하나만 꺼내봐."

"알겠습니다, 주인님. 가장 신기한 물건이라면 역시 신수의 알이지 말입니다."

"신수의 알? 그것이 무엇이냐? 나조차도 모르는 물건이 있다니."

세상의 모든 지식을 알고 있다고 여러 번 자랑을 했던 현자조차 모르는 신수의 알.

그것은 타조 알보다 약간 작은 크기의 알이었다.

"이 알이 왜 가장 신기한 건데? 먹으면 힘이 강해지거나 특수한 능력이 생기는 거야?"

"신수의 알은 먹는 것이 아닙니다, 주인님. 신수의 알이 깨어나면 세상에서 가장 든든한 아군이 생기게 되는 겁니다."

"그러면 드래곤은 왜 신수의 알을 깨어나게 하지 않았던 거야?"

"신수의 알이 어떤 방식으로 깨어나는지는 아무도 모릅니다. 태초부터 살아왔던 드래곤조차 신수의 알을 깨우는 방법에 대해서는 알지 못했습니다."

드래곤조차 깨우지 못했던 신수의 알.

혹시나 하는 마음이 들어 신수의 알에 손을 가져다 대었다.

[???의 알]
등급 : S
내구성 : 1/1
강도 : 9
순도 : 99%
신계의 신수 한 마리가 잠들어 있는 알.
10일 동안 1시간에 한 번씩 신수의 알을 씻겨주면 신수가 깨어
난다.

Chapter 5

모여드는 사람들

하루에 세수를 5번 이상 하는 사람은 드물다.

깔끔을 떠는 사람이라면 주기적으로 자신의 손을 씻기는 하지만 남을 씻겨주는 사람은 없었다.

신수의 알을 씻겨주는 일은 정말 귀찮은 일이다.

아무리 S급 아이템을 깨어나게 하는 방법이라고는 하지만 잠도 제대로 자지 못하고 신수의 알을 씻겨야 했다.

아공간의 정령이 말하기를, 꼭 한 사람이 씻겨줘야 하며 다른 사람이 알을 만지는 순간 다시 처음으로 돌아간다고 했다.

나는 10일이라는 시간 동안 밤잠을 설쳐 다크서클이 얼굴 전체로 번졌다.

"오늘이 마지막인가? 그동안 고생이 많았어."

잠을 자지 못한 최진기는 신경이 날카로워졌다.

자신을 걱정하는 현자의 말이었지만 놀리는 것처럼 들려왔다.

"신수가 깨어나기만 하면 하루 종일 잠만 잘 겁니다. 이제 마지막 한 번 남았네요."

하루에 24번, 10일이면 240번.

한 번 씻겨줄 때 걸리는 시간이 10분이니 2,400분의 시간을 신수의 알에 투자했다.

노력은 배신하지 않는다는 것을 알고 있다.

이번에도 노력이 성공하기를…….

찌지직.

신수의 알이 깨지기 시작했다.

알에서 빠져나오려고 하는 신수를 도와주기 위해 최진기가 껍질을 떼어내려고 했다.

"그러지 말게나. 자기의 힘으로 알을 깨고 나와야만 한다네. 그것이 자연의 섭리라네."

현자의 말에 최진기는 손을 거두며 애타는 심정으로 알을 바라만 봤다.

껍질이 벗겨지는 속도는 너무도 느렸다.

현자의 말이 아니었으면 진작에 껍질을 손으로 뜯어내었을 것이다.

"뽀오~ 뽀오~"

병아리와 비슷하게 우는 신수의 목소리가 들려오자 더욱 가슴이 졸여왔다.

그리고 드디어 신수가 껍질을 벗겨내고 세상 밖으로 나왔다.

"고양이?"

신수의 모습은 고양이와 비슷했지만 달랐다.

쫑긋한 귀는 영락없는 고양이과 동물과 흡사했지만 몸에 비해 엄청나게 큰 머리와 그에 비해 작은 손과 발을 가지고 있었고 고양이와 곰의 중간 단계에 있는 외형을 가지고 있었다.

"어서 닦아주게나."

현자의 말에 정신이 든 최진기는 미리 준비해 놓은 깨끗한 천으로 신수의 몸을 닦아주었고, 신수는 그런 최진기의 손길이 좋은지 최진기의 품으로 파고들었다.

"뽀오~ 뽀오~"

"이렇게 신수를 보다니. 이제 죽어도 여한이 없구나. 이제 이름을 지어줘야지. 이름을 생각해 보았나?"

최진기는 자신의 품에 안겨 몸을 비벼대는 신수의 귀여움에 10일 동안의 피로가 한순간에 날아가 버렸고 신수에게서 눈을 떼지 못했다. 현자의 질문에도 눈은 신수를 향해 있었다.

"생각해 둔 이름은 없습니다. 뽀오거리며 우니까. 이름을 '뽀'로 할까요?"

"지금이야 좋을지 모르지만 신수가 자라면 자신의 이름을 뽀로 지은 자네를 원망하지 않을까? 그리고 그런 이름을 짓도록 둔 나도 신수의 원망을 피해 갈 수 없을 것 같구나."

"그렇게 별론가요? 저는 뽀가 괜찮은 것 같은데. 그러면 하얀 털을 가지고 있으니 '하양이' 어떻습니까?"

"작명 솜씨가 그 정도밖에 되지 않는 건가? 내가 이름 몇 개를 불러줄 테니 마음에 드는 걸로 골라보게나. 브루니스 왕국에서 처음 나타난 신수니까 '브루니'는 어떤가? 아니면 신의 이름을 따 '파카'도 괜찮고, 아니면 자네를 부모로 생각하는 신수니 자네의 이름과 비슷한 '지니'도 괜찮을 것 같구나."

현자도 최진기와 비슷한 수준의 작명 센스를 가지고 있었다.

머리에 든 것이 많은 것과 작명을 잘하는 것은 별개였나 보다.

"그냥 제가 이름을 짓는 게 나은 것 같네요. 음, 뭐가 좋으려나. 드래곤 네르키스의 보관 상자에서 나왔으니 네르가 좋겠네. 네 이름은 이제부터 '네르'다. 알겠지?"

자신에게 이름이 생겨서인지, 아니면 웃으며 자신을 쓰다듬는 최진기의 손길이 좋은지 네르는 조그마한 입을 오물거리며 최진기의 품으로 더욱 파고들었다.

*　　　　　*　　　　　*

신수에 대한 전설은 세상 어디에 가도 있었다.

한국에만 하더라도 백호, 해태, 주작, 청룡 등 무수히 많은 신수가 전설로 남아 있다.

모든 신수는 신묘한 능력을 가지고 있었기에 네르의 능력이 무엇인지 궁금했다.

"뽀오! 뽀오~"

"대답은 잘하네. 우리 네르 어떤 능력을 가지고 있니? 하늘을 나는 능력? 아니면 번개를 쏘아내는 능력? 어서 아빠에게 능력을 보여줘."

태어난 지 하루도 되지 않은 네르에게 너무 많은 것을 바라고 있는 최진기에게 바잔트 영주가 찾아왔다.

"귀여운 애완동물이군. 그렇게 생긴 동물을 본 적은 없는데."

파칸 가주에게서 붉은 사막의 정수를 구하는 조건으로 영주에게 선물을 주기로 약속했다.

네르에게 정신이 팔려 깜빡 잊고 있었던 사실이었는데 지금 떠올랐다.

바잔트 영주는 선물을 달라고 말을 하지 못하고 괜히 작업장 내부를 의미 없이 구경하고 있었다.

"영주님, 잠시만 기다려 주세요. 제가 약속했던 선물을 드리도록 하겠습니다."

[바잔트 가문의 가보]

등급 : A

내구성 : 20/20

강도 : 3

순도 : 91%

사용자의 모든 능력치를 50% 올려주지만 사용한 시간만큼 눈을 멀게 한다.

바잔트 가문의 역사가 담겨 있는 검.

악마의 강림을 막기 위해 바잔트 가문의 모든 것을 쏟아부어 만든 검으로 가문의 핏줄은 검을 사용하더라도 눈이 멀지 않는다.

바잔트 가문의 가보는 심상치 않은 물건이었다.

지금까지 많은 무기를 강화시키고 능력을 깨웠지만 바잔트 가문의 가보만큼의 능력이 있는 검은 없었다.

이렇게 척박한 곳을 영지로 가지고 있는 바잔트 가문이었지만 이전에는 빛나는 역사를 가지고 있었던 것이 분명했다. 그러니 이런 수준의 검을 가보로 가지고 있는 것이었다.

"드디어 가문의 가보가 돌아왔구나. 이런 날이 오다니. 가문의 선조들이 가보를 복구하려고 많은 노력을 기울였지만 아무도 성공하지 못했는데 내 대에서 가보를 복구시키다니."

영주의 눈에는 눈물이 맺혀 있었고 금방이라도 소리를 내며 울 것만 같았다.

"영주님, 검의 능력에 대해 설명해 드리겠습니다. 검을 검집에서 빼보십시오."

"역시나 멋진 검날을 가지고 있구나. 고맙다."

"날이 날카로운 게 끝이 아닙니다. 힘이 강해진 느낌이 오지 않으십니까?"

"그러고 보니 검의 무게가 하나도 느껴지지 않는다."

"힘뿐만 아니라 모든 신체적인 능력이 50% 상승했습니다. 바잔트 가문의 가보가 가지고 있는 능력입니다."

"이런 능력을 가지고 있는 검이라니."

브루니스 왕국에서 특수한 능력을 가지고 있는 무기를 보유한

이들은 최소 백작 이상의 귀족들이었다. 하지만 그들도 바잔트 영지가 보유하고 있는 무기보다 뛰어난 무기를 보유하지는 못했다.

"유의 사항이 있습니다. 바잔트 가문의 핏줄이 아닌 사람이 그 검을 사용한다면 사용한 시간만큼 눈이 멀게 됩니다. 혹시나 검을 다른 사람에게 양도할 생각이시라면 그러지 않는 것이 좋을 것 같습니다."

"내가 왜 우리 가문의 가보를 다른 사람에게 양도하겠는가. 절대 그런 일은 없어."

네르가 이제는 아장아장 걷기 시작했다.

몸보다 큰 머리를 좌우로 흔들며 걷는 네르의 모습은 귀엽다는 말로는 표현할 수 없을 정도의 사랑스러움을 내뿜고 있었다.

네르가 자라고 있는 만큼 경매장과 바잔트 영지도 발전하고 있었고, 처음 최진기가 영지에 도착했을 때와는 전혀 다른 모습을 보이고 있었다.

수십 개의 건물이 새로 지어졌고 왕국 3대 상가의 지점도 생겨났다.

상가의 가주들이 직접 경매에 참여하는 일이 많았지만 그러지 못할 경우 대리인을 보내기 위해 지점장들을 바잔트 영지로 파견을 보낸 것이었다.

왕국 3대 상가의 상점들이 생겨나자 생필품을 구하기 위해 다른 영지로 찾아가지 않아도 되었고 영지민들은 영지를 발전시킨 영주를 입이 닳도록 찬양했다.

영지가 발전하자 사람들은 모여들었다.

바잔트 영지를 기회의 땅으로 여기고 찾아온 상인들은 물론이고 바잔트 영지에 자리를 잡기 위해 오는 사람들도 있었으며, 좋은 무기를 찾아 헤매는 방랑 기사들도 영지를 찾았다.

새로이 영지에 찾아오는 사람들은 하나같이 특수 능력이 있는 무기를 만든 사람을 만나고자 했지만 최진기는 신비주의 콘셉트를 유지하기 위해 그들을 만나주지 않았다.

영지민들은 최진기를 영주 직속 대장장이로만 알고 있었고 최진기에 대한 정보는 영주와 영지 병사들만 알고 있었다.

영지병들은 자신의 무기를 강화시켜 준 최진기에게 고마움을 느끼고 있었고 영주의 엄포에 절대 최진기의 존재에 대해 말하지 않았다.

"제발 특수 능력이 있는 무기를 하나만 팔아주세요. 제가 기사가 되기 위해서는 좋은 무기가 필요합니다."

"그 정도 돈으로는 특수 능력이 있는 무기는 고사하고 강화된 단검 하나 구입할 수 없습니다."

우연히 경매장 주변을 지나가고 있던 최진기는 에크의 바짓가랑이를 잡고 늘어진 한 사람이 만들어내는 소란스러움에 발길을 멈추었다.

"무슨 일이야? 오늘 경매가 없는 날이잖아."

"형님, 이 사람이 몇 날 며칠을 경매장 앞에서 진을 치고 있기에 말을 걸었다가 이렇게 되었습니다. 고작 1골드로 특수 능력이 있는 무기를 팔아달라고 합니다. 참, 기도 안 차서."

낡은 가죽옷을 입고 있는 사내는 우람한 근육을 가지고 있는 것을 제외하면 일반 영지민들과 다르지 않아 보였다.

그런 그가 왜 무기를 필요로 하는지는 궁금하지도 않았다.

"경비병들 불러. 영지를 먹여 살리는 경매장 주변은 항상 깨끗해야지."

이런 경우가 많았다.

돈은 없지만 좋은 무기를 가지고 싶어 하는 사람들이 매번 에크를 괴롭혔고 바잔트 영주는 특별히 에크 주변에 3명의 경비병을 배치해 주었다.

경비병들이 에크의 바지를 잡고 늘어진 사람을 강제로 떼어내려고 했지만 그는 바지를 끝까지 놓지 않았다.

경비병들이 어쩔 수 없이 옆구리에 차고 있던 몽둥이를 꺼내 들고 그에게 휘두르려고 했다.

"잠깐만!"

그의 팔에서 빛이 난다.

무기나 물건들에게서만 나던 빛이 그의 팔에서 보였다.

이런 경우는 처음이었다. 사람의 팔에서 특수 능력이 있다는 표시가 뜨는 일이 있을 거라고는 상상도 하지 못했다.

"경매장에서는 무기를 헐값에 팔 수 없습니다. 제가 가지고 있는 무기 중에 쓸 만한 무기를 줄 테니 저를 따라오세요."

최진기는 팔에서 빛이 나는 사람을 무기로 꼬드겼다.

그는 최진기의 말을 믿지 못하는지 여전히 에크의 바지를 잡고 있었고 에크가 믿고 따라가라고 하자 그제야 바지를 놓고 최진기의 뒤를 따랐다.

"오, 자네가 작업장에 손님을 다 데려오고 웬일인가? 이 사람은 누구지?"

현자는 너무도 자연스레 최진기의 작업장에 자리를 깔고 책을 읽고 있었다.

궁금증이 전부 해결된 지 오래였지만 떠날 생각을 하지 않고 있었다.

세상을 떠돌아다니는 것보다 최진기의 옆에 있는 것이 신기한 일을 더 많이 겪을 수 있는 방법이라고 생각하는 그였다.

"잠시만 여기에 앉아 계세요. 제가 무기를 가지고 올 테니까요."

최진기는 현자를 끌고 작업장 안에 있는 무기 보관함으로 데리고 들어갔다.

"저자의 팔에서 특수 능력을 가지고 있는 무기가 내뿜는 그런 빛을 발견했습니다."

최진기가 가지고 있는 능력을 어느 정도 알고 있는 현자였고 최진기가 하고자 하는 말을 단번에 알아들었다.

"아니, 물건이 아닌 사람에게 그게 느껴진단 말인가?"

"저도 이런 경우는 처음입니다. 사람이 특수 능력을 가지고 있을 수 있다는 사실도 오늘 처음 알았습니다."

"흠… 특수한 능력을 가지고 있는 사람에 관한 자료는 많이 남아 있지만 다 너무 오래되어 전설로만 치부되는 것들이지. 그래, 저자는 어떤 능력을 가지고 있는가?"

"아직 확인해 보지 않았습니다."

"어서 확인을 해보자고. 역시 이곳을 떠나지 않는 것이 맞았어. 매일같이 신기한 일이 생기는구만."

현자가 기분 좋은 웃음을 짓고 있는 동안 최진기는 능력이 있는 무기 하나를 집어 들고는 다시 작업장으로 갔다.

"여기 무기를 가지고 왔습니다. 하지만 무기를 그냥 드릴 수는 없습니다. 무기는 그에 걸맞은 능력을 가지고 있는 주인의 손에 들렸을 때만 빛을 발하는 법입니다. 잠시 확인 작업을 해야겠습니다. 이름이 어떻게 되십니까?"

"브로안이라고 불러주면 돼요. 성은 없어요."

경매장 앞에서는 자세히 보지 못해 그가 순박한 사람이라는 것을 알지 못했다.

그는 전형적으로 몸에 비해 머리가 뛰어나지 않은 종류의 사람이었다.

덥수룩한 턱수염과 옷이 찢어질 정도의 근육을 가지고 있는 브로안은 털의 축복을 머리에는 받지 못했는지 민머리를 하고 있었다.

"팔을 잠시 줘보세요. 오래 걸리지는 않을 겁니다."

그의 팔을 잡자 왜 그의 팔에서 무기들에게서나 나오는 빛이 나오는지 알 수 있었다.

[드래고니안의 뼈]

등급 : B

내구성 : 20/20

강도 : 2

순도 : 30%

드래고니안의 피를 물려받은 사람에게서 간헐적으로 드래고니안의 뼈가 생겨난다.

드래고니안의 뼈는 마나의 흐름을 방해하는 대신 육체적인 능력을 높여준다.

드래고니안의 뼈를 강화하기 위해서는 용암의 탯줄이 필요하다.

강해지는 데 있어서는 신체를 강화시키는 것이 강화된 무기를 가지고 있는 것보다 훨씬 효과적인 방법이다.

하지만 신체를 강화하는 것은 수련을 통해 가능하긴 하지만 강한 무기를 가지는 것보다 오랜 시간을 요구한다.

그렇기에 육체적인 능력을 보완해 줄 강한 무기를 사람들이 찾는 것이었다.

그렇다면 자신의 몸을 수련 없이 강화시킬 수 있다면?

부작용만 없다면 마다할 사람은 없을 것이다.

브로안이 에크의 바지를 잡고 했던 말이 이해가 되었다.

수도의 기사가 되기 위해서는 오러를 약간이나마 사용할 줄 알아야 되었지만 드래고니안의 뼈를 가지고 태어난 브로안은 오러를 사용할 수 없었기에 특수 능력을 가지고 있는 무기를 원했던 것이다.

"브로안 씨는 왜 기사가 되고 싶으신 건가요?"

"아버지의 마지막 소원이셨어요. 아버지는 마을에서 유명한 장사셨어요. 소도 맨손으로 때려잡을 정도로 힘이 강하셨고, 기사가 되고 싶어 하셨어요. 하지만 힘만으로는 될 수 없는 것이 기사였죠. 그렇게 부유한 집은 아니었지만 아버지가 기사가 되고 싶다고 생각한 순간부터 집안이 휘청거렸습니다. 그리고 이제 제가 아버지의 못다 이룬 꿈을 이뤄주고 싶어요."

대를 이은 기사에 대한 집념.

드래고니안의 뼈를 가지고 있는 브로안이라면 오러를 이제 갓 사용할 수 있는 초급 기사보다 더 강한 힘을 가지고 있었다.

하지만 기사의 조건이라는 오러를 사용할 수 없다면 기사가 되는 것은 불가능한 일이고, 드래고니안의 뼈가 그의 팔을 구성하고 있기에 그가 오러를 사용할 수 있는 가능성은 없었다.

"그렇군요. 기사가 되면 가장 먼저 하고 싶은 일이 무엇이세요?"

"그것까지는 딱히 생각을 해본 적은 없지만 집에 남아 저를 기다리고 있는 동생에게 좋은 집과 맛있는 음식을 사주고 싶어요."

"브로안 씨의 나이를 봐서 동생분도 나이가 적지는 않을 건데 우애가 깊으신가 보네요."

"무슨 말인지? 제 동생은 이제 15살이에요."

"아, 동생분이 늦둥이인가 보네요."

"늦둥이 아니에요. 저랑 2살밖에 차이가 나지 않아요."

최소 서른은 넘어 보이는 얼굴에 까진 머리를 하고 있는 그는 아버지뻘로 보였다.

　"하하하……. 브로안 씨가 발육이 좋으셔서 그렇게 어린 줄은 몰랐어요."

　"괜찮습니다. 저도 이런 반응은 익숙해요."

　"여기 브로안 씨가 원하는 무기가 있어요. 원하시면 가지셔도 좋습니다."

　근력을 상승시켜 주는 검 한 자루를 브로안에게 건네는 최진기였지만 그는 아직 못다 한 말이 있어 보였다.

　하지만 그는 말을 잇지 못했다. 현자가 최진기를 대신해 브로안의 현실을 말해주었다.

　"솔직히 한마디만 하겠네. 자네보다 나이가 많은 사람의 충고로 생각해도 되고 괜한 사람의 오지랖이라고 생각해도 된다네. 자네가 아무리 기사보다 강한 힘을 가지고 있다고 하더라도 자네가 수도의 기사가 될 수는 없다네. 기사는 오러를 사용할 수 있는 사람을 최저 조건으로 하고 있다네. 그것이 그들의 자존심이고 수칙이라네. 불합리하다고 생각할 수도 있겠지. 하지만 한 사람 때문에 기사단의 수칙을 바꿀 정도로 기사단이 만만한 조직이 아니라네."

　"하지만 저는 꼭 기사단에 들어가고 싶어요."

　울먹거리며 말을 하는 브로안을 보고 있자니 그가 정말 17살의 청소년이라는 게 실감이 갔다.

　보통 사람은 현실을 직시하게 되면 5단계를 거친다고 한다.

처음은 부정.

"아니, 전 기사가 될 수 있어요. 아버지는 노력이 부족해서 기사가 되지 못한 거예요. 마을에서 저보다 더 힘이 강한 사람은 없다고요!"

다음은 분노.

"이런 세상, 제가 다 없애 버리고 말 겁니다. 다 부숴 버리고 저도 따라 죽으렵니다."

세 번째 단계는 타협.

"제가 기사가 되는 방법을 알려주신다면 종이라도 되겠습니다."

네 번째 단계는 우울.

"기사가 되지 못한다면 제가 살아야 할 이유가 없습니다. 기사가 되기 위해 몇 년 동안 수련을 해왔던 것이 다 소용이 없는 짓이었군요. 하아……."

마지막 단계는 수용이다.

"제가 기사가 되지 못한다면 전 이제 어떤 일을 해야 될까요? 저만 기다리고 있는 동생을 보살피기 위해서는 뭐라도 해야 됩니다."

순조롭게 수용의 단계까지 이끌어낸 현자였고 이제는 최진기가 나설 차례였다.

"저와 함께하시죠. 기사를 만들어주지는 못하지만 지금보다 나은 삶을 살 수 있도록 해드리겠습니다. 동생분과 같이 지낼 만한 집도 구해 드리고, 동생분의 교육을 원하신다면 교육도 시켜

드리겠습니다."

브로안은 멍해졌다.

갑작스러운 제안에 정신을 차리지 못하는 듯했다.

"저에게 왜 그런 제안을 하시는 겁니까? 기사도 되지 못하는 사람이 접니다. 할 줄 아는 거라고는 힘쓰는 것밖에 없는데."

"사람은 다 자기의 자리가 정해져 있습니다. 브로안 씨의 자리는 저의 옆자리인 것 같네요."

브로안을 영입하는 것은 오랜 시간이 걸리지 않았다.

그가 마음을 정한 순간 에크가 브로안의 동생이 있는 곳으로 가 그를 데리고 바잔트 영지로 돌아왔다.

15살이라고는 믿기지 않을 정도의 앳된 얼굴을 가지고 있는 브로안의 동생의 이름은 브란이었다. 세월의 풍파를 브로안 혼자 맞은 것 같아 보였다.

나는 브로안 형제가 살 만한 집을 작업실과 가까운 곳으로 구해주었고 본격적으로 브로안을 강화시키기 위한 작업에 들어갔다.

용암의 탯줄.

용암지대가 있는 곳에서 간혹 볼 수 있는 보석이 용암의 탯줄이다.

"용암의 탯줄은 붉은 사막의 정수보다는 귀하지 않은 보석이지. 용암지대를 몇 시간만 훑어보면 구할 수 있는 것이 용암의 탯줄이야. 3대 상가의 지점장급이라면 어렵지 않게 구할 수 있을 거네."

현자의 말처럼 용암의 탯줄을 구하기 위해 3대 상가에 문의를 했고 일주일이 걸리지 않아 용암의 탯줄이 에크를 통해 배달되어 왔다.

"긴장하지 마시고요. 절대 몸에 무리가 가지는 않습니다. 그냥 수련을 한다고 생각하시면 마음이 편하실 거예요."

브로안은 덩치에 맞지 않게 겁먹은 얼굴을 하며 작업대 위에 팔을 올렸다.

용가리 통뼈라는 말이 있었지만 실제로 용의 뼈를 가진 사람이 있다는 것은 처음 알았다.

용암의 탯줄이 녹아내리자 마치 딸기 쉐이크 같은 모습으로 변했고 최진기는 그 용액을 브로안의 팔에 문질렀다.

용암의 탯줄이 녹은 용액은 매우 뜨거운 성질을 가지고 있었다.

한 방울만 떨어져도 나무로 만든 테이블이 녹아내릴 정도였다.

하지만 용암의 탯줄은 브로안의 피부와 살을 태우지 않았고 곧장 그의 뼛속으로 스며들어 갔다.

[강화된 드래고니안의 뼈]
등급 : A
내구성 : 100/100
강도 : 1
순도 : 50%

드래고니안의 피를 물려받은 사람에게서 간헐적으로 드래고니안의 뼈가 생겨난다.

드래고니안의 뼈는 마나의 흐름을 방해하는 대신 육체적인 능력을 높여준다.

강화된 드래고니안의 뼈를 가진 사람은 단단한 육체를 가지게 된다.

"느낌이 어때요? 강해진 기분이 들어요?"

"끝난 겁니까? 별다른 변화를 느끼지는 못하겠는데요."

브로안은 겁에 질려 있었기에 자신의 변화를 느끼지 못하고 있었다.

"몇 가지 실험을 해보는 게 좋겠네. 자네, 이 정도 크기의 돌멩이를 부술 수 있는가?"

현자가 브로안에게 보여준 돌멩이는 주먹보다 조금 큰 수준이었다.

"저 정도 크기의 돌멩이는 어렵지 않게 부술 수 있습니다."

용가리 통뼈를 가지고 있는 브로안에게는 어렵지 않은 일이었다.

"그러면 이 정도 크기를 가진 바위는 어떤가? 가능하겠는가?"

현자가 브로안을 끌고 나가 보여준 바위는 작업장 옆에 서 있는 바위였다.

작업에 지쳐 숨을 돌릴 때 의자 대용으로 사용하던 바위이기도 했다.

"저건 불가능한데요. 아마 제 손이 아작 나고 말 겁니다."

"일단 가볍게 두드려 보게나."

브로안은 현자가 시키는 대로 바위를 가볍게 두드렸고 생각보다 고통이 느껴지지 않자 점점 세게 바위를 두드렸다.

쾅.

바깥공기를 마시며 휴식을 취할 때 사용할 의자가 사라져 버렸다.

'저게 인간이야? 아무리 용가리 통뼈를 가지고 있다고 해도 자기 몸통만 한 바위를 부숴 버리다니.'

브로안 형제가 바잔트 영지에 자리를 잡은 지도 한 달이 지나갔다.

그동안 브로안의 능력을 확인하는 실험을 여러 차례 진행했고 몇 가지 사실을 알 수 있었다.

브로안의 오른팔은 강도 3이 넘지 않는 금속이라면 어렵지 않게 부술 수 있었고 그의 피부는 날카로운 검도 튕겨낼 정도로 딱딱해졌다.

오러를 사용한 검이라도 브로안의 피부를 뚫는 것은 어렵다고 현자가 말하기도 했다.

브로안의 육체가 병기가 된 사실도 놀랍기는 하지만 더 놀라운 것은 육체파 형을 둔 브란이 엄청난 두뇌를 소유하고 있는 천재라는 사실이었다.

"어찌 한 번 본 것을 다 기억하고 있을 수 있느냐. 너는 가르치는 재미가 있는 아이구나."

현자는 요즘 브란을 가르치는 재미에 푹 빠져 매일같이 찾아오던 작업장에 코빼기도 비추지 않았다.

'현자가 날 괴롭히는 것보다 브란의 옆에 붙어 있는 것이 훨씬 낫긴 하지.'

경매장은 매달 증축 공사를 해야 할 정도로 참가자가 늘어났다. 이제 브루니스 왕국에서 바잔트 경매장을 모르는 사람은 없었다.

몬스터들에 둘러싸여 죽음의 영지라고 불리기까지 했던 바잔트 영지는 이제 세간의 주목을 받게 된 것이었다.

좋은 일에는 나쁜 일이 따르는 법.

남이 잘되면서 배가 아픈 사람이 속출하기 시작했고, 바잔트 영지를 노리는 주변 영지의 귀족들이 하나둘 야욕을 보이기 시작했다.

왕실의 권위가 높지 않은 지금, 영지를 노리고 들어오는 영지군을 막을 수 있는 방법은 파벌에 속하는 것뿐이었다.

브루니스 왕국의 파벌은 크게 세 개로 나눌 수 있다.

가장 큰 파벌은 자로트 후작이 중심인 남부 귀족 파벌과 북부의 벽으로 이름 높은 카인트 공작의 파벌이었다.

마지막 남은 파벌은 왕을 지지하는 몇 되지 않는 귀족들이 속해 있는 왕실 파벌이었고 그들의 힘은 다른 귀족의 파벌보다 약한 상황이었다.

바잔트 영지는 몬스터 지역과 접해 있었기에 어떤 파벌도 먼저 손을 내밀지 않았다.

파벌 관계라는 것은 결국 서로의 이득을 위해 모인 집단이다.

특산물 하나 없는 바잔트 영지를 자신의 파벌로 끌어들이고 싶은 사람은 없었다.

바잔트 영지에서 가장 가까운 대영지인 에르민은 남부 귀족 파벌에 속해 있었다.

이런 말이 있다.

돈을 벌고 싶으면 남부로, 나라를 지키고 싶으면 북부로.

가장 많은 상행위를 하고 있는 지역이 남부였다.

남부 사람 모두가 그런 것은 아니었지만 그들은 대체로 북부 지역의 사람들보다는 셈이 빨랐고 이득을 위해 움직였다.

그런 분위기는 남부 귀족 파벌에도 고스란히 묻어 있었다.

남부 귀족 파벌은 돈 냄새가 조금이라도 나는 일이라면 물불 가리지 않고 달려들었다.

"지금 영지전이 벌어질지도 모른다는 말씀이십니까?"

바잔트 영주가 오랜만에 최진기의 작업장을 찾아와 한다는 말이 영지전을 대비해 강화된 무기를 지원해 달라는 것이었다.

물론 바잔트 영지를 제2의 고향으로 생각하고 있는 최진기였기에 영주의 부탁을 들어줄 생각이었지만 영지전도 전쟁이었다.

전쟁을 한 번도 겪어보지 못한 최진기는 바잔트 영지가 전쟁에 빠져든다는 영주의 말에 머리가 멍해졌다.

"그렇다네. 에르민 영주가 영지전을 걸어왔다네. 남부 귀족 파벌에 속해 있다고 그렇게 자랑을 하더니 결국엔 우리 영지를 노리는군."

"에르민 영지와의 전쟁에서 승리할 수 있습니까?"

"그럼, 에르민 영지는 제대로 훈련된 병사가 얼마 없다고. 우리가 몬스터 지역을 방어해 주니 에르민 영지는 병사들을 훈련시킬 이유가 없지."

"그러면 왜 그들이 영지전을 걸어온 겁니까?"

"돈이 되어 보이니까 영지전을 걸어온 게 아닐까 싶네. 몬스터들에게 단련된 우리 병사들의 무서움을 이번 기회에 단단히 보여줘야겠어."

영지전은 크게 두 가지 방법으로 나눠진다.

전면전과 대리전.

전면전은 말 그대로 영지의 모든 병력이 맞붙는 것이었다.

가장 빠르게 영지전의 승패를 가늠할 수 있는 방법이었지만 이는 법적으로 금지되어 있다.

많은 사망자가 생기면 당연히 국력이 떨어지기 때문에 중앙에서 이를 허용할 리가 없었다.

요즘의 영지전은 대리전을 하는 것이 일반적이었다.

대리전은 20명의 기사나 병사들이 집단전을 벌이거나 일대일 전투를 벌여 승자를 정하는 방식이었다.

무엇이든지 해본 사람이 잘하는 게 세상의 이치다.

일주일에 못해도 한 번 이상은 몬스터와 전투를 벌이는 바잔트 영지병들이었기에 평화로운 영지에서 치안이나 담당하고 있는 에르민 영지병들보다 강한 것은 당연했다.

하지만 그들이 먼저 싸움을 걸어왔다는 것은 승리할 자신이 있다는 뜻이었다.

자신감이 넘치는 영주에게 현자가 제동을 걸었다.

"자신감이 있는 것은 좋은 것이지만 자만심은 눈을 어둡게 만든다네. 아무리 승리할 가능성이 90%가 넘는다고 하더라도 나머지 10%를 걱정하며 준비해야 하는 것이 전쟁이라네. 에르민 영지는 남부 귀족 파벌에 속해 있지? 아마 남부 귀족 파벌에서 에르민 영지에 기사들을 지원해 주었을 거네. 내가 보기에는 바잔트 영지가 이번 영지전을 이길 가능성은 희박하다네."

영주의 자신만만한 표정이 점점 흙빛으로 변해갔다.

"그러면 어떻게 해야 됩니까? 이대로 영지를 뺏길 수는 없습니다. 우리 선조들이 어떻게 지켜온 영지인데."

오러를 사용할 수 있는 기사는 10명의 일반 병사의 힘을 가진다고 알려졌다.

바잔트 영지에는 오러를 사용할 수 있는 기사가 없었다.

바잔트 영주가 가문의 비전으로 약간의 오러를 사용할 수 있다고는 하지만 대귀족의 전문교육을 받은 기사들과의 차이는 컸다.

"오러가 없다면 무기 덕을 봐야지. 저들에게는 없지만 우리에게는 진이 있지 않은가."

현자가 최진기를 바라보며 말했다.

현대식 무기를 만들 수 있다면 영지전을 승리하는 것은 문제도 아니었다.

아무리 오러를 사용한다고 하더라도 총알을 견뎌낼 사람은 없다.

하지만 최진기는 현대식 무기를 만들 수 있는 지식도 없었고 능력도 가지고 있지 않았다.

"제가 강화시킨 무기가 특수 능력을 가지게 해준다고는 하지만 고작해야 신체 능력을 소폭 상승시켜 줄 뿐입니다."

"알고 있다네. 자네가 강화시킨 무기는 사용자의 능력을 상승시켜 주긴 하지만 일반 사람과 오러를 사용하는 기사와의 격차를 줄일 정도는 아니지. 하지만 보관 상자 안에 들어 있는 드래곤의 무기의 봉인을 푼다면 승리는 바잔트 영지의 몫이지 않겠나?"

"하지만 봉인을 풀기 위해서는 과사둠이 필요합니다. 엘프가 어디에 있는지도 모르는 상황에서 과사둠을 구할 방법은 없습니다."

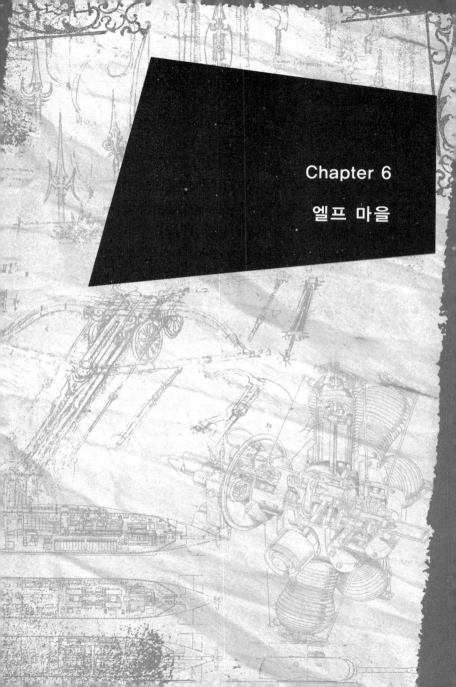

Chapter 6

엘프 마을

자연을 사랑하며 수호하는 종족인 엘프가 인간들의 눈을 피해 살아간 시간은 오래되지 않았다. 불과 100년 전만 하더라도 인간과 엘프의 교류는 빈번하게 일어났지만 사람의 욕심이 모든 관계를 깨버렸다.

　　아름다운 외형을 가지고 있는 엘프들을 납치해 성노예로 삼는 귀족들이 생겨났고 엘프들은 납치당한 엘프들을 구하기 위해 전투 엘프들을 투입했다.

　　그렇게 전쟁이 시작되는가 싶었다. 하지만 엘프들의 선택은 전쟁이 아니라 은신이었다.

　　성노예로 팔려 간 엘프들만을 구출하고는 엘프들은 철저하게 자연 깊숙한 곳으로 몸을 숨겼고, 그 이후 엘프를 본 사람은 없었다.

"엘프들이 몸을 숨겼지만 세상에 완벽한 것은 없는 법. 엘프의 행방을 알고 있는 사람을 찾았다네."

"엘프가 어디에 있습니까? 거리가 멀다면 엘프에게서 과사둠을 얻기도 전에 영지전이 벌어지고 말 겁니다."

"다행히 여기서 멀지 않은 곳에서 엘프들의 흔적을 발견할 수 있었다."

현자가 엘프의 흔적을 발견한 것은 우연한 기회에서였다.

영지의 성문을 지키고 있는 병사 중 한 명이 엘프의 것으로 보이는 팔찌를 차고 있었다.

물론 그 영지병은 자신이 차고 있는 것이 엘프의 팔찌인 것을 모르고 있었다.

"자네, 그 팔찌 어디서 구했는가?"

"이 팔찌 말씀이십니까? 저번 몬스터 토벌에서 주웠습니다. 몬스터의 주머니에 이 팔찌가 있었습니다. 그렇게 비싸 보이는 팔찌는 아니라서 제가 착용하고 있었습니다. 팔찌를 차고 난 후부터 피로가 금세 회복되는 느낌을 받곤 합니다."

엘프의 팔찌는 엘프 특유의 정령계 마법으로 만들어졌다.

팔찌에는 약간의 피로 회복 능력이 들어 있었고 보통 성인이 되는 엘프에게 엘프 장로가 선물로 주는 것이 엘프의 팔찌였다.

"엘프의 팔찌가 도시 근처에서 발견되었다면 엘프가 몬스터 지역에서 살고 있다는 것이 분명하네. 엘프가 주변에 있다는 것만 확인된다면 그들을 불러내는 방법이 나에게 있다네."

현자의 지식은 끝이 없었다.

인간과 척을 지고 있는 엘프를 불러낼 방법도 그에게는 있었다.

"영주님, 다음 토벌은 언제로 계획되어 있습니까?"

"영지전이 벌어지기 전에 몬스터 토벌을 해야 돼서 다음 주가 시작하는 날에 토벌을 갈 계획을 잡고 있었네."

"영지전이 얼마 남지 않았네. 엘프를 찾아 과사둠만 얻는다면 영지전을 승리할 수 있네. 다음 주로 계획되어 있던 토벌을 하루라도 빠르게 행하는 것이 어떻겠나?"

영주는 현자의 말을 거절할 수가 없었다.

자신만만하게 생각했던 영지전에서 패배할 가능성이 높다는 것을 인지한 지금 그가 기댈 곳은 최진기와 현자뿐이었다.

토벌은 일정보다 앞당겨졌고, 최소한의 준비를 마친 영지병들과 함께 토벌을 나갔다.

*   *   *

몬스터가 살고 있는 지역의 초입은 영지에서 2시간 정도 떨어진 거리였다.

몬스터들은 보통 두 가지 지역에서 서식했다.

초원과 숲.

초원의 경우에는 탁 트인 공간인 만큼 토벌을 당하기 좋았기에 무리를 지어 다니는 몬스터들이 많았다. 강하지는 않지만 집단전에 특화되어 있는 마운듀가 초원에 서식하는 대표적인 몬스터였다.

두 발로 걸어 다니지만 개의 형상을 하고 있는 마운듀는 최소 50마리 이상이 모여 다녔고 무기를 사용하지는 않지만 날카로운 이빨과 강한 턱 힘은 갑옷까지 씹어 먹을 정도였다.

그리고 숲에 서식하는 다른 몬스터들은 대부분 무리를 지어 다니기보다는 개인의 영역을 지키며 살아갔다.

그들은 무리를 지어 다니지 않기에 상대하기 쉽다고 생각할 수 있지만 그렇지 않았다.

숲에 서식하는 몬스터 한 마리가 마운듀 무리를 혼자 사냥하기도 했다.

바잔트 영지에 근접한 몬스터 지역은 초원과 숲이 공존하는 최악의 지역이었다.

초원형 몬스터가 많지 않았기에 영지를 침범하는 몬스터가 없었지만 토벌을 하기에는 적당하지 않았다.

몬스터 토벌을 하는 것은 영지를 몬스터로부터 보호하고 몬스터의 부산물을 판매해 수익을 얻기 위해서였다.

바잔트 영지의 경우는 후자의 목적을 가지고 몬스터를 토벌하곤 했다.

"이제 몬스터 영역에 도착했네. 어떻게 엘프를 불러낼지는 모르겠지만 조심하게나. 현자님도 조심하십시오."

엘프 납치 사건 이후 엘프는 인간이 자신들의 곁으로 접근하는 것을 극도로 꺼렸기에 백이 넘는 영지병들이 모여 있는 곳에서 엘프를 불러내는 것은 불가능했다.

최진기와 현자는 영지병들이 몬스터의 이목을 끌고 있는 동안 엘프를 만나기 위해 독자적으로 움직였다.

"여기쯤이면 되겠군. 엘프가 살기에 적당한 곳일세."

초원지대를 지나 숲의 초입까지 들어온 현자는 품속에서 몇 가지 물건을 꺼내 들었다.

"그게 뭔가요? 처음 보는 물건 같습니다."

"요즘 사람들은 모르는 악기일세. 엘프들이 연주하는 피리지. 인간 중에서 이 악기를 연주할 수 있는 사람은 나밖에 없을 걸세. 아니, 엘프 중에서도 이 악기를 다룰 수 있는 엘프의 수가 많지 않을 걸세."

현자는 배가 불룩한 피리를 입에 물었고 피리에서는 까마귀가 우는 소리가 났다.

듣기 좋은 음악은 아니었지만 귀를 막아야 할 정도는 아니었다.

'꼭 백색 소음 같은 소리가 피리에서 나네.'

중학교 때 공부를 하기 위해 사용했던 집중력을 도와주는 기계에서 나는 소리와 피리의 소리가 비슷하다는 생각을 하고 있을 때 수풀이 흔들렸다.

"누구신데 엘프의 악기를 다루시는 건가요?"

만화 속의 주인공과 같은 외모를 가지고 있는 남자가 수풀을 헤치며 나타났다.

180㎝가 넘는 키에 금발을 허리까지 기른 엘프는 남자인 최진

기가 봐도 입이 벌어질 정도의 미모였다.

"이 악기를 다루는 법을 엘프가 남긴 책을 보고 배웠다네. 자연의 피리를 불 줄 아는 존재는 엘프의 친구라고 책에 적혀 있던데 아직도 유효한 건가?"

"그렇습니다. 자연의 피리를 불려면 악한 마음이 없어야만 합니다. 정식으로 엘프의 마을에 초대하겠습니다."

엘프의 마을에 초대받은 것에 기쁘기는 했지만 사기꾼 같은 현자가 악한 마음이 없다는 사실이 믿기지 않았다.

최진기는 엘프의 마을에 들어서자 눈을 제대로 뜰 수가 없었다.

보통 잘생긴 연예인들을 보면 뒤에서 후광이 비쳐 쳐다볼 수가 없다고 농담을 하는데 엘프를 보자니 그 말이 거짓이 아니라는 것을 알 수 있었다.

사람이 상상할 수 있는 최상의 외모를 가지고 있는 엘프들이었고, 엘프를 가지기 위해 더러운 짓을 했던 귀족들을 조금이나마 이해할 수 있을 정도였다.

"저는 이 마을의 장로인 레토이드입니다. 친구의 방문을 환영합니다. 이곳에 인간 친구가 발을 들인 적은 처음입니다."

엘프의 친구가 될 수 있는 유일한 방법인 자연의 피리를 부는데 있어서 현자는 최악의 연주가였다. 피리를 부는 것에는 성공했지만 난생처음 들어 보는 피리 소리에 놀라 엘프가 그를 찾아왔다고 한다.

귀를 괴롭히는 연주 소리 덕분에 몬스터보다 한발 빠르게 엘프를 만날 수 있었으니 다행이긴 했다.

"저희가 엘프 마을을 방문한 것은 과사둠을 구할 수 있을까 해서입니다. 과사둠은 엘프들만이 사용한다는 금속으로 알고 있습니다. 물론 그냥 얻어 가겠다는 것이 아닙니다. 필요하신 물건이 있으시다면 교환을 하고 싶습니다."

현자는 피리를 불 수 있기에 엘프들과 쉽게 교감을 했지만 최진기는 그러지 못했다.

단지 현자와 동행했다는 이유만으로 엘프 마을에 초대받은 그였기에 최진기를 바라보는 엘프들의 눈빛은 따듯하지 않았다.

게다가 과사둠을 원하기까지 했다.

과사둠은 엘프가 사용하는 모든 무기에 들어가는 필수 금속이었다.

"과사둠은 우리도 부족하다네. 과사둠은 사실 금속이 아니라 세계수의 껍질을 특수한 방식으로 제련해 만드는 것이라네. 과사둠을 제련하기 위해서는 1년이 걸린다네."

과사둠을 구하는 것이 쉽지 않을 거라고는 예상했지만 생각보다 엘프의 반응은 더 차가웠다. 그래도 이대로 포기할 수는 없다.

"혹시 이것이 엘프에게 도움이 될까 해서 가지고 왔습니다."

[정령의 단검]
등급 : B

내구성 : 22/22

강도 : 4

순도 : 96%

엘프의 피와 칸누가 포함된 단검.

정령 소환 유지 시간을 30% 올려준다.

"정령의 단검은 정령 소환 유지 시간을 30%나 늘려주는 능력을 가지고 있습니다. 정령을 사용하는 인간이 많지 않기에 엘프들에게 더욱 도움이 되지 않을까 해서 가지고 왔습니다."

자연과 하나 되고자 하는 엘프들이었기에 정령과의 교감을 사람보다 더욱 쉽게 할 수 있었다. 능력의 차이는 있었지만 대다수의 엘프들이 정령을 소환할 수 있었고 정령과 보내는 시간을 좋아하는 엘프에게 정령의 단검은 보물과 다름이 없었다.

"이런 무기가 있다니!"

감격하는 표정의 엘프 장로.

그는 정령의 단검을 받아 들고는 곧장 정령을 소환했다.

커다란 두더쥐의 형상을 하고 있는 땅의 정령은 엘프 장로가 유독 좋아하는 정령이다.

하지만 상급 땅의 정령이었기에 고작 30분만 소환할 수 있었다. 그러나 정령의 단검 덕에 약간이지만 더 오랜 시간 땅의 정령을 소환할 수 있게 되었다.

"정말 정령의 단검을 우리에게 준다는 말인가?"

"과사둠을 거래하지 않는다고 하더라도 정령의 단검은 드리겠습니다."

현자가 가르쳐 준 대로 토씨 하나 틀리지 않고 말했다.

사람을 다루는 기술이 뛰어난 현자는 엘프의 마음을 사로잡는 방법도 잘 알고 있었다.

"이런 무기를 그냥 받을 수는 없지. 현재 있는 과사둠 전부를 자네에게 주겠네. 그런데 이 무기를 어디서 구하게 된 건가? 정령 유지 시간을 늘려주는 능력은 우리 엘프에게는 축복 같은 능력이라네."

"제가 강화시킨 무기입니다. 저는 무기 고유의 특수 능력을 개방시켜 주는 능력을 가지고 있습니다. 정령에 관한 능력을 가진 무기는 저 정령의 단검이 유일했습니다."

엘프 장로는 물론이고 다른 엘프들도 최진기를 바라보는 눈빛이 변했다.

현자보다 최진기를 더욱 따듯하게 바라보는 엘프들이었고, 그들은 아무런 말도 하지 않고 목숨보다 소중히 여기는 자신들의 무기를 최진기의 앞으로 내밀었다.

그리고 그 무기 중 3개에서 특수 능력이 있는 무기에서 나오는 빛이 발견되었고 최진기는 그런 무기를 받아 들었다.

"어떤 능력이 있는지는 저도 확인을 해봐야 알 것 같습니다. 잠시만 기다려 주세요."

3개의 무기 모두 정령과 관련된 특수 능력을 가지고 있었고 능력을 개방하기 위해서는 칸누가 필요했다.

그리고 다행히 칸누는 엘프 마을 창고에 보관되어 있었다.

바람의 정령력을 올려주는 활과 불의 정령 친화력을 올려주는 검 그리고 물의 정령 소환시간을 늘려주는 레이피어까지 3개의 무기를 강화시키는 데는 30분이 걸리지 않았다.

"여기 우리가 가지고 있는 과사둠 전부를 가지고 왔다네. 우리에게 큰 선물을 준 자네에게 이 정도의 과사둠을 주는 것으로 감사의 인사를 하는 것은 부족하다는 걸 알고 있지만 딱히 자네에게 줄 만한 것이 없다네. 대신 엘프의 증표를 주겠네."

엘프의 증표는 엘프의 진정한 친구로 인정받는 존재에게만 주는 반지였다.

각 마을의 장로만이 만들 수 있는 반지로서, 인간이 엘프의 증표를 받은 적은 처음이었다.

"이 약속의 증표만 있다면 어떤 엘프 마을을 방문하더라도 친구로 인정을 받을 수 있을 걸세. 그리고 언제든지 우리 마을에 방문을 해도 좋다네."

엘프 마을의 방문은 그렇게 끝이 났다.

하루를 머물고 가라는 엘프 장로의 제안을 밖에서 기다리고 있는 영주를 생각해 거절하고 다음을 기약하며 엘프 마을을 벗어났다.

처음 영주와 헤어진 몬스터 영역의 초입에 도착하니 전투가 끝난 지 얼마 되지 않은 듯 마운듀의 시체가 너부러져 있었다.

"원하는 물건은 얻었나?"

마운듀를 최전방에서 진두지휘하며 토벌한 영주의 몸에는 마운듀의 피가 잔뜩 묻어 있었다.

영주는 가문의 보검을 얻기 전부터 몬스터 토벌에 직접 참여했었는데 지금은 최전방에서 몬스터를 토벌하는 것을 즐겼다.

"영주님 덕분에 구할 수 있었습니다. 이제 영지전에 대한 준비를 할 수 있게 되었습니다."

엘프에게서 얻은 과사둠으로 해제할 수 있는 봉인의 수는 두 개에 불과했다.

이번 영지전이 대리전이 된다면 20명의 영지병이 영지전에 참여하게 된다.

나머지 병사들에게는 드래곤의 유산이 아닌 내가 강화시킨 무기를 쥐어줘야 했다.

[레드 식스(봉인)]
등급 : B
내구성 : 30/30
강도 : 3
순도 : 82%
6시간 동안 착용자의 능력치를 5배 늘려준다.
대신 사용한 시간의 5배만큼 잠에 빠져들게 된다.
봉인을 해제하기 위해서는 과사둠이 필요하다.

내일의 체력을 오늘 모두 소진하게 해주는 무기인 레드 식스의 봉인을 가장 먼저 풀었다.

능력치가 5배가 늘어난다면 오러를 사용할 수 없는 일반 병사도 충분히 오러 유저를 상대할 수 있을 것이었다.

그리고 다음으로 봉인을 푼 무기는…….

[영혼의 고리(봉인)]
등급 : B
내구성 : 30/30
강도 : 3
순도 : 89%
영혼의 고리에 연결된 존재들은 서로의 능력치만큼 능력이 상승한다.
상처와 고통까지 나누어 가진다.
봉인을 해제하기 위해서는 과사둠이 필요하다.

영혼의 고리야말로 영지전을 위한 무기라고 할 수 있었다.
영혼의 고리는 작은 고리가 30개가 달린 체인 형식의 무기였다.
체인의 고리를 떼어내 나누어 가지면 서로의 능력치만큼의 능력치가 상승하게 되니 레드 식스와 연계 효과까지 낸다면 엄청나게 능력치를 올려줄 무기였다.
모든 전쟁이 그렇지만 영지전을 벌이기 위해서는 명분이 필요하다.
명분이 없이 전쟁을 벌이려는 도시는 다른 도시에게 명분을 주는 것이 되기 때문에 영지전을 벌이기 위해 명분을 찾아야 했다.

하지만 브루니스 왕국에서 가장 강한 파벌인 남부 귀족에 속한 에르민 영지가 파벌에 속해 있지 않은 바잔트 영지에 영지전을 걸기 위해서는 거짓된 명분만으로 충분했다.

바잔트 영지가 지속적으로 자신의 영지를 침략하려 하고 있다는 이유로 지속적으로 늘어나고 있는 군사의 수를 지목했다.

바잔트 영지에 근접한 도시라면 바잔트 영지가 군사를 늘리는 이유가 몬스터 때문이라는 것을 모두 알고 있었지만 아무도 그 이유에 토를 달지는 못했다.

말 한 마디에 남부 귀족의 표적이 되고 싶진 않았기 때문이다.

"이제 영지전이 얼마 남지 않았습니다. 다시 한 번 연습을 해 보죠."

최진기와 현자는 하루 중 절반의 시간을 영지전을 준비하는 군사들과 보냈다.

바잔트 영지가 에르민 영지에 넘어간다고 하더라도 최진기에게 오는 손해는 크지 않았다. 경매장의 물건을 들고 다른 도시로 넘어가기만 하면 되었다.

경매장의 실질적인 주인이 최진기라는 사실을 모르는 에르민 영지와 남부 귀족은 단순히 바잔트 영지를 집어삼키면 경매장이 자신들의 손으로 들어올 거라고 생각하고 있었다.

"강해진 힘에 군사들이 적응을 하지 못하는구나. 사람은 자신의 힘에 익숙해져 있기에 갑자기 강해진 힘을 제대로 사용하지 못한다. 시간 싸움이 되겠구나."

레드 식스와 영혼의 고리를 동시에 사용하게 되면 짧은 시간이지만 오러 유저보다 더 강한 힘을 낼 수 있다.

하지만 영지병들이 그 기운을 제대로 사용하기 위해서는 연습이 필요했다.

강한 힘을 사용하지 못하고 머리가 육체에 브레이크를 걸고 있는 것이었다.

그래도 처음보다는 많이 좋아지긴 했다.

갑자기 강해진 힘에 몸을 제대로 지탱하지 못하고 쓰러지는 사람들이 생기기 일쑤였다.

뜨거운 땀을 흘리는 만큼 고통스러운 밤을 지내야 하는 군사들과 바잔트 영주였고 시간은 흘러 영지전이 약속된 날이 찾아왔다.

"영지전이 시작되었구나. 어린아이의 사탕 싸움과도 같은 전쟁이 영지전이다."

"영지전을 실제로 보는 것은 처음입니다. 그런데 생각보다 규모가 그렇게 크지는 않네요."

각 영지에서 20명의 군사가 영지 사이에 위치한 초원에 모였고 군사들보다 구경꾼들의 숫자가 더 많았다.

"그래도 이번 영지전의 심판을 왕실 파벌에서 맡아서 다행이구나. 만약 심판까지 남부 귀족 측에서 맡았다면 영지전은 더욱 어려운 싸움이 되었을 게다."

남부 귀족은 이번 영지전에서 이길 자신감이 있었기 때문에 심판을 남부 귀족과 북부 귀족 사이에서 중립을 지키고 있는 왕실 파벌 측에 맡겼다.

"저 선택을 후회하게 될 겁니다."

해가 하늘의 가장 높은 곳에 위치했고 드디어 영지전이 시작이 되었다.

"에르민 영지의 요청으로 시작된 이번 영지전은 집단전의 형식으로 치러지게 되었습니다. 이에 이의 있는 분 있습니까?"

영지전의 대표로 바잔트 영지에서는 바잔트 영주가 나섰고 에르민 영지에서는 남부 귀족이 자랑하는 실버 드래곤 기사단의 10년차 기사인 에토나가 나섰다.

관전자들은 심판의 질문에 고개를 가로저었고 계속해서 심판이 유의 사항과 규칙을 설명했다.

"서로의 목숨을 걸고 하는 영지전이지만 최대한 살생을 자제해 주시기 바랍니다. 그리고 이번 영지전의 결과에 승복해야 되며 영지전에서 진 영지는 영지를 양도하거나 그에 합당한 금액을 상대 영지에게 지불해야 합니다. 이에 동의하십니까?"

"다 동의합니다. 규칙은 이미 서로 잘 알고 있으니 바로 영지전을 시작하는 것이 어떻습니까?"

"저도 바라는 바입니다. 긴말은 필요 없지."

"그러면 영지전을 시작하도록 하겠습니다. 각 진영에서 20명의 군사가 집단전을 벌이겠습니다. 각 진영은 정해진 장소에 위치해 주시기 바랍니다."

200m쯤 떨어진 곳에서 서로를 마주 보고 있는 군사들.

에르민 영지에 속한 군사들은 바잔트 영지의 군사들을 보며 비웃고 있었다.

"저런 촌뜨기 영지의 군사들과 우리가 전투를 벌여야 한다니. 이거 우리 처지가 너무 한심한 거 아닙니까, 선배?"

"위에서 시키는 일이다. 어쩔 수 없지 않느냐. 그리고 이번 일만 잘 끝나면 꽤나 큰 금액의 성과금을 받을 수 있다. 빠르게 영지전을 마무리하고 수도에서 거하게 한잔하자."

"오랜만에 여자 엉덩이를 주무를 수 있는 겁니까? 남부 여자들은 워낙 기가 세서 질렸습니다."

그들은 이미 영지전의 승리를 장담하고 있었고 영지전이 끝나고 복귀하는 길에 수도에 들러 여자들의 시중을 받으며 술을 마실 생각을 하고 있었다.

"영지전을 시작합니다. 전투 개시."

심판은 자신의 입에 목소리 확대 마법이 걸려 있는 수정구를 집어넣고 소리쳤다. 그의 목소리는 영지전을 하려는 군사들과 구경꾼들의 귓가에 울려 퍼졌다.

구경 중 가장 재밌는 구경이 불구경이었고, 그다음이 싸움 구경이었다.

특히 훈련된 영지의 병사들 간의 전투는 일반 사람들은 쉽게 구경할 수 없는 일이었고 사람들은 눈을 빛내며 영지전이 시작되기만을 기다렸다.

이번 영지전의 구경꾼 사이에서는 3대 상가의 사람들의 모습도 보였다.

특수 능력을 가진 무기의 공급처인 바잔트 경매장이 이번 영지전을 통해 누구의 손에 들어갈지 궁금해하는 표정들이었다.

"가자, 저기 남부 깍쟁이 놈들을 부숴 버리자. 다들 떨지 말고 연습한 대로만 하면 충분히 이길 수 있다."

바잔트 영지에서 오러를 사용할 수 있는 사람은 영주뿐이었다.

하지만 에르민 영지 측에는 실버 드래곤 기사단의 기사가 8명이 포함되어 있었고 그들 모두 오러를 사용할 수 있는 오러 유저였다.

그들을 제외한 병사들은 오러를 사용할 수 없지만 에르민 영지에서 가장 실력이 좋은 기사들과 병사들로 구성되어 있었고 오러 유저가 자신의 옆에 서서 싸운다는 것만으로 자신감이 충만해졌다.

바잔트 영주와 실버 드래곤 기사단의 에토나가 전투장 중심으로 나와 서로를 마주 봤다.

"최대한 빠르게 끝내도록 하겠습니다. 패자에게 굴욕감을 주고 싶지는 않습니다. 아니면 이대로 패배 선언을 하시는 게 어떻습니까? 제가 최대한 위에 말씀드려 수도에서 지낼 만한 금액을 가지실 수 있도록 하겠습니다. 척박한 땅에서 사는 것보다 수도에서 지내는 것이 더 좋지 않겠습니까?"

"닥쳐. 남부 놈들이 탐욕스럽다는 것은 일찍이 알고 있었지만 몬스터 지대에 근접한 영지까지 노릴 정도로 욕심에 눈이 먼 놈들인지는 몰랐다. 긴말하지 말고 덤벼라."

자신의 마지막 제안을 거절한 바잔트 영주에게 더 이상의 자비를 베풀고 싶지는 않은 듯 에토나는 아무런 말도 하지 않고 자신의 진영으로 돌아갔다.

그런 모습을 이를 갈며 지켜보던 바잔트 영주도 자신의 진영으로 돌아갔고 드디어 영지전의 막이 올랐다.

"레드 식스를 착용했다. 모두 영혼의 고리를 착용해라."

레드 식스는 착용자의 능력치를 5배 올려주는 능력을 가진 손목 보호대였고 바잔트 영주는 영지전이 시작됨과 동시에 레스식스를 착용했다.

바잔트 영지에서 가장 강한 사람은 바잔트 영주였다.

그가 착용했을 때 레드 식스가 가장 큰 효율을 선보인다.

바잔트 가문의 가보가 영주의 능력치를 50% 상승시켜 준다. 그리고 레드 식스가 바잔트 영주의 능력치를 다시 5배 높여주었다.

일반 사람의 능력치를 1이라고 봤을 때 영지병들의 능력치는 2~3 사이에 위치하고 있었고, 바잔트 영주의 능력치는 5에 위치하고 있었다.

5의 능력치가 50%상승해 7.5가 되었고, 레드 식스의 효과 덕에 37.5의 능력치를 가지게 되었다. 이는 오러 유저의 능력치인 10을 훨씬 상회하는 능력치였다.

거기다 영혼의 고리 덕에 19명의 병사의 능력치가 급상승했는데 병사 한 명이 실버 드래곤 기사단장급의 능력치를 가지게 되었다.

"돌격 앞으로!"

바잔트 영지의 군사들이 먼저 움직였다.

에토나와 그의 후배 기사들은 그런 바잔트 영지의 군사가 달려드는 모습을 비웃으며 바라보고 있었다.

"마지막 발악이네요. 버러지 같은 놈들이 주제도 모르고 감히 누구한테 달려드는 건지. 버러지라서 그런지 목숨 아까운 줄을 모르네요."

바잔트 영지의 군사들이 자신들의 코앞에까지 다가올 때까지 움직이지 않고 있던 에르민 영지의 군사들이 움직인 것은 무엇인가가 잘못되었다고 느끼고 난 후였다.

돌격해 들어오는 바잔트 영지의 군사들을 선 자리에서 처리할 생각을 하고 있던 그들은, 바잔트 군사들이 휘두르는 검에 실린 힘이 자신들의 생각 이상으로 강하다는 것을 검과 방패가 부서지고 난 뒤에야 알게 되었다.

"몬스터라고 생각하고 상대해라. 절대 동정심을 가지지 마라. 저들은 몬스터보다 더한 놈들이다. 우리가 지켜온 영지를 집어삼키려고 하는 놈들이다."

실버 드래곤 기사단에서도 자신보다 강한 기사가 얼마 되지 않는다고 생각했던 에토나는 바잔트 영지의 입구를 지키는 문지기의 검에 맞아 땅을 뒹굴었다.

그는 필사적으로 몸을 틀어 정면으로 검을 맞대지 않았기에 목숨을 부지할 수 있었다.

"이럴 리가 없어. 어떻게 실버 드래곤 기사단인 우리가 저런 영지병들에게 질 수가 있는 거지?"

영지전이 시작되고 10분이 되지 않아 영지전의 승자가 결정되었다.

 영지병이 휘두르는 한 번의 검에 기사 한 명이 쓰러졌고 가장 강한 힘을 가지고 있는 바잔트 영주는 초식동물 사이에서 포효하는 육식동물처럼 에르민 영지의 군사들을 쓸어 눕혔다.

 "이제 끝난 것 같습니다, 심판관님."

 이런 결과를 예상하지 못한 것은 실버 드래곤 기사단뿐만이 아니었다.

 왕실 소속의 심판은 전혀 예상하지 못한 결과에 멍하니 초원을 바라만 봤고 자신을 깨우는 바잔트 영주의 말에 영지전의 승자를 발표했다.

 "에르민 영지와 바잔트 영지의 영지전 승자는 바잔트 영지입니다. 패자는 결과에 승복하여야 하고, 이번 결과는 브루니스 왕국의 지배자인 아다드 브루니스 왕의 공증을 받은 것과 같은 효력을 발휘합니다. 한 달 안에 에르민 영지는 영지를 비우거나 그에 합당한 금액을 바잔트 영지에게 지불해야 하며 그 절차는 왕실에서 직접 관리합니다."

 "바잔트 영지의 힘이 저 정도로 강할 줄은 몰랐군. 남부 귀족에서 이번 결과에 쉽게 승복하지 못할 건데. 바잔트 영지와 남부 귀족의 전쟁이 시작되겠군."

 이번 영지전을 가장 관심 있게 지켜봤던 파칸 상가의 가주는 의외의 결과를 어떻게 대처해 이득을 볼지 벌써부터 머리를 굴리고 있었다.

 "생각보다 쉽게 결정이 났구나. 익숙하지 않은 힘을 사용했음

에도 압도적인 힘의 격차는 무시하지 못한다는 것이 이번 영지
전을 통해 드러났구나."

"저도 이런 결과를 예상하지 못했습니다. 확실히 드래곤의 유
산은 엄청난 아이템이군요. 제가 만든 무기와는 비교도 하지 못
할 정도의 능력을 담고 있습니다."

영지전의 결과가 바잔트 영지의 승리로 끝이 나자 바잔트 영
지는 축제를 선포했다.

항상 몬스터와 싸우기 바빠 제대로 된 축제 한번 열지 못했던
바잔트 영주는 한 달 뒤에 들어올 거대한 전쟁 배상금을 기대하
며 영지민 모두가 즐길 수 있는 규모의 축제를 열었다.

"이번 영지전의 승리는 모두 진 자네 덕분이네. 자네가 아이템
을 주지 않았다면 이번 영지전을 승리할 수가 없었을 거네."

"근데 에르민 영지에 속한 군사들이 기사가 맞긴 한 건가요?
제대로 된 오러를 사용하는 것도 보지 못했습니다."

"오러를 쓸 틈이 없었던 거지. 오러를 사용하기 위해서는 약간
의 준비 시간이 필요하다네. 전투가 벌어지기 전에 그런 최소한
의 준비도 하지 않을 정도로 우리를 만만하게 봤던 거지. 하지만
승자는 우리라네. 남부 놈들의 콧대를 꺾었다니. 역사에 두고두
고 기록될 만한 일이야."

이번 영지전에 남부 귀족의 실버 드래곤 기사단이 투입되었다
는 것이 공공연히 사람들에게 알려졌기에 남부 귀족의 자존심에
금이 가는 것은 당연했다.

그들이 이대로 물러설 리는 없다.

브루니스 왕국의 제1파벌이라는 위치에 올라서기 위해 그들은 온갖 더러운 수단을 자행했고 한번 노린 목표물을 놓친 적이 없었다.

　축제가 한창 진행되어 가고 있을 때 영주는 영지전의 승리를 축하하는 여러 사람들의 인사를 받았고 그중 파칸 상가의 가주도 포함되어 있었다.

　"이번 영지전의 승리를 축하하네. 남부 귀족의 실버 기사단의 기사를 이긴 군사를 가진 바잔트 영지를 뚫고 넘어올 몬스터들이 없다는 것에 브루니스 왕국의 한 국민으로서 매우 자랑스럽다네."

　"감사합니다, 백작님. 남부 귀족이라고 해봐야 돈만 밝혔지, 싸움은 할 줄 모르는 놈들이지 않습니까."

　파칸 가주는 아무런 파벌에도 속하지 않고 중립을 지키고 있었다.

　그가 중립을 지키는 이유는 모든 파벌에게서 수익을 얻기 위해서였다.

　"하지만 절대 이대로 물러설 남부 귀족이 아니라네. 더러운 짓들을 더 할지도 모르지. 자네 영지도 파벌에 속하는 것이 좋을 걸세."

　"파벌에 속하고 싶다고 하더라도 이렇게 척박한 지역에 있는 영지를 어떤 파벌에서 받아주겠습니까."

　"내가 소개시켜 주겠네. 남부 귀족 파벌에 대응할 수 있는 파벌이라면 북부 귀족 파벌뿐이지. 내가 그들과 자네의 연결 고리가 되어주겠네."

바잔트 영주는 경매장을 운영하면서 거래의 기본에 대해서 배웠다.

자신을 북부 귀족에 연결시켜 주려고 하는 파칸 가주가 아무런 대가도 바라지 않고 이런 행동을 하지 않는다는 것을 알고 있었다.

"어떤 도움을 드리면 되겠습니까?"

"이 사람, 못 본 사이 눈치가 빨라졌군. 내가 바라는 것은 많지 않다네. 경매장을 수도에도 하나 세우지 않겠는가? 물론 메인 경매장은 바잔트 영지에 있어야겠지만 작은 규모의 경매장을 수도에 세우는 것도 나쁘지 않을 걸세."

나쁘지는 않은 제안이었다.

하지만 혼자 결정할 수 있는 문제가 아니었기 때문에 바잔트 영주는 파칸 가주에게 약간의 시간을 요청하고는 최진기와 현자를 찾아갔다.

파벌에 속한다는 것은 서로의 이득을 나누고 손해를 방지하기 위한 방책이라고 생각하기 쉽다. 하지만 그것도 동등하거나 강한 힘을 가지고 있는 사람이 파벌에 속할 때의 경우였다. 약한 사람이 파벌에 속한다면 이용당하거나 총알받이로 사용되는 경우가 많았다.

대표적으로 남부 귀족이 약한 영지를 명분을 얻기 위해 다른 파벌에게 침략을 당하게 하는 방법이 있었다.

하지만 북부 귀족의 경우는 달랐다.

북부 귀족의 중심에 있는 카인트 공작은 외세로부터 나라를 지킨다는 애국심을 기반으로 정치를 하는 사람이었다.

잦은 전쟁과 전투에 익숙한 북부 출신답게 그는 무를 숭상했고 힘이 약한 영지를 아예 자신의 파벌에 넣어주지도 않았다.

그리고 보통 무력이 강한 영지는 북부에 밀집해 있었기에 북부 귀족 파벌에 속한 영지들은 대부분 북부 지역 영지들이었다.

"북부 귀족의 파벌에 들어가기만 한다면 더는 영지전을 걱정하지 않아도 된다네. 남부 귀족이 돈과 권력으로 브루니스 왕국의 제1파벌이라고는 하지만 그들은 절대 먼저 북부 귀족을 치지 못한다네. 왕국 최고의 기사인 카인트 공작이 살아 있는 동안에는 말이지. 공작이 권력과 정치에 욕심이 없어 지금 남부 귀족이 하는 일들에 간섭을 하지 않아 그렇지, 그가 본격적으로 정계에 뛰어든다면 남부 귀족은 제 1파벌이라는 이름을 북부 귀족들에게 내어줘야 할 게야."

"하지만 그들이 바잔트 영지를 자신의 파벌에 속하게 해줄까요? 솔직히 바잔트 영지가 가지고 있는 힘은 그리 강하다고 할 수는 없지 않습니까. 북부 귀족에 속한 가장 약한 영지의 반도 되지 않는 무력을 가지고 있는 게 바잔트 영지입니다."

"나도 듣고 있는데. 너무 심한 말을 하는 거 아닌가……."

바잔트 영주가 조언을 구하기 위해 최진기와 현자가 시간을 보내고 있는 곳을 찾아왔는데, 자신의 영지를 너무도 사실적으로 말하는 그들의 대답에 의기소침해했다.

"그래도 에르민 영지와의 영지전을 승리로 이끌었는데 북부 귀족의 가장 약한 영지의 반은 되지 않겠나?"

"그게 어찌 자네 영지의 힘으로 이루어낸 성과인가. 전부 아이템 덕분이지 않은가. 하긴 아이템을 계속해서 사용할 수 있다면 북부 귀족 파벌에 들어갈 만한 자격은 되겠군."

"저도 레드 식스랑 영혼의 고리를 지금 당장 돌려받을 생각은 없으니까 북부 귀족에 들어가시면 되겠네요. 괜히 남부 귀족이 영지를 시끄럽게 만드는 것보다 그게 나을 것 같아요. 그리고 수도에 작은 규모의 경매장을 열 만한 무기를 제가 제공해 드릴게요."

자신이 원하는 대답을 들은 영주는 당장 파칸 가주를 만나 북부 귀족 파벌에 줄을 이어달라고 부탁을 했고 파칸 백작은 빠르게 움직였다.

영지전이 끝나고 영지는 더욱 빠르게 발전했다. 바잔트 영지는 일단 일부의 배상금을 받아 영지를 정비할 수 있게 되었다.

그러는 도중 영지에 엄청난 손님이 찾아왔다.

"카인트 공작님이 우리 영지를 방문하시다니, 영광입니다."

"자네 영지에 대한 얘기는 이미 들어 알고 있다네. 남부 놈들의 콧대를 꺾어주었다지?"

카인트 공작은 수행 기사도 대동하지 않은 채 혼자 바잔트 영지를 찾았다.

그는 자신의 무력에 자신이 있었고 다른 수행원들과 함께 움직이는 것을 귀찮아했다.

브루니스 왕국의 살아 있는 전설이 카인트 공작이다.

기사가 되기 위한 최소한의 조건이 오러 유저였고 일국의 공작이 되기 위한 무력은 오러 마스터였다.

카인트 공작은 브루니스 왕국의 유일한 오러 마스터였다.

북부의 벽이라는 이름으로 알려지기 전 그는 북부의 신성이라 불리는, 북부 귀족의 희망이었다. 그는 항상 주변의 기대보다 더 높은 성과를 내며 왕국 제일의 기사가 되었다.

그가 오러 마스터가 된 나이는 고작 30대 후반에 불과했다.

지금도 40이 넘는 나이였지만 외관상으로는 17살인 브로안과 동갑으로 보였다.

브로안이 엄청난 노안인 덕분이기도 하지만 어쨌든 카인트 공작은 나이에 비해 어려 보이긴 했다.

"북부 귀족에 들어오고 싶다고? 그렇다면 실력을 보여줘야 하지 않겠는가. 남부 귀족을 꺾은 20명의 용사를 불러오게나. 내가 직접 판단해 주겠네."

20 대 1의 싸움.

하지만 1이 더 유리해 보이는 전투였다.

"공작님 마법 아이템을 사용해도 되겠습니까? 저번 영지전의 결과는 솔직히 마법 아이템 덕분입니다."

"무기도 영지의 능력 중 하나지. 당연히 사용해도 된다네. 어떤 것이든지 다 사용해도 되니 어서 나오게나."

사실 카인트 공작이 바잔트 영지를 직접 찾아올 이유는 없었다.

단지 그는 몸을 풀고 싶어 바잔트 영지를 찾은 것이다.

북부의 벽이라는 자리는 지루했다.

직접 전투를 치루는 것보다 뒤에서 군사들을 관리하는 일이 더 많았고, 새로이 북부 귀족에 들어오고 싶다는 귀족이 있다는 말에 부하들의 만류를 뿌리치고 직접 바잔트 영지로 달려온 카인트 공작이었다.

카인트 공작의 허락이 떨어지자 바잔트 영주는 영지전을 치렀던 병사들을 소집했고 이전과 동일하게 레드 식스와 영혼의 고리를 착용했다.

"준비가 끝났습니다."

"생각보다 오래 걸리지 않는군. 바로 오게나."

카인트 공작은 만만하게 생각했던 마음을 고쳐먹었다.

바잔트 영주는 물론이고 다른 영지병들의 능력치가 절대 무시할 정도가 아니라는 것이 피부로 느껴졌다.

'남부 귀족 놈들이 한 방에 날아간 이유가 있었군. 가볍게 몸만 풀려고 했는데 생각지도 않게 좋은 기회를 잡았어.'

카인트 공작은 지루했다.

라이벌이 없다는 것이 그를 지루하게 만들었다. 다른 나라에 카인트 공작과 비등하거나 높은 무력을 지닌 기사가 없는 것은 아니었지만 그들을 찾아가는 것은 국가 간의 분쟁을 야기할 수 있는 일이었기에 참아야 했다.

자신의 휘하에 있는 기사들을 단련시키며 지루함을 달래기는 했지만 치열한 전투에 목말라 했다.

그리고 오늘 기대도 하지 않았던 곳에서 오아시스를 찾아내었
다.

카인트 공작은 오러 마스터답게 짧은 순간에 오러를 일으켰고
바잔트 영주가 자신에게 검을 휘두르는 것을 피하지 않고 검을
부딪쳤다.

콰앙!

검과 검의 충돌로 생길 수 있는 굉음이 아니었다.

폭탄이라도 터진 것만 같은 소리가 검에서 났고 카인트 공작
의 미소가 더욱 크게 번져 갔다.

"오러를 머금은 검에 부서지지 않는 검이라. 자네 검이 꽤나
좋아 보이는구나."

"가문의 가보입니다. 어디 가도 무시받지 않을 정도의 검입니
다."

"바잔트 가문의 가보라. 좋은 선조를 두었군. 이런 검을 만들
정도의 가문이라면 무시해서는 안 되지. 자, 다시 오게나."

영주는 물론이고 병사들이 휘두르는 검에는 오러 유저의 능력
치를 훨씬 상회하는 힘이 담겨 있었지만 카인트 공작의 옷깃 하
나 제대로 건드리지 못하고 있었다.

단순히 능력치가 상승한 것만으로는 오러 마스터의 경륜을
뚫을 수 없었다.

전투가 진행됨에 따라 영혼의 고리의 부작용에 대해 카인트
공작이 알아차렸다.

"한 명이 전력에서 이탈하면 전체의 능력이 같이 떨어지는군.

꽤나 좋은 아이템임에는 분명하지만 약점이 분명히 존재하는군."

카인트 백작에게 영혼의 고리에 대한 약점을 들킨 바잔트 영주는 싸울 의욕을 잃어버렸다.

가장 약한 병사 한 명이 전투 불능에 빠지게 되면 그 피해가 고스란히 남아 있는 다른 병사와 자신에게 가해지기 때문에 한 명이라도 전장에서 이탈을 시키지 않는 것이 카인트 공작을 상대하는 유일한 방법이었다.

하지만 카인트 공작을 상대로 모든 병력을 유지하는 것은 불가능했고 결국 바잔트 영주가 바닥에 쓰러지는 것을 마지막으로 전투가 끝이 났다.

"아이템의 힘이긴 하지만 나와 10분 넘게 전투를 벌였다는 것은 큰 의미가 있지. 자네, 이제부터 북부 귀족 소속이네."

"감사합니다. 북부 귀족의 이름에 먹칠하지 않도록 노력하겠습니다."

바잔트 영주는 정말로 감격해 눈물이 찔끔 흘러나왔다.

브루니스 왕국에서 바잔트 영지의 이름을 알고 있는 사람이 얼마 없다는 것을 바잔트 영주는 뼈저리게 알고 있었다. 하지만 북부 귀족 소속이 된 순간부터 바잔트 영지의 이름을 알리는 것은 시간문제였기에 그의 눈에서 뜨거운 눈물 한 방울이 흘러내린 것이다.

하지만 그의 눈물은 조만간 고통의 눈물이 될 것 같았다.

"북부 귀족 소속의 영지가 어디 가서.맞고 다니면 내 마음이 어떻겠나? 솔직히 바잔트 영지가 처음 북부 소속이 되고 싶다고 했을 때 다른 귀족들이 전부 반대했었다네. 그런데 내가 한번 보고 결정은 해야 되지 않겠나. 해서 직접 찾아온 것일세. 바잔트 영지가 북부 소속이 된 것은 전적으로 내 선택과 결정에 의해서란 말이지."

"공작님, 정말 감사드립니다. 북부 귀족 소속답게 수련을 게을리하지 않고 병사의 수도 지금보다 배는 더 늘리도록 하겠습니다."

"그렇지. 그게 바로 내가 듣고 싶었던 말일세. 수련을 게을리하지 않겠다는 말. 하지만 말일세, 수련이라는 게 제대로 된 스승 없이 하다가는 어긋난 방향으로 갈 수 있단 말이지. 물론 자네 가문의 수련법이 존재하겠지만 브루니스 왕국에서 가장 강한 군대를 육성한 우리 가문의 수련법과 비교하면 차이가 나겠지. 내가 직접 자네들을 수련시켜 주겠네. 자네는 물론이고 영지 병사들까지. 자네가 거절하지 않는다면 말일세."

"정말이십니까? 제가 거절할 이유가 없지 않습니까. 저도 그렇고 영지병들도 체계화된 수련을 바라고 있습니다. 지금 당장에라도 수련을 할 준비가 되어 있습니다."

"오늘은 상황이 좋지 않으니 도시 구경이나 먼저 하는 게 좋겠군. 쓰러져 있는 병사가 일어날 시간은 줘야 하지 않겠나."

"감사합니다. 그런데 1시간만 기다려 주실 수 있으시겠습니까? 저도 준비할 시간이 필요해서 말입니다."

"그러게나."

바잔트 영주가 1시간이라는 꽤나 긴 시간을 도시를 구경하기 위해 달라고 하자, 카인트 공작은 유별나다고 생각은 했지만 크게 신경 쓰지는 않았다.

'여자도 아니면서 무슨 꽃단장을 하겠다고……'

털썩.

레드 식스를 손목에서 떼어내 품 안에 집어넣은 바잔트 영주는 그 자리에서 쓰러져 곯아떨어졌다.

레드 식스의 부작용이 시작된 것이었다.

카인트 공작과의 전투가 10분 정도 지났으니 50분 정도 쓰러져 있어야 원래의 상태로 돌아올 수 있다.

"이거 부작용투성이의 무기들을 사용하고 있었구만. 흥미로워, 정말 흥미로워. 오랜만에 이런 재미난 일이 생기니 젊은 시절로 돌아간 기분이 드는군."

바잔트 영주가 눈을 뜨자마자 카인트 공작과 이동한 곳은 최진기의 작업실이었다.

"이렇게 성능이 좋은 무기가 있다는 것을 이번에 처음 알았다네. 이 무기를 만든 장인이 누구인지 꼭 한번 보고 싶네."

카인트 공작의 요청으로 인해 바잔트 영주는 최진기의 작업실로 카인트 공작을 안내했고 작업실에서는 최진기와 현자 그리고 브로안 형제가 각자의 일을 하고 있었다.

"여기가 바로 우리 영지에서 사용되는 모든 무기를 만들고 있는 작업장이고 저기 있는 젊은 사람이 무기를 만들었습니다. 자네, 어서 인사하게나. 카인트 공작님일세."

카인트 공작이라는 이름이 주는 무거움 때문인지, 아니면 그가 가지고 있는 오러 때문인지 그에게서는 쉽게 다가갈 수 없는 위엄이 묻어 나왔다.

"안녕하십니까, 진이라고 합니다. 무기를 강화시키는 사소한 재주를 가지고 있습니다."

"그게 사소한 재주라면 세상 어떤 사람이 대단한 재주를 가지고 있겠는가."

카인트 공작은 인사가 끝이 나자 작업실에 세워둔 무기를 만지며 연신 감탄을 내보였다.

"자네, 혹시 내 무기도 강화시킬 수 있겠는가? 물론 강화가 불가능하다고 해도 다른 말은 하지 않겠네."

[의지의 검 (강화 가능)]
등급 : B
내구성 : 50/50
강도 : 3
순도 : 87%
능력을 개봉하기 위해서는 차이튼이 필요하다.
마법 면역 능력, 강인한 정신력을 주는 검.

차이튼은 다행히 창고에서 보관하고 있는 금속이었다.

"강화가 가능합니다. 바로 강화를 해드리겠습니다."

공작이다. 다른 계급도 아니고 왕 다음으로 높다는 계급을 가지고 있는 카인트 공작에게 점수를 따는 기회를 놓칠 수는 없다.

차이튼이 녹아내려 공작의 검에 스며들었고 금속 입자들은 스스로 자신의 자리를 찾아 움직였다. 검에서 환한 빛이 쏟아져 나오자 강화 작업은 끝이 났다.

"오, 대단하군. 확실히 검날이 더 날카로워지고 단단해진 느낌일세."

"마법 면역이 있는 고급 아이템이기도 합니다. 그리고 강인한 정신력을 부여해 어떠한 상황에서도 냉철하게 판단할 수 있게 도와주는 검이기도 합니다. 이전의 검보다 강도는 한 단계 정도 더 상승했습니다."

카인트 공작의 입이 귀에 걸렸다.

그는 뼛속까지 기사인 사람이었다. 기사는 본능적으로 강한 무기를 가지기를 원했고, 좋은 무기를 위해 목숨까지 버리려는 사람들이기도 했다.

"이런 선물을 받고 내가 그냥 입을 닦을 수는 없지. 원하는 것이 있으면 말해보게나."

딱히 그에게 바라는 것은 없었다. 단지 안전해진 바잔트 영지에서 미래를 준비하는 것만을 원했다.

"바라는 것이 있다면 제 고향과도 같은 바잔트 영지가 안전하기만을 바라고 있습니다."

"허허, 그래도 내 어찌 이런 선물을 받고 모른 척하겠나. 그렇지, 자네도 내일부터 있을 수련에 참석하게나. 자네는 내가 더 신경 써서 수련을 시켜주겠네."

몸을 움직이는 수련? 사양이었다.

물론 강해지는 것은 좋긴 하지만 몸을 혹사시키면서까지 강해
지고 싶은 마음은 없었다.

　"저는 괜찮습니다. 저보다 저기 있는 제 호위병을 수련시키는
것이 좋을 것 같습니다."

　"그래. 자네도 수련을 하고, 저기 있는 대머리도 수련을 시키면
되겠네."

　그렇게 지옥의 수련에 최진기와 브로안이 딸려 들어갔다.

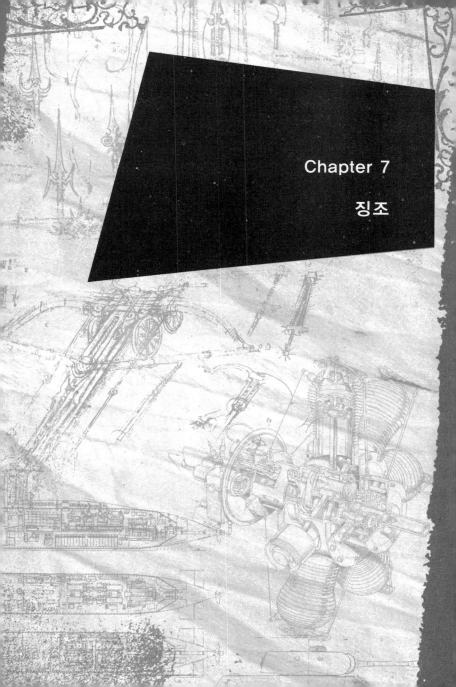

Chapter 7

징조

올림픽 금메달을 받아 군 면제를 받았지만 4주간의 군사훈련까지 면제를 받은 것은 아니었다. 4년 동안의 대회 준비로 육체의 극한을 보았다고 생각했지만 훈련소에서의 4주는 처음으로 느껴보는 지옥 같은 시간들이었다.

　화생방 훈련부터 야간 행군까지 세상을 살아가며 지금보다 더 몸을 격하게 움직일 순간은 없다고 생각했다.

　"자네는 기초 체력이 너무 약해. 북부 귀족의 파벌에 속한 사람은 기본적으로 강인한 육체를 가지고 있어야 하네. 무기를 만드는 장인도 전쟁이 벌어지게 되면 군수 지원의 형식으로 전쟁에 참여하는 것이 우리 북부의 전쟁 방식이네."

　'저는 전쟁에 참여하고 싶은 생각도 없고, 강해질 마음도 없단

말입니다. 단지 한국으로 돌아갈 방법만 찾으면 되는데…….'

최진기는 파인트 공작에게 악마의 강림에 대해 얘기할지 잠시 고민하다가 결국 하지 않았는데 그 결정에 일말의 후회도 들지 않았다.

만약 악마에 관한 얘기를 했다면 지금보다 더한 강도로 훈련을 시켰을 게 분명했다.

"자네는 연병장을 3바퀴 더 돌고 오게나."

이른 아침부터 시작한 군사훈련은 오후가 돼서 끝이 나나 싶었더니 점심을 먹고는 영주와 영지병들이 파인트 공작과 대련을 시작했다. 최진기는 체력 부족이라는 이유로 연병장을 돌아야 했다.

땀구멍을 통해 흘러나오는 땀에 온몸이 젖고 나서야 훈련이 끝이 났고 최진기의 입에서는 단내가 심하게 났다.

"공작님, 저는 강해지고 싶은 마음이 없습니다. 더 뛰어난 무기를 만드는 것으로 이바지하도록 하겠습니다."

파인트 공작은 훈련이 끝나자 습관처럼 최진기의 작업장을 찾았고 최진기는 오늘 훈련 동안 마음속으로 생각했던 말들을 공작에게 쏟아부었다.

"그런가? 하긴 전쟁은 병사들이 하는 거긴 하지. 그래도 내 검을 강화시킨 자네를 강하게 만드는 것으로 보답을 해주고 싶구나."

"정말 괜찮습니다. 보답을 원하고 공작님의 검을 강화시킨 것이 아닙니다. 저는 오로지 쇳덩이를 만질 때 빛이 나는 사람입니다. 저를 보호해 줄 브로안이 강해지는 것으로 충분합니다."

"그럼 내일부터 훈련을 열외시켜 주겠네."

안도의 한숨을 내쉬는 최진기. 하지만 그를 가만히 두지 않으려는 사람이 한 명 있었다.

"나는 자네가 훈련을 통해 강해져야 한다고 생각하네. 공작님에게 신탁을 받은 내용을 아직 말하지 않았지? 내가 말해야겠군."

"신탁? 신탁이라면 바인트 사원에서 무슨 신탁을 받았다는 것인가?"

"그렇습니다. 진이 직접 들은 내용입니다. 머지않아 악마의 강림이 다시 시작될 수도 있다고 합니다. 악마의 강림이 일어나기 전에 진에게 준비를 하라는 신탁이 떨어졌다고 합니다."

보통 사제는 신탁을 내리는 동안 기억을 잃게 되고 신탁의 내용은 신탁을 요청한 사람만이 알게 된다. 지금 이 신탁을 알고 있는 사람은 최진기와 현자뿐이었다.

그리고 지금 한 명의 사람이 더 늘어났다.

"아니, 그런 신탁을 받았으면서 어찌 가만히 있었다는 말인가. 국가의, 아니 전 세계의 위기가 될 수도 있는 신탁이네."

"하지만 신탁이 이루어지지 않은 적도 많지 않습니까. 괜히 불안감을 조성할 수 있을 것 같아 말을 아꼈습니다."

신탁이 다른 점쟁이나 예언자의 말보다 실현 가능성이 높긴 했지만 완벽한 것은 아니었다.

신탁을 내린 사제의 신성력에 차이는 있지만 보통 절반의 확률로 신탁이 맞아떨어졌다.

"하긴 신탁이 맞을 때보다 틀릴 경우가 더 많긴 하지. 하지만 자네가 그런 신탁을 들었다는 것은 자네에게 앞으로 안 좋은 일이 생길 수도 있다는 뜻이 분명하네. 내일부터 훈련을 열외시켜 주겠다는 말은 취소일세. 자네에게 내일부터 특별 훈련 코스를 추가시켜 주겠네. 자네를 빠른 시간 안에 오러 유저가 될 수 있게 해주겠네. 이 정도는 되어야 내 검도 만족을 할 걸세."

오러 유저로 만들어주겠다는 공작의 말은 달콤했다.

사실 아무리 특수 능력이 있는 무기를 만들 수 있다고 하더라도 장인의 지위는 한계가 있었다. 기사나 마법사가 사용하는 도구를 만드는 직업으로 인식되어 있는 장인이었기 때문에 만약 최진기가 오러 유저가 된다면 지금보다 더 나은 지위를 가지게 될 수 있었다.

장인과 과학자는 지금의 세계에서는 천대받는 직업군이었다.

그들이 만드는 모든 물건은 마법과 오러가 대처할 수 있었고 더 효율적이기도 했기 때문이었다.

"하지만 저는 기사가 되고 싶은 마음이 없습니다. 오러를 다룰 수 있는 강한 동료를 구하면 되지 않겠습니까. 차라리 브로안을 오러 유저로 만들어주십시오."

"아무리 강한 동료가 옆을 지킨다고 하더라도 마지막에 자신의 몸을 지키는 것은 자신이 될 수밖에 없다네. 긴말하지 말고 내일 해가 뜨는 것과 동시에 연병장으로 찾아오게나."

훈련 열외를 꿈꾸었던 최진기에게 악몽이 찾아왔다.

일주일이 지나도 최진기는 훈련에 익숙해지지 않았고, 고통에 몸부림치며 잠들지 않은 날이 없었다.

"이대로는 안 돼. 훈련을 마치기 전에 내가 먼저 죽고 말겠어. 무슨 방법을 찾아야 해."

훈련의 고단함에 작업장에 들어가지 않았던 최진기는 미친 듯이 특수 능력이 있는 무기를 만들어내기 시작했다.

"자네, 몸도 피곤할 텐데 무기를 강화시키다니 정신력이 대단하군."

'현자님, 지금 제가 정신력이 뛰어나 무기를 강화시키고 있는 게 아닙니다. 죽지 않으려면 이 훈련을 이겨낼 만한 무기를 찾아야 합니다.'

최진기는 이틀에 거쳐 20개가 넘는 무기를 강화시켰고 드디어 마음에 드는 무기를 찾았다.

[성자의 반지]
등급 : C
내구성 : 25/25
강도 : 4
순도 : 58%
성자의 반지는 다른 한 쌍의 반지를 낀 착용자의 고통과 피로를 흡수해 다른 착용자에게 전이해 준다.

성자의 반지는 한 쌍으로 되어 있었다.

반지를 나누어 낀 사람이 다른 착용자의 고통을 대신 느껴주는 반지였고 지금 최진기에게 가장 절실한 도구이기도 했다.

"브로안, 잠깐만 이리로 와볼래? 요즘 훈련한다고 힘들지? 괜히 내가 너를 고용해서 이런 고통을 느끼게 했네."

"괜찮아요. 견딜 만합니다. 그리고 형님이 저를 고용해 주셔서 동생도 공부를 할 수 있게 되었고, 맛있는 음식과 동생과 함께 지낼 수 있는 집도 가지게 되었습니다. 모든 것이 다 만족스럽습니다."

"그래? 훈련이 견딜 만하다 이거지? 잘되었네. 내가 새로운 도구를 만들어두었는데, 이 반지를 착용하면 수련의 효율이 더 높아질 거야. 다른 사람에게 절대 주지 말고 네가 꼭 착용해야 한다."

최진기와 브로안이 한 쌍의 반지를 나누어 끼었고 그 순간부터 최진기는 근육통에 신음하며 잠들지 않아도 되었다.

"브로안 형, 요즘 훈련이 많이 힘들어? 자면서 안 하던 욕을 다 하던데."

"훈련의 강도가 달라지지는 않았는데 요즘 몸이 허해졌나. 더 힘드네……."

브로안 덕에 피로와 근육통이 사라지자 최진기는 훈련을 마치고 작업을 할 수 있었고 경매장과 바잔트 영지는 꾸준히 성장세를 보이고 있었다.

남부 귀족은 바잔트 영지가 북부 귀족의 파벌에 들어갔다는 얘기를 들은 이후 아무런 움직임도 보이지 않고 있었다.

그렇게 조용한 나날이 지나가고 있다고 생각할 때쯤 브루니스 왕국이 뒤집어질 만한 소문이 떠돌았다.

"공작님, 정말 카트로 왕국이 선전포고를 한 겁니까?"

카트로 왕국은 세계적으로 봐서 크지도 작지도 않은 딱 브루니스 왕국과 동일한 크기와 국력을 가지고 있는 나라였다. 자급자족을 할 정도의 농지와 경제 수준을 지닌 그들이라서, 그들이 전쟁을 일으킨다는 소문은 그들의 사정을 알고 있는 사람들에게는 믿기지 않는 것이었다.

"나도 믿기지 않아 여러 번 조사를 해보았네. 그리고 소문이 사실이라는 것을 알게 되었네. 우리 왕국과 직접적인 연관은 없겠지만 그들이 왜 전쟁을 선포했는지는 의문이네."

브루니스 왕국은 카트로 왕국에 비해 지형적으로 유리한 곳에 위치하고 있었다. 남부는 바다, 북부는 산맥으로 가려져 있어 브루니스 왕국을 침략하기 위해서는 좁은 협곡을 타고 공격해 오는 방법뿐이었고, 함정을 만들기 좋은 협곡을 넘어 브루니스 왕국을 침략하려는 나라는 많지 않았다.

초원의 유랑 부족들이나 협곡을 넘어 브루니스 왕국을 약탈할 뿐이었는데 역사적으로 브루니스 왕국이 전쟁에 휩싸인 적은 매우 드물었다.

그리고 북부의 벽이라고 불리는 카인트 공작이 건재한 이상 다른 나라의 침략을 걱정하지 않아도 되었다.

"카트로 왕국은 우리 나라와 다르게 지형적으로 매우 좋지 않은 곳에 자리 잡고 있네. 그들은 강대국들의 틈에서 줄타기 외교를 하며 왕국을 유지하고 있었지. 그런데 그들이 전쟁을 선포했다는 것은 강대국 중 한 나라와 손을 잡았다는 뜻이 되겠지. 그들이 공격해 들어가는 방향을 알게 되면 배후에서 조종하고 있는 나라가 누구인지 알게 될 걸세."

전쟁.

살육과 탐욕이 어우러져 진득한 피 냄새를 풍기는 것이 전쟁이다.

어느 한쪽에서 전쟁에 승리할 자신이 있다는 판단이 서지 않는다면 전쟁은 일어나지 않는다.

카트로 왕국이 어떤 동맹국을 믿고 전쟁을 벌였는지는 지켜봐야 할 일이었다.

"신탁이 만약 사실이라면 악마의 강림이 얼마 남지 않았는데 전쟁이라니. 시점이 너무 좋지 않구나."

"현자님, 오히려 다행일 수도 있습니다. 평화로운 시점이 아니라 전쟁의 긴장 속에 각국이 무력을 키우는 시점에 악마의 강림이 일어난다면 악마와의 전쟁에서 승리할 수 있을 가능성이 더 높지 않겠습니까?"

"그렇게만 되면 좋겠다만……."

현자는 걱정의 한숨을 내쉬었다.

*   *   *

전쟁이 일어나는 것과는 상관없이 수련은 계속되었고 최진기가 훈련을 잘 따라오자 조금씩 강도를 더 높이는 공작이었다.

그리고 어느 한 사람의 수련 강도도 다른 영지병들보다 더 높아지고 있었다.

"자네는 하루가 다르게 실력이 늘어나는 게 느껴지는군. 선천적으로 오러를 사용할 수 없는 몸을 가지고 있다고는 하지만 오히려 초급 오러 유저보다 더 강한 신체적인 능력을 가지고 있다네. 그리고 발전 속도도 매우 빠르고. 내 자네에게 맞는 검술을 알려주겠네."

브로안은 훈련을 받는 사람들 중에서 발군의 성장 속도를 보이고 있었다.

그는 최진기 덕분에 한계 이상의 시련을 매일같이 느끼고 있었고, 그것이 그의 성장 속도를 높여주는 시발점이 되었다.

"진, 자네 혹시 방패형 무기도 가지고 있나? 크기는 클수록 좋다네."

최진기는 여유가 생긴 이후 무기 강화 작업을 쉬지 않고 했었고 다음번 경매에 올릴 물건 중 방패를 만들어놓았었다.

[수호의 벽]
등급 : B
내구성 : 500/500
강도 : 2
순도 : 91%

피해 반사(30%+0%)

피해 면역(20%+0%)

착용자의 방어력에 따라 능력이 상승한다.

수호의 벽이라는 방패는 매우 좋은 능력치를 가지고 있다.

강도도 매우 우수했고 500이라는 내구성이 다 닳으려면 수백 번의 전투가 벌어져도 부족할 것이었다. 그리고 피해 반사와 피해 면역 능력까지 모든 능력이 다 좋았지만 딱 하나의 단점이 있었다.

몸을 절반 넘게 가릴 수 있을 정도의 크기답게 엄청난 무게를 자랑했다.

최진기는 수호의 벽을 제대로 들지도 못했다.

"딱 좋군. 육체의 능력에 따라 피해 반사와 면역 능력이 올라간다고? 그렇다면 브로안은 육체 위주로 수련을 시키는 것이 좋겠군. 브로안이 수련을 마치면 북부의 벽이라는 이름을 그에게 물려줘야 할지도 모르겠어."

브로안이 벽이라는 칭호에 어울리기는 했다.

일반 사람보다 머리통 하나는 더 큰 키와 덩치, 그리고 민머리까지.

"이거 너무 무겁습니다. 이걸 들고 어떻게 움직이라는 말씀이십니까."

"금방 익숙해질 거네. 아니, 내가 그렇게 만들어주겠네."

카인트 공작은 좋은 장난감을 찾은 어린아이가 되었고 브로안의 수련 강도는 평소보다 배는 더 강해졌다.

그리고 관심에서 벗어난 최진기는 평소와 다름없는 수련 강도에 매우 만족해하고 있었다.

'확실히 몸이 강해진 것 같긴 하네. 선명한 왕(王) 자에 어깨도 넓어진 거 같고. 이 정도면 만족하지. 브로안처럼 짐승이 되고 싶은 생각은 없으니까. 그리고 육체의 힘으로 강해지는 것보다 아이템발로 강해지는 것이 더 편하기도 하고.'

최진기는 신탁이 현실로 이루어질 것을 대비해 준비를 하고 있었다.

신탁이 일어나지 않았으면 하는 것과 한국으로 돌아가기 위해서는 악마가 이 세계에 강림해야 된다는 두 가지 생각이 공존했다. 어쨌거나 지금 그가 할 수 있는 것은 부족한 능력치를 커버해 줄 무기를 찾는 일이었다.

"과사둠을 가지고 왔다네. 늙은이를 짐꾼으로 사용하다니. 자네도 그렇게 심성이 좋지는 않구만."

"엘프 마을에 갈 수 있는 사람은 현자님밖에 없고, 또 엘프 마을에 다시 가려고 준비 중이셨잖습니까. 그리고 과사둠 그거 얼마나 한다고 그러세요. 제가 특별히 근력 상승 팔찌도 하나 드렸잖아요."

"그래, 고맙구나. 과사둠이나 받아라. 늙은이는 이만 침대로 가야겠네. 내일 아침에 내가 일어나지 않는다면 엘프 마을 옆에 묻어주게나."

현자의 앙탈에도 눈 하나 깜짝하지 않았다.

능글맞기는 수천 년 묵은 구렁이보다 더 능글맞은 현자의 말에 대꾸를 하다가는 하루가 피곤해졌다. 그와 지낸 지 얼마의 시간이 지나지 않았지만 그를 어떻게 대해야 하는지 정확히 파악하고 있는 최진기였다.

"드디어 과사둠이 도착했네. 이제 강화 프로젝트를 시작해 볼까."

엘프 마을에서 가지고 온 과사둠의 양은 저번과 동일했다.

세계수의 껍질로 만드는 과사둠은 매달 일정한 양이 생산되었고 무기 두 개의 봉인을 풀 수 있을 정도였다.

"이것만 있으면 어디 가서 맞아 죽지는 않을 거야."

[물의 환영]
등급 : A
내구성 : 100/100
강도 : 5
순도 : 98%
분신 생성(1+0)
분신의 모든 것을 공유한다.
정신력이 상승하면 분신의 수를 늘릴 수 있다.

물의 환영은 무기라기보다는 잡화에 가까운 물건이었다.
손바닥보다 작은 물병이 물의 환영이라는 분신을 만들어내었다.

분신이 할 수 있는 일은 많다.

물론 직접 조종을 해야 되기에 정신력이 뛰어나지 않은 사람이라면 하나의 분신도 제대로 다루지 못할 것이 분명했지만 어쨌든 분신이 있다는 것은 위험한 일은 분신에게 맡기면 된다는 뜻이었다.

원격 조종하는 로봇과도 같은 느낌이다.

분신은 조종자와 완전히 똑같은 모습이었고 옷의 재질과 피부 살결의 느낌도 완벽히 복사했다.

"이게 내 모습이란 말이지? 거울로 모습을 본 적은 많지만 이렇게 보니까 느낌이 이상하네."

분신을 조종하기 위해서는 뛰어난 정신력이 필요했다.

"저기 있는 컵을 가져다줘."

간단한 명령을 내리는 것은 어렵지 않다.

굳이 말로 하지 않고 머릿속으로 명령을 내리기만 해도 분신은 움직였다.

'컵에 물을 따라서 가져다줘.'

하지만 거리가 멀어지고 동작이 복잡해지면 머리가 복잡해지기 시작한다.

분신을 조종할 수는 있지만 본인의 실제 몸을 같이 움직이면 머리가 꼬여 버렸다.

그러나 오로지 분신에게만 집중했을 경우에는 분신을 알아볼 수 있는 사람은 많지 않았다.

최진기는 분신의 능력을 실험하기 위해 경매장에서 일을 하고 있는 에크에게 분신을 보내었다.

"일은 잘하고 있어? 경매장을 찾는 손님들이 더욱 다양해지고 많아지고 있는데 다른 말은 나오지 않아?"

"아직까지 별다른 문제는 없습니다, 형님. 비싼 가격이라고 뭐라고 하는 사람들이 간혹 있긴 하지만 대부분의 손님이 높은 자리에 있는 귀족이거나 돈깨나 있는 상인들이기 때문에 금액이 큰 문제가 되지는 않습니다. 그들보다는 더 많은 물건을 팔라고 하는 사람들이 있는데 그들이 더 귀찮습니다. 경매가 끝나고 찾아와 몰래 물건을 팔라는 사람이 한둘이 아닙니다."

"그래, 수고가 많네. 다음 경매에 있을 물건을 작업장에 와서 받아 가."

"알겠습니다. 형님도 지금 작업장으로 가시는 길이시면 저와 함께 가시죠. 이번에 새로 구입한 마차가 꽤나 편안합니다."

"아니야, 먼저 가봐."

분신을 움직이는 것은 성공적이었다.

이 세계에서 최진기와 가장 근접한 사람 중 한 명인 에크조차 이상함을 느끼지 못했다.

"아니, 형님. 언제 와 계셨습니까. 저는 마차를 타고 이동했는데 어떻게 형님이 먼저 작업장에 도착해 계신 겁니까."

"깊게 알려고 하지 마. 보관함에 무기들은 넣어두었으니 가지고 가. 그럼 계속 수고해."

하나의 분신을 만드는 것은 성공했다.

만약 두 개의 분신을 자유자재로 사용할 수 있다면?

지금 당장은 두 개의 분신을 사용할 일은 없었지만 미리 연습을 해둔다고 해서 나쁘지는 않았다.

　"현자님, 혹시 정신력을 키우는 수련법에 대해서 알고 계십니까?"

　이런 문제를 해결해 주는 전문가가 내 옆에 있었다.

　모든 지식을 알고 있다고 자랑하는 그가 정신력을 수련하는 방법에 대해 모를 리가 없었다.

　"정신력을 수련하는 방법이라. 여러 가지 방법이 있다네. 보통 정신력을 수련하는 사람은 대부분 마법사들이지. 마법사는 보통 한 번에 하나의 마법을 사용할 수 있다네. 하지만 고위 마법사들의 경우에는 동시에 두 개의 마법을 사용하거나 마법을 사용하면서 마법진을 그리고는 하지. 그런 경지에 오른 마법사가 많지는 않지만 그렇게 되는 수련법에 대해서는 자세하게 남아 있다네."

　마법사는 마나의 축복을 받아야 할 수 있는 직업이었다. 머리가 나쁘면 절대 마법사가 될 수 없다.

　한 번에 두 개 이상의 생각을 할 수 있어야 했고 자신의 머리를 완전히 통제해야만 마법을 사용할 수가 있다.

　"정신력을 수련하기 위해서는 두 가지 동작을 번갈아 가며 하는 것이 중요하다네. 신체를 움직이는 것은 결국 머리라네. 오른손으로 글을 적으며 왼손으로 주판을 움직이는 것부터 시작해 보게나. 그리고 마지막에는 오른손과 왼손을 동시에 움직여 글을 적어보게나. 그렇게만 한다면 정신력이 크게 높아질 게야."

최진기는 현자가 알려준 방법대로 정신력을 키우기 위한 수련을 시작했고 한 번에 두 가지 일을 하는 것이 얼마나 힘이 든 건지 뼈저리게 깨달을 수 있었다.

그는 오전에는 공작과 수련을, 오후에는 정신력 수련, 그리고 밤이 되어서는 무기를 강화시켰다. 하루가 너무도 짧게만 느껴졌다.

그렇게 2주가 흘렀고 카트로 왕국의 전쟁 소식이 들려왔다.

"카트로 왕국이 바말트 제국을 쳤다네. 그렇다는 말은 카트로 왕국의 뒤에 포웨트 제국이 있는 것이 분명하네. 아직까지 서로에 대한 동맹 관계를 공식적으로 발표하지는 않았지만 포웨트 제국이 바말트 제국을 눈엣가시처럼 생각하고 있다는 것을 모르는 사람은 아무도 없지."

전쟁은 생각보다 빠르게 진행되었다.

갑자기 어디서 그런 강한 기사들이 나왔는지 모르겠지만 상급 오러 유저들이 카트로 왕국에서 쏟아져 나왔고 바말트 제국은 상급 오러 유저들로 구성되어 있는 기사단을 막지 못하고 속수무책으로 밀리고 있었다.

"이번 전쟁에서 카트로 왕국과 포웨트 제국이 승리한다면 우리를 향해 공격해 들어오지 않을까요?"

"아닐세. 우리와 포웨트 제국 사이에 바밍 왕국이 있으니 그래도 우리는 안전한 편일세. 솔직히 우리 왕국에 뭐 먹을 것이 있다고 쳐들어오겠나. 농지는 물론이고 광산도 별로 없는 왕국인데."

자신이 공작으로 있는 브루니스 왕국이었기에 공작은 더 정확히 왕국의 사정을 알고 있었다.

"이번 전쟁의 승자는 포웨트 제국이 되겠지만 바말트 제국을 완벽히 잡아먹지는 못할 게야. 결국 중간에서 정전을 하고 전쟁 배상금을 지급하는 걸로 마무리가 되겠지. 영지를 조금 잃는다고 해서 바말트 제국이 무너지는 것도 아니니 그렇게 신경을 쓰지 않아도 될 걸세."

먼 나라에서 벌어지는 전쟁이었기에 브루니스 왕국의 사람들에게는 그냥 좋은 뉴스거리일 뿐이었다.

"자네도 이제 본격적인 검술 훈련을 해야 되지 않겠나. 지금 브로안은 오러 유저를 상회하는 힘을 발휘하고 있다네. 방패와 함께라면 나도 그를 뚫기가 쉽지 않다네. 자네보다 어린 브로안이 이렇게 성장했는데 자네도 어서 강해져야 하지 않겠나."

공작의 관심은 고마웠다. 하지만 부담스럽기도 했다.

육체를 수련해 강해지고 싶은 생각보다 머리를 써 강해지고 싶은 마음이 더 강한 최진기였고 공작이 자신을 강하게 만들어 주겠다는 말이 무섭게만 느껴졌다.

"저는 괜찮습니다. 브로안의 수련을 더 봐주세요. 저는 지금의 수련만으로도 충분히 만족하고 있습니다."

엄청난 속도로 성장하고 있는 브로안 때문인지 최진기에 대한 관심이 약해진 공작이었고, 최진기는 지금의 상황이 좋았다.

그는 새로운 무기의 봉인도 풀었기에 더더욱 육체 수련의 필요성을 느끼지 못했다.

[왜곡된 빛]
등급 : A
내구성 : 50/50
강도 : 4
순도 : 99%
모든 피해 면역
능력은 10분 동안 지속된다.
충전을 위해서는 강한 빛이 필요하다.

왜곡된 빛은 제한된 시간이지만 무적이 되게 하는 능력을 가진 슈트였다.

옷 안에 입기만 하면 되었고 일정량 이상의 충격이 몸에 가해지면 자동으로 작동되기에 불시의 일격에 당할 걱정을 하지 않아도 된다.

10분이라는 시간은 짧았지만 몸을 숨기기에는 적당한 시간이었기에 정말 여벌의 목숨이 생긴 거나 다름이 없었다.

"드래곤의 무기는 정말 버릴 것이 하나도 없단 말이지. 과사둠이 부족하지만 않으면 모든 무기의 봉인을 풀어버릴 텐데."

왜곡된 빛을 가지게 된 순간부터 최진기는 공작의 수련을 아침 운동 수준으로만 하고 있었다. 그리고 공작도 최진기를 포기했는지 이제는 다른 말을 하지 않았다.

최진기의 생각을 돌리는 것보다 브로안을 수련시키는 것이 더 이득이라고 생각했을지도 모른다.

공작이 바잔트 영지에서 시간을 보낸 지 세 달이라는 시간이
흘렀다. 카트로 왕국이 시작한 전쟁은 막바지에 다다르고 있었
다.

"아니, 카트로 왕국이 바말트 제국을 통째로 잡아먹었다는 말
이십니까? 그게 가능한 일인가요? 일개 왕국이 제국을 집어삼킬
수 있다니 믿기지가 않습니다."

"나도 그게 궁금해. 어떻게 카트로 왕국 같은 소국이 바말트
제국을 단기간에 집어삼킬 능력을 가지게 되었는지."

전쟁이 시작되고 얼마 지나지 않아 카트로 왕국과 포웨트 제
국이 동맹 관계가 아니라는 것이 밝혀졌고, 지금은 아무도 그들
사이를 의심하지 않았다.

카트로 왕국이 포웨트 제국에게도 선전포고를 했기 때문이다.

전쟁은 모든 것을 소모시킨다.

무기가 소모되고 식량이 소모되고 사람이 소모된다.

한 번의 전쟁을 치르고 나면 몇십 년 동안 후유증을 앓는 게
당연했다.

하지만 카트로 왕국은 이전보다 더 강해진 군사력으로 주변
나라들에게 선전포고를 했고 카트로 왕국의 주변국들은 전쟁
준비를 해야만 했다.

그러나 다음 전쟁 상대로 지목된 포웨트 제국은 지금까지 안
중에도 없었던 카트로 왕국의 변화에 제대로 대처를 하지 못하

고 있었다.

포웨트 제국의 수도 포웨트리아 성

"카트로 왕국이 마발트 제국과의 전쟁에서 패배할 거라고 장 담했던 대신들은 지금 입을 열어보세요. 목숨을 걸겠다고 했던 대신도 있었던 걸로 기억이 되는데요."

"죄송합니다. 카트로 왕국이 이렇게 강해질 것이라고는 미처 예상하지 못했습니다."

"죄송하다는 말만 하면 끝이 나나요. 지금 카트로 왕국이 우리에게 전쟁을 걸어왔습니다. 바말트 제국에 만족을 하지 못하고 말이죠."

"바말트 제국과 우리 제국은 다릅니다. 폐하, 바말트 제국의 기사들은 몸을 치장할 줄만 알았지 전투는 할 줄 모르는 나약한 기사들입니다. 하지만 우리 포웨트 제국의 기사들은 하루도 빠지지 않고 지옥 같은 수련을 헤쳐 나온 강인한 전사들입니다. 특히 제국의 심장인 블루 웨이브 기사단은 무적입니다. 카트로 왕국의 기사단이 강하다는 말은 들었지만 절대 우리의 상대가 되지 않습니다. 이번 전쟁은 오히려 카트로 왕국과 바말트 제국을 동시에 우리의 땅으로 만들 좋은 기회입니다."

블루 웨이브 기사단장의 말에 포웨트 제국의 황제는 기분이 풀린 듯 목소리가 한층 낮아졌다.

"그렇다면 다행이지만, 걱정입니다. 카트로 왕국이 전쟁을 벌이는 방식이 매우 잔인하다고 들었어요. 특히 산 사람의 심장을 반으로 갈라 바닥에 뿌리는 일을 한다고 하죠. 그것이 어찌 인간이 할 수 있는 일이란 말입니까."

"걱정하지 마십시오. 폐하, 이번 전쟁의 승자는 포웨트 제국입니다. 제가 그렇게 만들 것이고 저희 기사단이, 그리고 폐하에게 충성을 다하는 병사들이 그렇게 만들 것입니다."

"정말 그렇게 생각하는가? 자신감이 넘치는군. 너희의 승리는 내가 허락하지 않는다. 약하디약한 인간들이 우리를 상대로 승리할 수 있다고 생각하다니 가소롭구나."

"누구냐!"

황제와 대신들만 입장할 수 있는 회의장에 초대받지 않은 손님이 찾아왔다.

준수한 외모에 사람의 얼굴이라고 볼 수 없을 정도의 창백함.

"내가 누구냐고? 감히 인간이 나의 이름을 묻다니 어처구니가 없군. 그래, 이름을 알려주마. 나는 악마군 2군단장 와치스다. 이제 이름을 알았으니 죽어도 여한이 없겠지."

툭.

탁자 위에 붉은 피와 함께 팔 하나가 떨어졌다.

현실감이 전혀 없는 지금의 장면에 회의장에 있는 사람들은 현실을 받아들이지 못하고 있었다.

"살생을 하면 안 되기에 팔 하나로 용서해 주마. 너희에게 선택권을 주마. 이번 전쟁을 치르겠는가, 아니면 패배를 인정하고 우리의 밑으로 들어오겠는가. 전쟁이 벌어진다면 너희 모두의 목숨을 날려주마. 하지만 항복을 한다면 모두의 목숨은 살려준다. 악마의 규율만 아니라면 지금 당장 너희 모두의 목을 베어버리고 싶지만 참겠다."

악마의 규율.

악마가 인간계에 나오기 위한 방법은 매우 복잡했다.

그 복잡한 방법을 뚫고 악마가 나왔다고 하더라도 움직임은 제약적이었다.

특히 악마의 규율은 소멸과 밀접한 관련이 있기에 절대 어길 수가 없는 규율이었다.

"우리를 무시하지 마라. 네가 어떻게 이곳까지 들어왔는지는 모르겠지만 살아서 돌아갈 생각은 하지 마라!"

"그것이 너희의 결정인가? 알겠다. 그러면 정확히 해가 7번 떨어질 때 공격해 들어오겠다. 그러면 그동안 못 해본 일들을 마무리하거라."

초대받지 않은 손님은 처음 나타날 때와 마찬가지로 홀연히 사라졌다.

지금의 상황이 꿈이 아니라는 것은 테이블 위에 떨어진 피가 증명했다.

"저자가 누구란 말인가. 정말 악마가 다시 세상에 강림하기라도 했단 말인가?"

"그럴 가능성은 적습니다. 사악한 재주로 우리를 홀리려고 하는 카트로 왕국의 수작질이 분명합니다. 이번 전쟁에서 기선을 잡으려고 하는 짓입니다. 절대 약해지시면 안 됩니다. 제가, 그리고 우리 블루 웨이브 기사단이 폐하께 승리를 드리겠습니다."

포웨트 제국은 급해졌다.

회의장을 찾은 사람의 말대로라면 일주일 후에 전쟁이 벌어지게 될 것이었으니 전쟁 준비를 해야 했다.

예상은 하고 있었지만 이렇게 빨리 전쟁이 벌어질 거라고는 예상하지 못했던 포웨트 제국은 노예병에게까지 무기를 지급하며 이번 전쟁을 무조건 승리하려고 했다.

포웨트 제국은 바말트 제국의 전철을 밟지 않기 위해 최선의 준비를 했고, 그렇게 전쟁은 시작되었다.

양국의 대군이 국경 지대로 이동했고 넓은 초원 한가운데서 두 나라의 병사들은 서로를 바라보았다.

병력의 우세는 포웨트 제국에 있었다.

두 배의 병력 차이.

하지만 숫자가 주는 우세함은 전혀 느껴지지 못했다.

카트로 왕국 병사들이 어둠이 가득한 눈을 한 채 마치 광신도와 같은 모습으로 포웨트 제국을 바라보고 있었기 때문이다.

Chapter 8

악마 강림

카인트 제국의 승전보는 연일 울려 퍼졌고 바말트 제국에 이어 포웨트 제국도 함락되었다.

주변국들은 두 제국을 쓰러뜨릴 정도로 강한 기사단과 병사들을 보유하고 있는 카트로 왕국의 눈치를 보며 살길을 도모했다.

카트로 왕국과 가장 근접해 있는 코트라 공국은 카트로 왕국의 밑으로 들어가기 위해 사절단을 보내었고 다른 나라들은 동맹을 맺어 카트로 왕국과의 전쟁에 대비했다.

하지만 그들은 자신들의 생각과 다른 카트로 왕국의 행태에 당황했다.

카트로 왕국은 두 제국을 집어삼킨 이후 더 이상의 침략 전쟁을 벌이지 않았고 국경에 커다란 장벽을 세우기 시작했다.

그들이 세운 장벽은 중국의 만리장성과 다르지 않은 모습이었지만 짧은 시간에 완성되었다.

광기에 빠진 병사들이 잠시도 쉬지 않고 성벽을 쌓았고, 카트로 왕국이 지배하고 있는 악마들이 능력을 사용했기에 그것이 가능했다.

장벽이 세워지는 동안 전쟁은 없었고 주변국들은 전쟁 준비를 할 시간을 벌 수 있었다.

주변국들은 장벽이 다 만들어지는 순간 카트로 왕국이 다시 전쟁을 벌일 거라고 생각했지만 카트로 왕국은 주변 경계를 강화할 뿐 다른 행동을 일절 보이지 않았다.

그리고 한 달이 지나 카트로 왕국의 중심에는 커다란 탑이 하나 세워졌다.

불투명한 하얀색 뼈로 만든 탑이었다.

제국의 성보다 높은 탑이 만들어지기 위해서 얼마나 많은 사람들이 죽어나갔는지 보지 않아도 알 수 있었다.

탑이 완성되고 탑에서 검은빛이 흘러나오는 순간 세상은 뒤집혔다.

이 세계를 이루고 있는 것은 마나와 오러 그리고 신성력이었다.

원거리 통신 수단도 장거리 이동 방법도 모두 마법적인 도움을 받아야만 가능했고 국력은 오러를 사용할 수 있는 기사단에 의해서 유지되었다.

그러나 탑에서 검은빛이 흘러나오면서 마법사는 마나를 잃었고 기사는 오러를 잃었다. 그리고 사제는 더 이상 신성력을 사용할 수 없게 되었다. 회복술은 물론이고 신탁도 더는 받지 못하게 되었다.

그러자 세계가 흔들리기 시작했다.

전설로만 전해 내려오던 악마의 강림이 시작되었다는 것을 이제는 세상 모든 사람이 알게 되었다.

전쟁의 위험에서 한 발 물러서 있는 브루니스 왕국도 혼돈에 빠진 것은 당연했다.

"벌써 오러를 잃은 지 일주일이 지나가는군."

오러를 잃은 기사는 양팔이 잘린 사람이나 다름이 없다.

공작은 생기를 잃었고 젊어만 보이던 그의 얼굴에는 주름이 급속도로 늘어났다.

"이만 돌아가 보셔야 하지 않겠습니까? 북부의 사정도 좋지 않습니다. 공작님을 기다리는 북부의 기사들을 보살펴야 합니다."

브루니스 왕국에서 이번 일로 가장 큰 타격을 받은 것은 북부 귀족 파벌이었다.

남부는 원래 기사의 수도 많지 않았고 그들의 힘은 돈이었다.

하지만 북부는 사정이 달랐다. 북부 영지들은 기사의 수를 늘리는 데 최선을 다했고 기사의 숫자로 남부를 압박하고 있는 실정이었다.

"오러를 잃은 내가 지금 북부로 간다고 해서 달라지는 것은 없단다. 차라리 젊고 강한 내 아들들이 북부를 휘어잡는 것이 더 나을 것이다."

"공작님이 계시다는 것만으로도 북부 귀족들은 힘을 되찾을 것입니다. 북부의 벽인 카인트 공작님이 어찌 약한 말씀을 다 하십니까."

"약해진 몸만큼이나 마음도 약해진 거지."

오러와 마나가 사라진 지금 유일하게 신이 나 있는 사람이 있다.

"형님, 이제 제가 기사들보다 더 강해진 거 맞죠? 오러를 사용하지 못한다고 저를 놀리던 기사들을 다시 보게 된다면 뭉개 버릴 겁니다."

브로안은 이번 사건으로 원치 않게 버프를 받았다.

다른 모든 사람들이 너프를 받았으니 자연적으로 버프를 받은 것과 다르지 않았다.

그가 방패와 함께 있다면 수십 명의 기사들이라고 하더라도 그를 뚫지 못할 것이 분명했다.

하지만 지금은 그럴 생각을 할 때가 아니다.

악마의 강림, 신탁이 현실이 되었다.

악마의 힘은 두 제국을 순식간에 집어삼킬 정도로 강했다.

능력을 잃은 마법사는 단지 머리 좋은 사람이 되어버렸고 오러를 사용하던 기사들은 힘센 병사가 되고 말았다.

이런 상황에서 악마를 막을 수 있을지는 미지수였다.

일단 힘을 모아야 했다.

그들이 다시 움직이기 전에 최대한 준비를 해야 했다.

신탁을 받고 제대로 움직이지 않은 것이 후회가 되었다.

"공작님, 악마의 강림이 사실이 되었습니다. 악마를 막을 방법을 찾아야 합니다. 북부로 이동하시죠. 제가 만든 무기들이 기사들에게 큰 도움이 될 것입니다. 오러를 사용할 수 없다면 무기로 대처를 하면 됩니다. 바잔트 영지의 병사들이 남부 귀족의 기사들을 이긴 것처럼 말이죠."

드래곤의 보관 상자에 모든 물건을 집어넣고는 곧장 이동 준비를 했다.

바잔트 영지의 경매장은 무기한 폐업에 들어가는 수밖에 없었다.

바잔트 영주는 아쉬운 기색을 숨기지 않았지만 지금의 상황을 이해했기에 아무런 말도 하지 않았다.

카인트 공작의 영지인 카인트 공작령으로 이동한 사람은 공작과 최진기 그리고 그의 곁에서 떨어질 생각을 하지 않고 있는 현자, 브로안 형제, 에크까지 6명이었다.

경매장에 물건을 운송하기 위해 사용되었던 마차는 6명이 타고 이동하기에 충분했기에 그들은 마차를 타고 북부를 향해 이동했다.

"몬스터입니다, 공작님!"

마차를 운전하고 있던 에크가 소리쳤다.

브루니스 왕국의 치안은 좋은 편이었다.

몬스터는 외곽의 영지를 제외하고는 모습을 감추었고, 사람들이 이동하는 길목에서 몬스터를 만나는 일은 매우 드물었다.

하지만 악마의 강림 이후 몬스터는 작은 농지는 물론이고 대도시까지 침략했다.

"가자. 아무리 오러를 사용할 수 없는 몸이라고는 하지만 그래도 아직은 저딴 몬스터에게 목을 내어줄 정도로 약하지는 않다."

일행 중 전투가 가능한 사람은 카인트 공작과 브로안 단둘이었다.

최진기도 수련을 하긴 했지만 그 둘에 비하면 터무니없이 약한 육체를 가지고 있었다.

"공작님, 제가 처리하고 오겠습니다. 고작 몬스터 다섯 마리에 공작님까지 움직일 필요가 있겠습니까."

브로안이 방패를 들고는 마차 밖으로 빠져나갔다.

공작은 브로안의 수련을 직접 시켰기에 그가 얼마나 강한지 잘 알고 있었다.

지금의 브로안은 육체적으로는 공작보다 더 강하기도 했다.

"내가 간다!"

브로안은 방패로 몸을 가리고는 몬스터들을 향해 돌진했다.

지금까지 상대해 본 인간들과는 다른 외형을 가지고 있는 브로안을 보고는 몬스터들은 당황했다. 인간 같지 않은 덩치와 자신의 몸을 거의 가리는 방패까지.

멍하니 있던 몬스터들은 브로안의 방패에 몸이 으깨져 날아갔고 순식간에 몬스터는 모두 정리가 되었다.

바잔트 영지에서 북부까지는 보통 마차를 타고 이동하면 5일이 걸리지 않는다.

하지만 몬스터가 길을 막아 평소보다 더 많은 시간이 걸려서야 카인트 공작령에 도착할 수가 있었다.

공작령의 입구를 지키고 있는 경비병이 처음 보는 마차의 앞을 가로막았다.

"현재 공작령 안으로 출입이 제한되어 있다. 돌아가라."

경비병 때문에 당황하고 있을 에크를 대신해 공작이 문을 열고 얼굴을 내비쳤다.

"내가 돌아왔다. 문을 열거라."

"공작님!"

"공작님이 돌아오셨다. 어서 성에 연락을 취하고 문을 열어라."

거대한 성문을 지나 한참이나 더 마차를 몰고 이동해서야 공작 성이 모습을 보였고, 공작 직속 기사단인 블랙 스노우 기사단이 성 앞에 도열해 있었다.

"이런 겉치레를 좋아하지 않는다는 것을 잘 알면서……."

공작은 마차에서 내려 도열되어 있는 기사단을 향해 걸어갔다. 공작이 마차에서 내렸기에 다른 사람들도 어쩔 수 없이 마차에서 내려 그의 뒤를 따랐다.

"왜 이렇게 늦으셨습니까, 아버님. 현재 북부의 사정이 매우 좋지 않습니다. 현재 많은 기사들과 병사들이 혼란에 빠져 있습니다. 그리고……."

"되었다. 나머지 말은 안에 들어가서 듣겠다. 손님들도 있는데 못 볼 꼴을 보여서는 안 되지. 들어가자꾸나."

도열해 있는 기사단의 표정은 좋지 않았다.

그들은 이전보다 자신감이 떨어져 보였다. 오러가 사라진 순간 기사들은 미쳐 가고 있었다.

한평생 오러 유저가 되기 위해 수련을 해왔던 그들에게 이번 사건은 정신적으로 큰 충격을 주었다.

성안으로 들어가고 간단히 몸을 씻고 옷을 갈아입자 곧장 저녁 식사 시간이 되었다.

이번 저녁 식사는 가족들이 함께하는 식사가 아닌 기사단의 주요 인사들과 공작이 하는 것이었고, 이 식사 자리에 최진기와 그의 동료들이 초대를 받은 것은 의외였다.

"북부의 음식은 맛없기로 유명하지. 그래도 배를 채우는 데는 문제가 없을 거다. 많이들 먹거라."

딱딱한 빵을 베어 물기도 전에 성문 앞에서 가장 먼저 공작에게 달려갔던 공작의 아들이 말을 꺼냈다.

"시국이 어떤지 잘 알고 계시지 않습니까. 이렇게 오래 자리를 비우시면 어떡합니까. 현재 기사단과 병사들의 사기가 땅으로 떨어졌습니다."

"네가 관리를 잘했어야지. 기사단장이라는 놈이 제대로 관리를 못하니 군사들의 사기가 땅으로 떨어진 것이 아니냐. 언제까지 나에게 의지하며 살아갈 생각이었더냐. 나는 늙었다. 오러가 없어진 지금 나는 힘센 노인일 뿐이다. 이제는 네가 앞장서서 병사들을 다독여야 한다."

"하지만 아버님……."

"나는 내 아들을 그렇게 나약하게 키우지 않았다. 지금까지 해왔던 수련들을 기억해라. 너는 충분히 그럴 능력이 있는 기사다."

제삼자의 입장에서는 부자지간의 심각한 대화를 듣고 있는 것만큼 뻘쭘한 상황은 없다.

가족 간의 일이기에 아무도 입을 열지 못했고 입에 가져가려고 했던 음식을 조용히 접시 위로 다시 내려놓아야 했다.

"미안하네. 못난 자식 놈 때문에 식사를 못 하게 했군. 다시 들게나."

최진기를 비롯한 일행들은 다시 음식을 입으로 가져갔다.

"하지만 아버님, 우리 북부 귀족의 세력이 약해진 틈을 타 남부 놈들이 우리를 넘보려고 하고 있습니다. 벌써 왕실을 장악하려고 하는 움직임도 보이고 있습니다."

다시 언성을 높이는 기사단장으로 인해 또다시 음식을 그릇에 내려놓아야 했다.

"밥 한번 먹게 더럽게 힘드네."

브로안이었다.

브로안은 성질이 많이 약해졌다고는 하지만 밥 먹는 것에 대해서는 무척 예민했다.

가난한 집안의 아들로 태어나 마음껏 음식을 먹지 못하고 자랐기에 음식을 생명처럼 소중히 여겼다. 그리고 지금 그는 음식을 먹지 못하게 소리치고 있는 공작의 아들이자 기사단장이 매우 거슬렸다.

"넌 누군데 그런 말을 하는 거냐! 음식을 먹는 것보다 중요한 일이다. 조용히 있거라."

"아니, 사람이 사는데 음식보다 더 중요한 것이 어디 있습니까. 진짜 귀한 분 같아서 가만히 있으려고 했는데 너무 심하신 거 아닙니까. 웬만하면 식사가 끝나고 대화를 나누면 되지 않습니까."

"너! 죽고 싶……."

소리치려던 그를 카인트 공작이 진정시켰다.

"그래, 일단 소개부터 시켜야겠구나. 네가 소리를 쳤던 사람은 이번에 내가 제자로 받은 아이다. 너와 나이 차이가 조금 나긴 하구나. 그리고 여기는 내 아들인 아드몬드일세. 서로 인사들 하게나."

공작은 일행 모두를 사람들에게 인사시켰고 또다시 식사 시간은 뒤로 미루어졌다.

"아버님, 저자를 아버님의 제자로 삼으셨습니까? 우리 기사단에도 좋은 인재들이 많습니다. 어찌 저렇게 없어 보이는 사람을 제자로 삼으신 겁니까."

"뭐라는 거야, 저 말라깽이 같은 놈은."

"닥쳐라! 어디서 그런 무례한 말을 하는 거냐!"

"너보다 한참 어린 아이에게 너무 심하게 하지 말거라."

공작의 말에 브로안의 얼굴을 다시 빠르게 훑어보는 아드몬드.

"저자가 지금 저보다 어리다는 말씀이십니까?"

"그래, 나 이제 17살 먹었다."

브로안의 말은 점점 험해지려고 하고 있었다.

평소 기사들에게 자격지심을 가지고 있기도 했고 오러가 사라진 지금 기사라고 해도 자신보다 약하다고 생각하고 있는 브로안이었기에 그는 자신감에 차 공작의 아들에게 막말을 시전했다.

"일단 조용히 하거라. 두 사람의 문제는 식사가 마치고 대련장에서 해결하거라. 좋은 볼거리가 되겠군. 남부 귀족들이 어떤 방식으로 왕실을 장악하려고 하는지나 설명해 보거라. 그리고 다들 편안히 들으며 식사들 하게나."

허겁지겁 음식을 먹는 브로안을 제외하면 다들 조용히 식사를 하였고 아드몬드는 남부 귀족에 관한 얘기를 이어서 했다.

"현재 남부 귀족들이 왕실의 권력을 탐하려고 하고 있습니다. 돈의 힘으로 왕의 자리까지 노리고 있는 것이 분명합니다. 자식을 낳지 못한 왕비를 내쫓고 자신의 파벌에 속한 여성을 새로운 여왕으로 만들려고 하고 있습니다. 지금의 왕비가 북부 출신이라는 것을 알면서도 말입니다."

브루니스 왕과 왕비의 일화는 아름다운 동화처럼 전국에 퍼져 있었다.

신분의 차이를 떠나 서로에 대한 사랑만으로 결혼을 한 진정한 부부가 그들이다.

하지만 불행하게도 왕비는 아이를 가지지 못할 정도로 몸이 약했고 그걸 핑계 삼아 남부 귀족이 왕비 자리를 탐하고 있었다.

현재로서는 왕비 자리지만 그들은 끝내 왕의 자리까지 탐할 것이 분명했다.

브루니스 왕은 남부 귀족의 요구를 거절하며 자리를 지키고 있긴 했지만 재정으로 압박을 해오는 남부 귀족의 말을 들을 수밖에 없었다.

이미 권력 절반을 남부 귀족이 가지고 있다고 해도 무방한 상황에서 후손을 위해 왕비를 폐위시켜야 한다는 의견에 중립파 귀족들까지 동의하고 있었기에 왕비 폐위를 막는 것은 매우 힘들어 보였다.

악마의 강림보다 귀족 간의 파벌 싸움이 현재로서는 더 중요할지도 모른다.

악마를 막기 위해서는 중심이 필요했고 그 중심은 탐욕에 찌든 남부 귀족보다 북부 귀족이 되는 것이 더 나아 보였다.

그리고 이번 여왕의 폐위 문제는 남부와 북부의 서열 다툼의 시발점이다.

"지금 여왕의 자리에 있는 아이가 토네인 가문의 여식인가? 여식 때문에 가문이 무너질 뻔했던 것이 기억나는구나. 이번 문제는 비단 그 가문만의 문제가 아니다. 우리 북부 전체를 안중에도 두지 않겠다는 남부 귀족의 의중을 내비친 것이지. 이대로 가만히 있을 수는 없다. 기사단을 이끌고 왕실에 다녀와야겠구나."

블루 웨이브 기사단이 북부를 비운 적은 없다.

산맥이 이민족의 침입을 막고 있다고는 하지만 블루 웨이브 기사단이 있고 없고의 차이는 컸다. 하지만 공작은 결단을 내렸고 벽에 구멍이 생긴다고 하더라도 이번 문제를 바로잡으려고 했다.

"아버님이 왕실에 다녀오신다면 잠시 시간을 벌 수는 있겠지만 그렇다고 해서 완전히 문제를 잠재울 수는 없습니다. 현재 시국은 난세입니다. 대륙 최강의 제국이 무너진 지금 왕실의 후손 문제는 심각한 사항입니다. 이런 생각을 하면 안 되지만 새로운 부인이나 첩을 들여 후손을 보게 해야 된다고 생각합니다."

왕에게 후손이 없다는 것은 한 국가의 최고 권력이 핏줄이 아닌 힘에 의해 차지될 수 있다는 가능성을 키우는 꼴이었고 그렇게 된다면 브루니스 왕국은 내전에 빠져든다.

"흠… 걱정이구나. 왕비의 몸이 그렇게 좋지 않은 거냐?"

"그렇지는 않습니다. 의사와 성직자들이 매년 왕비의 몸을 검사했었는데 신체적으로는 하자가 없었다고 합니다. 하지만 왜 왕비가 아이를 가지지 못하는지에 대해서는 파악하지 못하고 있다고 합니다."

"저, 왕비가 아이를 가질 수 있다면 문제는 해결되는 건가요?"

조용히 딱딱한 빵을 스프에 찍어 먹고 있던 최진기가 입을 열었다.

그의 말에 모든 이목이 그에게 집중이 되었고 최진기는 멋쩍은 듯 머리를 긁적였다.

"말을 들어보니 후손을 만들지 못해 이번 사달이 생긴 것 같은데. 아이를 가질 수만 있다면 모든 문제는 해결되는 거 아닌가요? 남부 귀족은 이번 문제로 왕실을 장악하려고 하는 것 같은

데 왕비님이 아이를 가지게 된다면 남부 귀족이 비집고 들어올 틈을 원천 봉쇄할 수 있을 거 같은데요."

"좋은 방안이라도 있느냐?"

최진기의 능력에 대해서 잘 알고 있는 공작은 기대에 찬 눈빛으로 그를 바라봤지만 그의 옆자리에 앉아 있는 아드몬드는 웬 어중이가 중요한 대화에 끼어든다고 생각하고 있었다.

"제가 가지고 있는 아이템 중에 임신에 도움이 되는 아이템이 있습니다."

[아르민의 눈물]
등급 : C
내구성 : 50/50
강도 : 6
순도 : 68%
임신 확률 100% 증가.
출산 시 아이와 착용자의 몸을 보호한다.
아이를 가지고 싶어 했던 아르민의 눈물이 스며든 머리핀.

우연히 구한 물건이었다.

동네 잡화점에서 특수 능력이 있는 물건을 발견했고, 강화시킨 결과 출산에 도움이 되는 잡화였다. 현재 보관 상자 안에는 수십 개의 잡화가 잠자고 있었다.

경매를 대비해 만들어둔 물건들이었지만 잠정적으로 바잔트 영지의 경매장이 폐쇄되었기에 모든 잡화와 무기를 보관 상자에 담아 가지고 왔다.

"그런 아이템이 있단 말이냐? 좋구나. 아드몬드 네가 직접 이 머리핀을 여왕에게 전해주고 오거라. 분명 효과가 좋을 것이다."

"아버님, 이런 허접한 아이템으로 그게 가능하다고 생각하시는 겁니까. 저렇게 젊은 사내가 뛰어난 장인이라는 것도 믿기지 않습니다. 아니, 장인이라고 하더라도 마법 능력이 있는 아이템을 만드는 장인이 있다는 얘기는 들어본 적이 없습니다."

"바잔트 영지에 있는 경매장을 들어보지 못했느냐? 거기에 판매되고 있는 모든 물건이 진에 의해 만들어졌다. 의심하지 말고 다녀오거라. 언제부터 네가 나의 말에 토를 달기 시작했던 게냐!"

아드몬드는 식사가 시작된 후 계속해서 최진기와 그의 일행들을 무시했다.

그는 공작의 하나밖에 없는 자제였고 그래서인지 특권 의식을 가지고 있었다.

아드몬드가 자신감에 차 있는 모습이 보기 좋았기에 아무런 제재를 가하지 않았던 공작이었지만 오늘 그의 코를 눌러줘야 할 필요가 있다고 생각했다. 그래서 공작은 식사를 마치기도 전에 그와 브로안을 대련장으로 데리고 나갔다.

공작령으로 오는 동안 마차 안에서 지냈기에 몸이 피곤해 어서 자고 싶은 마음이 강했지만 이런 구경거리를 놓치고 싶진 않았다. 모든 일행들은 대련장 한편에 자리를 잡고 곧 시작될 아드몬드와 브로안의 대련을 기대했다.

"이번 전투는 내가 직접 심판을 봐주마. 네가 중급 오러 유저였다고는 하나 이제는 그런 것이 필요가 없는 세상이 왔다. 오로지 육체의 능력만이 힘의 척도가 된다. 오늘의 대련을 통해 많은 것을 느끼거라."

말 한 마디에 사람의 마음은 쉽게 바뀌지 않는다.

30년 가까운 세월 동안 누군가에게 싫은 소리를 들어본 적이 없는 아드몬드는 이번 대련을 주선한 공작의 마음을 헤아리지 못하고 있었고 그는 오로지 빠르게 덩치만 큰 브로안을 제압해 강함을 입증해 보이고 싶어 했다.

"오너라. 힘의 격차를 보여주마. 아무리 덩치가 크고 큰 무기를 가지고 있다고 한들 나에게 아무런 소용이 없다는 것을 증명해 주마."

"뭐라는 거야. 헛소리 그만하고, 간다!"

브로안이 뛴다.

성인 남성보다 무거운 방패와 브로안의 큰 덩치가 합쳐지니 거대한 벽이 움직이는 모습을 연상시켰고 아드몬드는 말과는 달리 조금 움찔거렸다.

브로안의 공격 방식은 단순했다.

보통의 무기는 베거나 찌르는 데 이용된다. 하지만 브로안의 방패는 뛰어난 강도와 크기로 상대를 으깨 버린다.

방패를 품으로 끌어당겼다가 그대로 밀어내는 단순한 공격.

철벽같은 전방. 하지만 조금만 돌아가면 허점이 가득한 몸이

보인다.

방패를 피해 몸을 찌른다.

아드몬드는 가문의 비전으로 키워진 기사였고 스텝 또한 다른 기사들보다 뛰어났다.

"어딜 피하려고!"

방패를 피해 옆으로 돌아가려고 하는 아드몬드를 집요하게 붙잡고 늘어졌다.

스텝만으로는 방패를 피하기 어렵다. 그렇다면 반발력을 이용해 거리를 벌려야 한다.

아드몬드는 방패를 비스듬히 발로 차 그 반발력으로 브로안의 후방 혹은 좌측을 점하려고 했다.

아드몬드의 발이 방패에 닿으려는 순간 브로안의 몸이 비정상적으로 뒤로 접혔고, 아드몬드는 발을 내뻗는 힘을 주체하지 못하고 중심이 앞으로 쏠리고 말았다.

그 순간 브로안은 잡고 있던 방패를 놓고 아드몬드의 몸을 끌어안았다.

"으아아아아!"

연인 사이의 포옹처럼 보일 법한 장면이었지만 당하는 입장에서는 숨이 막혀오는 조르기 공격이었다. 자신보다 머리 하나는 더 큰 브로안의 팔 힘을 오러를 사용하지 못하는 아드몬드로서는 풀어낼 방법이 없었다.

이런 유의 공격을 할 거라는 생각도 하지 못한 것이 패착이었다.

"그만! 승자는 브로안."

아드몬드의 안색이 창백해지자 공작은 대련을 중지시켰다.

생각보다 빨리 끝난 대련의 승자는 브로안이었다.

여전히 믿기지 않는다는 표정으로 브로안을 바라보는 아드몬드가 이번 대련으로 많은 것을 느끼기 바라는 공작이었지만 아드몬드는 전과 다르지 않은 눈빛으로 브로안을 바라보고 있었다.

아드몬드는 대련에 패하고 도망치듯이 아르민의 눈물을 가지고 수도로 향했다.

"왕비님이 아이만 잉태할 수 있다면 이번 사건은 전부 다 해결이 되겠지요?"

"그렇게만 된다면 좋겠지만 그러지 않을 가능성이 더 높아 보이는구나. 남부 귀족은 이번 기회에 왕국을 움켜잡을 생각이었으니 다른 문제를 꼬투리 잡아 왕실의 권위를 추락시키려고 할 게다. 그들에게는 세계의 혼란보다 눈앞에 보이는 이득이 더 중요하다고 생각하고 있을 게다."

마나와 오러가 사라진 세상은 금방이라도 무너지고 혼란에 빠질 것만 같았지만 사람을 괜히 적응의 동물이라고 부르는 것이 아니었다.

기사들은 육체의 수련을 통해 기사 자리를 유지하려 하고 있었고 마법사들은 마법을 사용하지는 못하지만 남들보다 뛰어난 두뇌를 이용해 자리를 보전하고 있었다.

이전보다 낮은 직위를 가지게 된 그들이었지만 그래도 여전히 세상을 움직이는 축이 되고 싶어 했다.

이번 사건으로 가장 이득을 본 계급은 상인들이었다.

오러와 마나가 사라진 지금 돈은 가장 중요한 힘의 척도가 되었다.

마법만 있으면 쉽게 할 수 있었던 성벽 증축 공사 같은 것도 이제는 오로지 사람의 힘으로만 해야 되었고 사람을 움직이게 하기 위해서는 돈이 필요했다.

상인들은 이번 기회를 놓치지 않기 위해 활발한 움직임을 보였고 새로운 상인들이 우후죽순 생겨났다.

기사가 꿈이었던 사람도, 마법사가 꿈이었던 사람도 모두 꿈을 잃어버렸고 새로운 꿈으로 상인을 택한 사람들이 늘어났다.

그리고 장인들의 직위도 높아졌다.

여전히 낮은 직위에 속해 있긴 했지만 마법이 사라진 부분을 대처하기 위해서 장인들의 힘이 필요했다.

상하수도는 물론이고 건설, 농업까지 모든 것이 장인들의 손을 필요로 했다.

최진기는 그런 장인 중에 가장 높은 직위에 있는 장인일지도 몰랐다.

공작의 총애를 받는 장인이 지금까지 없었으니.

공작은 오늘도 최진기의 새로운 작업장을 찾아 한 장의 서찰을 그에게 건넸다.

"아드몬드한테서 서찰이 왔다네. 여왕에게 머리핀을 주었고 그 효능을 잘 설명해 주었다고 하네."

아르민의 눈물만 있으면 왕비가 아이를 가질 수 있을 거라고 생각했다.

하지만 아드몬드에게서 몇 장의 서찰을 더 받았을 때 문제는 생각보다 복잡하다는 것을 알았다.

"자네가 준 머리핀이 아무런 효능도 발하지 못하고 있다고 하네. 여전히 태기가 없다고 하네."

아르민의 눈물 정도의 아이템이라면 한 번의 교합만으로도 아이가 잉태되어야 했다.

하지만 여전히 아무런 반응이 없다는 것은 여자의 문제가 아니라 남자의 문제일 가능성이 높았다.

"여왕이 문제가 아니라 왕이 문제였군."

왕을 함부로 부르는 것은 대역죄 중 하나였지만 왕실의 힘이 약해진 지금 그것만으로 처벌을 받는 사람은 드물었고, 공작의 직위를 가진 카인트 공작이 그런 말을 한다고 해서 책잡을 사람은 아무도 없었다.

"남자의 문제라면……."

왕을 함부로 부르는 공작이었지만 왕이 성불구라는 말을 할 수는 없었다.

그도 최소한의 왕에 대한 존경심은 가지고 있었다.

"그러면 왕의 문제를 해결해 줄 아이템 같은 건 없나?"

"무기의 능력을 제가 부여하는 것이 아닙니다. 저는 단지 무기에 내포되어 있는 능력을 깨우는 것만 가능합니다."

원하는 능력을 무기에 부여한다면 좋겠지만 아직 그럴 능력은 없었다.

그 실마리를 찾을 수 있을 것도 같았지만 아직은 방법이 없었다.

"왕이 가지고 있는 씨가 문제이든지, 왕비의 아기집이 문제이든지는 남부 귀족들에게 중요하지 않겠지. 그들은 후손이 없다는 것에만 집중을 할 것이네. 그들이 움직이기 전에 미리 움직여야겠군."

카인트 공작은 남부 귀족들이 왕실을 완전히 장악하기 전에 그들을 막을 생각이었다.

군사를 이끌고 수도로 내려가는 것이 가장 좋은 방법이었지만 그렇게 하면 국경이 뚫리게 되기에 그런 선택을 할 수는 없었다.

블루 웨이브 기사단의 일부를 수도로 보내 왕실을 수호하겠다는 의지를 보여주는 것과 공식 서찰을 왕실과 남부에 보내어 이번 사건을 가만히 지켜보고 있지 않겠다는 것을 알리며 그들의 다음 행동을 주시해야 했다.

아무리 오러가 사라진 기사들을 보유하고 있는 북부라고는 하지만 가지고 있는 군사의 수는 남부에 비해 두 배는 많았다. 바다를 등지고 있는 남부 지역은 많은 군사를 거느릴 이유가 없었다.

블루 웨이브 기사단과 공작의 공식 서찰이 왕실에 전해지자 남부 귀족의 견제가 본격적으로 시작되었다.

브루니스 왕국의 농지 대부분은 남부에 위치하고 있었다.

북부 지역에서 곡식이 생산되지 않는 것은 아니었지만 북부 지역의 사람들을 배불리 먹이기에는 부족했고 남부의 곡식을 사들여 부족한 양을 보충했다.

　겨울이 시작되기 전에 충분한 곡식을 사들이지 못하면 북부 지역 사람들은 배고픔에 허덕일 수밖에 없다.

　지금까지는 정상적인 상행위가 이루어졌었다.

　북부의 힘을 두려워하는 남부 귀족들이었고 나라를 지키는 북부의 병사들에게 고마움을 느끼고 있는 상인들도 많았기에 곡식 가격은 매년 크게 변동이 없었다.

　극심한 가뭄이 들었을 때도 상한선을 만들어 북부에 판매했을 정도였다.

　하지만 지금 남부 귀족들은 곡식으로 장난을 치려고 했다.

　"곡식 가격이 배가 뛰었습니다. 이런 가격이라면 창고를 전부 털어내야만 합니다. 아니, 창고를 털어 내더라도 충분한 곡식을 구할 수 있을지 모르겠습니다."

　공작령의 행정을 담당하는 행정관의 말에 공작은 머리가 아파 왔다.

　남부 귀족들이 이런 짓을 벌일 거라고는 생각지도 못했다.

　사람의 목숨을 가지고 거래를 하자는 것과 다름이 없었다.

　왕실의 권력을 우리에게 넘겨라. 그렇지 않으면 너희 영지민들이 굶주릴 것이다.

　이런 협박이 이전에는 통할 리가 없었다.

　하지만 기사단의 힘이 절반 이하로 떨어진 지금은 치명적이었다.

"선택을 하셔야 됩니다. 이번 여왕 폐위 건에서 손을 떼시는 것이 어떻겠습니까."

생각지도 못한 곡식 대란에 공작령의 행정관은 겨울을 걱정했고 이번만큼은 남부의 손을 공작이 잡아주기를 바랐다.

"그럴 수는 없다. 북부의 자존심은 그 누구에게 꺾이지 않는 정신에 있다."

말은 그렇게 하는 공작이었지만 마땅히 좋은 방법이 생각나지는 않았다.

내전을 불사하고 전쟁을 벌이기에는 상황이 너무 여의치 않았고, 이대로 눈뜨고 남부 귀족들이 왕실의 권력을 잡아 비트는 것을 지켜보고 싶지도 않았다.

공작은 답을 찾기 위해 현자와 최진기가 머물고 있는 작업장을 찾아갔다.

지금 사람들이 가장 원하는 무기는 이전에 사용했던 오러나 마나를 사용할 수 있는 능력을 가진 무기일 것이다. 하지만 그런 무기는 존재하지 않았고 육체적인 능력을 강화시키는 것이 전부였다.

그리고 최진기가 만들어내는 무기들은 기사의 능력을 높이는 데 큰 도움을 주었다. 무기에 의존하는 것은 약함의 상징이라고 생각하던 북부의 기사들까지 군침을 흘릴 정도로 최진기의 무기는 효율적이었기 때문에 현재 최진기의 작업장은 기사들로 가득 차 있었다.

최진기와 현자를 만나기 위해 작업장을 찾아왔던 공작은 기사들을 뚫고 작업장 안으로 들어왔다.

작업거리가 많다고는 하지만 공작이 직접 찾아왔기에 하던 일을 멈춰야 했고, 그들은 작업장 안에 마련된 쉼터로 자리를 옮겼다.

"남부 귀족 놈들이 식량을 무기 삼아 우리를 압박하고 있다네. 식량의 보급 사정이 좋지 않은 북부의 지형적인 특성 때문에 남부의 도움이 없다면 이번 겨울을 나기가 쉽지 않다네."

공작의 말을 듣고 있던 현자는 지금의 상황을 단숨에 이해했고 공작이 어떤 생각을 하고 있는지까지 알아차렸다.

"지금 선택의 기로에 서 있겠군요. 내전을 벌이든지, 아니면 남부의 의견에 따라 왕비 폐위를 인정할지. 하지만 공작님의 성격상 절대 남부의 말에 순순히 동의할 리는 없겠고, 내전을 벌이실 생각입니까?"

"다른 방법이 없다면 내전밖에 답이 없다네. 이대로 하나둘 내주다 보면 결국에는 왕실은 남부의 손아귀에 들어갈 것이고, 탐욕스러운 그들이 왕실을 조종하게 되면 무슨 일이 벌어질지 모른다네."

"식량이 문제라는 말씀이시죠?"

비료와 농기계의 발달이 제대로 되지 않은 이 시대에서는 식량 생산은 매우 비효율적이었다. 그렇다고 해서 직접적으로 도움을 줄 방법은 없었다.

비료를 생산하는 방법도 농기계를 만드는 기술도 최진기에게는 없었다.

"북부가 남부보다 넓은 영지를 가지고 있음에도 식량이 부족한 이유는 농지가 부족해서인데 왜 농지를 늘리지 않는 겁니까?"

브루니스 왕국의 주식은 빠르였다.

빠르는 밀과 비슷한 형태의 곡식으로 그것으로 빵을 만들고 과자를 만들었다.

넓은 농지와 충분한 강수량이 있어야만 재배가 가능한 빠르는 비가 많이 내리지 않는 북부와는 맞지 않는 작물이었다. 그렇다고 해서 빠르를 제외한 다른 작물들이 제대로 자라는 것도 아니었다.

"지금 북부에서 농지로 사용되는 곳은 강과 근접한 일부 지역이네. 다른 지역에서는 마실 물을 충당하기도 버거운 실정이네. 농지에 뿌릴 물은 존재하지 않는다네."

물이 부족해 농사를 짓지 못한다.

이 말은 물만 충분하다면 농사를 지을 수 있다는 뜻이었다.

최진기는 보관 상자에 들어 있던 드래곤의 아이템 중 하나를 꺼내 들었다.

흙빛이 도는 지팡이는 쇠로 만든 것처럼 단단해 보였지만 번개를 맞은 나무로 만들어서 그렇게 보였다.

[블루 드래곤의 지팡이]
등급 : S
내구성 : 120/120
강도 : 2

순도 : 99%

물을 제어할 수 있다.

강수 확률 증가(200% — 필요 마나량 : 1000)

물의 힘을 사용할 수 있는 블루 드래곤이 사용했던 지팡이.

지하수를 뿜어져 나오게 하는 지팡이의 능력으로 던전 외부를 호수로 만든 적이 있다.

마나를 사용할 수 없기에 비를 내리게 할 수는 없지만 물을 제어할 수 있는 능력과 지하수를 끌어 오는 능력을 가진 지팡이는 북부의 물 문제를 해결해 줄 수 있는 아이템이 될 수도 있었다. 얼마나 많은 양의 물을 끌어 올 수 있을지는 몰랐지만 시도는 해볼 만했다.

엘프의 마을에서 얻어 온 과사둠의 양이 많지 않았기에 아직 드래곤의 무기들의 봉인을 풀지 않고 있었다. 결국 공작령에 와서 처음 해제한 아이템이 블루 드래곤의 지팡이가 되었다.

갑작스런 최진기의 행동을 공작은 가만히 지켜보았다.

최진기의 능력을 믿고 있었기에 그라면 무슨 해답을 찾아줄 것이라고 기대했다.

지팡이의 봉인을 푼 최진기는 밖으로 뛰어나갔고 그의 뒤를 사람들이 따라붙었다.

"여기쯤이면 될까? 지팡이에서 진동이 강하게 느껴지면 물이 많이 있다는 뜻 같은데. 이 근방에서 여기가 가장 물이 많아 보이네."

지팡이를 땅에 꽂았다.

"멀쩡한 지팡이를 왜 땅에 버린 건가?"

"버린 게 아닙니다. 잠시만 기다려 보세요."

땅이 흔들리기 시작했다.

지팡이가 진동을 거세게 하는 만큼 땅은 울렸고, 땅의 울림이 몇 분 동안 계속되었다.

"물이다! 땅이 젖기 시작해!"

가뭄의 논바닥처럼 갈라져 있던 땅이 촉촉하게 젖어가고 있었고 조금이지만 물이 고이기 시작했다.

그리고 10분도 되지 않아 발목이 잠길 정도의 물웅덩이가 여러 군데 생겨났다.

"이 정도면 농지에 사용할 정도의 물은 될 것 같은데. 현자님, 어떻습니까? 이 정도면 농사를 지을 수 있을까요?"

말을 하는 동안에도 계속해서 물웅덩이가 생겨났고 깊은 곳은 허벅지가 잠길 정도였다.

"충분하다네. 이 정도의 물이면 빠르를 충분히 재배할 수 있을걸세. 하지만 물웅덩이가 유지되어야 한다네. 빠르게 물웅덩이가 말라가면 곡식을 재배할 수가 없다네."

최진기는 여전히 진동을 하고 있는 지팡이를 뽑았다. 그러자 더는 수위가 높아지지 않았다.

하지만 생겨난 물웅덩이가 사라지거나 하지는 않았다. 수위를 유지하고 있었다.

"이 정도의 물이 계속 유지가 된다면 농사가 가능하겠죠?"

전쟁을 막기 위해 북부에 농지를 만들 생각을 했지만 내전을 막을 수는 없었다.

남부 귀족들이 식량을 무기 삼아 협박하는 것으로는 부족했는지 용병을 모았고 대군을 이끌고 실력 행사에 들어간 것이었다.

오러 유저의 수로 전쟁을 하던 예전과는 달리 지금은 사람의 수가 전쟁의 승패를 가늠한다고 판단했던지 남부는 비장의 수를 던지고 말았다.

자신들의 힘을 보여 북부가 왕실에 다가오지 못하게 하려는 속셈이었다.

혼란이 사람의 욕심을 부추겼고, 권력욕이 강한 남부 귀족들은 스스로 왕이 되려고 하고 있었다.

"남부가 왕실을 장악하게 된다면 북부는 어떻게 될까요?"

최진기가 봉인을 푼 블루 드래곤은 빠르게 북부 전 지역을 돌며 지하수를 끌어 올리고 있었고 그러는 동안 공작과 참모진들은 고민에 빠져 있었다.

"남부 놈들은 왕실을 장악하게 된다면 자기들에게 유리한 방향으로 국정을 운영할 게 분명하지. 이대로 가만히 있다가는 브루니스 왕국이 통탄에 빠질 일이 생길지도 모른다네."

내전을 피할 방법은 없어 보였다.

최근 많은 돈을 들여 용병을 모은 남부의 병사의 수는 이제 북부 전체 병사의 수를 앞섰다.

하지만 전문적인 훈련을 받은 기사의 수는 북부가 훨씬 앞서는 상황이었다.

아무리 오러를 사용할 수 없는 기사들이라고는 해도 그들이 가지고 있는 전투 능력이 일반 병사보다 압도적인 것은 여전했다.

Chapter 9

내전 I

브루니스 왕국 남부 후작령.

왕실의 궁전보다 더 큰 규모인 후작령의 궁전 1층에는 남부의 주요 귀족들이 지정된 자리에서 주인공을 기다리고 있었다.

"자로트 후작님 입장하십니다."

문이 열리자 골드 드래곤이 수놓여 있는 옷을 입고 있는 자로트 후작이 입장했다.

골드 드래곤은 브루니스 왕국의 왕실을 나타내는 문양이었다.

자로트 후작이 그 옷을 입은 것은 자신의 욕심을 더는 숨기지 않겠다는 의미였다.

그는 이제껏 후작이라는 직위에 만족하지 못했으나 그 마음을 숨기고 살아오고 있었다.

그러나 기사와 마법사가 힘을 잃은 지금 자신이 왕국에서 가장 강한 존재라는 것을 깨달았다.

오러와 마나가 사라졌지만 돈은 여전히 존재했다.

왕국에서 가장 많은 부를 가지고 있는 자로트 후작은 브루니스 왕국을 다스릴 사람은 자신뿐이 없다고 생각했다.

"바쁜 와중에 모여주셔서 감사합니다. 현재 북부 귀족들이 병력을 이끌고 남부로 오고 있다고 하네요. 여전히 멍청하기 그지없는 사람들입니다. 여전히 자신들의 무력이 우리를 압도할 거라고 생각하고 있나 봅니다."

부드러운 말투로 말을 이어가는 후작이었지만 그의 말에는 뼈가 있었다.

"북부 귀족들이 병력을 이끌고 오고 있다고는 하지만 큰 문제는 되지 않습니다. 그들은 전쟁을 벌일 식량도 없고, 보급도 원활히 되지 않는 상황입니다. 몇 차례의 공격만 막아낸다면 제 풀에 무너질 것입니다."

"저도 그렇게 생각하고 있어요. 하지만 이번 기회에 그들의 코를 완벽히 납작하게 만들어주고 싶은데 누가 전쟁의 선봉에 서면 좋겠나요?"

남부와 북부는 왕국의 절반을 정확히 가로지르는 마아트 강에 의해 구분되었고 왕실도 남부에 속해 있었다.

이번 전쟁의 시작은 남부로 통하는 입구에 있는 바말 영지가될 가능성이 매우 높았고, 모든 병력을 바말 영지로 모으기로 이미 약속을 했었다.

하지만 사령관을 정하지는 않았다.

전쟁에 대한 지식이 부족한 남부 귀족 중에 전쟁을 제대로 겪어본 귀족은 없었다. 여전히 서로의 눈치만 보고 있었다.

지금 당장 사령관이라는 직위를 가지는 것은 좋지 않았다.

북부 귀족은 분명 초반에 전쟁을 종식시키기 위해 전력을 다해 공격해 들어올 것이 분명했고 힘든 전투가 될 것이 분명했다. 하지만 한 달만 버티면 얘기가 달라진다.

전쟁에서 필수적인 식량이 부족한 북부 진영은 점점 힘이 빠질 것이고 그 순간이 공을 세우기 가장 좋은 시점이었다.

그랬기에 남부 귀족들은 사령관이 되어 힘든 전투를 치르는 것보다 후방에 남아 때를 기다리고 싶어 했다.

"이러니 우리 남부 귀족들의 기상이 약하다는 소리를 듣는 거 아닙니까."

조금은 딱딱하고 낮은 톤을 유지하고 있는 자로트 후작이었지만 연회장에 모인 모든 귀족들은 알고 있었다. 조금만 더 후작의 기분이 나빠지면 막말은 물론이고 손에 잡히는 물건을 자신들에게 집어 던질 거라는 것을.

아무나 먼저 손을 들고 나서기를 바랐다.

자신만 아니면 누구든지 좋았다.

"제가 이번 전쟁의 선봉에 서도록 하겠습니다."

"오호, 그러시겠어요? 역시 아직 젊어서 패기가 있군요. 좋습니다."

호기롭게 나선 이는 남부의 북부라고 불리는 파트몬 영주였다.

남부의 모든 땅이 농사의 신으로부터 축복을 받은 것은 아니었다.

파트몬 영지는 이상하리만큼 농작물이 자라지를 않았다. 그렇다고 해서 교통이 좋은 것도 아니어서 상행이 활발하게 이루어지지도 않았다.

파트몬 영주는 점점 도태되고 있는 자신의 영지를 발전시키고자 하는 욕심이 강했고 아무도 하지 않으려고 하는 1차 저지선의 사령관이 되려고 했다.

언제 목이 잘려도 이상하지 않은 자리가 사령관의 자리였다.

한 번의 실수에도 교체되고 말 자리였지만 지금의 기회를 놓친다면 다시는 자신에게 기회가 오지 않을 것을 알기에 목숨을 걸고 사령관에 지원을 한 것이었다.

"이미 병력들은 바말 영지로 향하고 있어요. 부디 좋은 소식을 저에게 들려주었으면 좋겠네요."

파트몬 영주는 후작의 앞에 무릎을 꿇었고, 후작은 자신의 검을 그에게 주며 파트몬 영주를 바말 저지선의 사령관으로 임명했다.

"승리하고 돌아오겠습니다. 저를 믿어주신 후작님의 뜻을 절대 거스르지 않겠습니다."

"기대할게요. 승리하고 돌아온다면 파트몬 영지의 발전은 제가 약속드리죠."

후작의 말에 파트몬 영주는 발에 힘을 주어 땅을 구르며 성을 빠져나갔다.

*   *   *

내전이 시작되었다.

북부의 병력들은 마아트 강을 향해 전진했고 선두에는 공작이 있었다.

"저 강을 건너기만 하면 이제 남부네요. 전쟁이라니 기대가 됩니다. 형님은 전쟁을 경험해 보신 적이 있으신가요? 저는 항상 전쟁 사령관이 되어 전장을 뛰어다니는 꿈을 꾸었습니다."

선두에 있는 사람 중에 유일하게 들떠 있는 사람은 브로안이었다.

그는 지금 당장에라도 뛰쳐나가 전장을 휩쓸고 싶어 했다.

사실 이번 전쟁에 최진기의 일행이 함께할 이유는 없었다.

남부와 북부의 전쟁이었지 그들과는 큰 상관이 없는 전쟁이었다.

하지만 공작의 한마디에 어쩔 수 없이 전쟁에 합류해야만 했다.

"성에 남아 있는다고 해도 말리지는 않겠지만 조심하게나. 북부의 사내들은 거치니까. 특히 진 자네는 얼굴이 곱상하게 생겨 더욱 조심해야 할 게야."

꼭 전쟁에 참여하고 싶어 하는 브로안과 새로운 역사를 직접 보고 싶어 하는 현자의 의견도 최진기를 전장으로 향하게 했다.

직접 전투를 벌이지는 않겠지만 그래도 살육의 현장에 직접 간다는 것에 긴장되기는 매한가지였다.

마이트 강을 건너기 위해서는 하류로 내려가야 했다.

하류를 통해 강을 건너면 바로 보이는 영지가 있었는데 그게 바말 영지였다.

"저기 멀리서 보이는 성이 바말 성인가요?"

"내 기억으로는 바말 영지가 저렇게 크지는 않았던 것 같은데."

바말 성은 그렇게 크지 않은 규모의 성이었다.

하지만 이번 내전에서 북부의 병력이 남부로 진입하지 못하게 하기 위해 토성을 쌓아 올렸다. 공성전은 시간을 끌기에 가장 좋은 방법 중 하나였다.

"이번 전쟁이 쉽지 않을 것 같네. 예전이면 저런 토성은 마법 한 방, 아니면 여러 명의 기사들이 동시에 오러를 쏘아내면 충분히 부술 수 있었겠지만 지금은 사다리를 이용해 넘어가는 방법뿐이겠네."

오러와 마나가 사라진 지금 전쟁의 양상도 바뀌었다.

이전에는 공성을 취하는 입장의 진영이 불리했다. 예전에는 마법 한 방에 성이 무너졌고, 병사들은 성에 깔려 죽어나갔다.

하지만 이제는 달랐다. 어설프게 쌓아 올린 토성이었지만 제압하기가 쉬워 보이지 않았다.

강을 건너자 토성의 크기가 정확하게 느껴졌다.

아무리 사다리가 있다고는 하지만 사람이 건너기에는 불가능한 크기의 토성이었다.

고작해야 날렵한 육체를 가지고 있는 기사들이나 건널 법했다.

"전 병력, 진지를 구축해라!"

강을 건너기 전만 하더라도 바로 전쟁이 시작될 것만 같았으나 토성을 공략할 작전을 짜기 전까지 전쟁은 잠시 미루어졌다.

바말 영지를 공략하지 못하고 발이 묶인 지 일주일이 다 되어 갔다.

토성을 공략하기 위해서는 공성 무기가 필수적이었지만 공성 무기를 보유하고 있는 도시는 드물었고 당연히 북부 귀족 진영에는 공성 무기가 없었다.

육탄전을 하기에는 높은 토성의 이점을 살린 남부 귀족 진영이 너무나 유리했고, 이대로 진을 치고 기다리기에는 보급 사정이 좋지 않았다.

"무슨 좋은 방법 없는가? 이대로 있다가는 우리 병사들이 먼저 지치고 말 것이네."

공작의 막사에서는 북부를 대표하는 귀족 3명과 아드몬드 기사단장, 최진기와 현자, 그리고 브란이 공작과 회의를 하고 있었다.

최진기와 현자가 회의에 참석하는 것을 못마땅하게 여기는 귀족들도 있었지만 공작의 지시에 토를 달 정도로 간이 큰 귀족들은 없었기에 최진기와 현자, 그리고 브란은 작전 회의에 참석했다.

"아버님, 이대로 있다가는 아무것도 이루지 못하고 돌아가야 합니다. 북부의 자존심이 무너질지도 모른다는 말입니다. 돌격을 해야 합니다. 아무리 토성이 크고 넓다고 한들 북부의 기상을 넘어서지는 못합니다."

공을 세우고 싶었다.

브로안에게 졌다는 마음의 상처가 아직 아물지 않았고 이번 전쟁을 통해 공을 세워 그 상처를 지우고 싶었다.

하지만 아드몬드를 바라보는 공작의 눈초리는 좋지 않았다.

'육체 수련만 시킨다고 군사 교육을 제대로 시키지 못한 내 잘못이다. 저렇게 생각이 짧을 수가.'

"현재의 상황에서 육탄전은 위험합니다. 차라리 북부로 돌아가 공성 무기를 만들고 다시 돌아오는 것이 어떻겠습니까. 이대로 가만히 있는 것보다는 그것이 더 나아 보입니다."

항상 멍청하다고 혼을 냈던 귀족의 의견이 차라리 아드몬드의 의견보다는 나아 보였다.

하지만 이대로 돌아간다고 해서 뾰족한 수가 생기는 것도 아니었다.

퇴각과 전면전을 두고 고민하고 있는 북부 귀족들과는 달리 최진기는 한 가지 생각에 깊게 빠져 있었다.

공성 무기가 없으면 만들면 된다.

만들 수 있을까? 주변에 공성 무기를 만들 만한 나무는 충분하다.

쏘아 보낼 돌도 충분하다. 하지만 공성 무기를 만들 수 있는 기술이 부족하다.

한 번도 공성 무기를 만들어보지 않았기에 제대로 만들 수 있을지는 미지수다.

이곳에서 공성 무기를 만드는 것은 불가능하다.

꼭 공성 무기를 사용해야 될까?

성에 갇혀 있다시피 하는 저들을 밖으로 끌어낼 방법은 없을까?

식량이 부족하면 성 밖으로 나올 수밖에 없다.

하지만 저들의 보급 사정은 우리보다 더 우월하다.

성안에서 살기 위해서는 식수가 필요하다.

"혹시 바말 성의 식수 공급은 어떤 형식으로 이루어지고 있는지 알고 계십니까?"

전면전과 퇴각을 두고 서로의 의견을 말하고 있던 귀족들은 갑작스러운 최진기의 질문에 말을 멈췄다. 그의 질문에 답해준 것은 현자였다.

"마아트 강의 잔뿌리가 바말 성의 지하와 연결되어 있다네. 극심한 가뭄이 들었을 때도 바닥을 보이지 않을 정도였으니 저들이 식수 걱정을 하지는 않을 게다."

지금 최진기의 머릿속은 오로지 블루 드래곤의 지팡이로 바말 성으로 통하는 물의 흐름을 바꿀 수 있는지로 가득 차 있었다.

만약 물의 흐름을 바꿀 수 있다면 바말 성에서 진을 치고 있는 남부 진영은 어쩔 수 없이 물을 구하기 위해 밖으로 나와야만 했다.

"블루 드래곤의 지팡이로 물의 흐름을 바꿀 수 있다면 저들의 식수 공급을 끊을 수가 있습니다. 그렇게만 된다면 저들은 밖으로 나와야 합니다. 어쩔 수 없이 성을 버리고 우리와 전투를 벌이거나 퇴각을 해야 되는 상황을 맞이할 겁니다."

100점짜리 답이라고 생각하고 말했다.

하지만 현자는 고개를 가로저으며 답안이 틀렸음을 지적했다.

"물론 바말 성안으로 들어가는 식수를 끊는다면 장기적으로 보았을 때는 바말 성은 사람이 살 수 없는 영지가 되겠지만 지금 당장 그 방법을 사용할 수는 없네. 보유하고 있는 식수도 있을뿐더러 식량과 함께 식수를 공급받을 수 있으니 말일세."

현자의 말이 끝나기를 기다렸다는 듯이 아드몬드가 최진기를 타박했다.

"어디서 제대로 알지도 못하는 놈이 회의에 참석해서 물을 흐리냐. 모르면 가만히 있거라."

현자의 옆에서 망부석처럼 앉아 있던 브란이 자리에서 벌떡 일어났다.

"만약 바말 성으로 들어가는 물길을 돌린다면 그 물길을 통해 바말 성으로 들어갈 수 있습니다. 그렇게만 된다면 아무런 피해도 받지 않고 바말 성으로 진입할 수 있습니다. 공성 무기를 이용해 토성을 부수는 것보다 더 좋은 방법입니다."

공성전의 경우 공격 측의 병사 수가 3배 이상이 되어야 성을 뚫을 수 있다고 한다.

바말 성에서 대치한 북부의 병력이 남부 병력보다 많긴 했지만 3배의 차이가 나지는 않았다.

그리고 남부의 추가 병력까지 도착한다면 오히려 공성을 하고 있는 남부의 병사 수가 더 많게 된다.

하지만 성안으로 무혈입성하게 된다면 이 공식에 구애를 받지 않아도 되었다.

"가능하겠는가? 물길을 돌린다면 바말 성을 공략하는 것은 식은 스프 먹기나 다름이 없네!"

카인트 공작까지 자리에서 일어나자 최진기는 얼른 보관 상자에서 블루 드래곤의 지팡이를 꺼냈다. 그들은 강으로 향했다.

바말 성의 지하로 향하는 물길은 생각보다 깊고 넓었다.

청계천을 연상케 하는 물길을 돌리기 위해서는 많은 사람들이 투입되어 최소 한 달 이상의 작업을 해야 할 듯싶었다.

"일단 해보겠습니다."

해보지 않고는 답이 나오지 않았다.

지팡이가 많은 양의 지하수를 끌어 올리기는 했지만 흐르는 물길까지 돌릴 수 있을지는 장담하지 못했다.

최진기는 물길이 시작하는 곳에 들어가 지팡이를 물가에 찔러 넣었다.

그의 의지가 지팡이의 능력을 개방시켰고 물의 유속은 조금씩 느려지기 시작했다.

"저게 정말 가능한 일이란 말인가. 일개 마법 아이템이 물길마저 막을 수 있다니."

"그러게 말일세. 마치 마법사를 보는 듯하네."

회의에 참석했던 귀족들이 유속이 느려지는 물길을 보고 감탄사를 던졌지만 완벽한 성공은 아니었다.

밀려들어 오는 강물의 힘에 의해 다시금 물길이 제 속도를 찾았다.

"역시 될 리가 없지. 어디서 하찮은 놈이 사람을 현혹시키느냐!"

최진기의 실패에 아드몬드가 빠지지 않았다.

"형님, 저 물길을 돌리기만 하면 되는 겁니까? 브로안이 갑니다!"

브로안은 방패를 집어 들고는 물길을 향해 뛰어들어 갔다.

브로안이 방패로 물길을 막아서자 물이 옆으로 밀려나며 브로안 뒤쪽 물길의 수위가 낮아지기 시작했다. 반대로 브로안의 앞쪽에는 물의 벽이 형성되고 있었다.

브로안은 그 벽을 자신의 방패를 이용해 옆으로 밀기 시작했다.

엄청난 수압이 그를 짓눌렀지만 방패의 효능인 피해 면역 능력(20%) 덕분에 그는 쓰러지지 않았고 피해 반사 능력(30%)으로 인해 강물은 옆으로 밀려나기 시작했다.

방패를 리듬에 맞게 밀쳐 내는 브로안의 무식한 힘으로 물길은 점점 옆으로 향했고, 새로운 물길이 만들어졌다.

　밤이 찾아왔다.
　두 개의 달이 동시에 그믐달이 되는 몇 되지 않는 날이었다.
　완벽한 어둠이 찾아왔고 새들의 지저귀는 소리도 멈추었다.
　아무도 깨어 있지 않을 것만 같은 시간에 발소리를 지우며 이동하고 있는 사람들이 있다.
　"오늘이 안식의 날이라니 얼마나 다행인지 모르겠습니다. 이런 날에 기습을 한다면 우리를 알아차리기 쉽지 않을 겁니다."
　"쉿, 조용해. 우리 때문에 걸리기라도 하면 아드몬드가 무슨 욕질을 할지 모르는데 이럴 때일수록 조심해야지. 자만하다가 큰 실수를 범할지도 몰라."
　북부 진영은 진지를 버리고 물길을 통해 바말 성으로 진입하고 있었다.
　두 개의 달이 동시에 그믐달이 되는 안식의 날이었기에 남부 진영의 정찰병들이 북부 진영을 정찰할 수 있는 가시거리가 나오지 않았고, 북부의 병사들은 기다시피 하며 물길로 이동했다.
　위험한 전투가 벌어질 것이 분명했기에 공작은 최진기에게 진지에 남아 있을 것을 권유했지만 최진기는 공작의 권유를 거절하고는 전투에 따라 나섰다.
　전투를 좋아하지 않는 그였지만 이번 기회를 통해 전투에 익숙해지려고 하고 있었다.
　악마와의 전쟁이 언제 끝이 날지도 모르는 상황에서 피하는 것만이 상책은 아니라고 생각했다.

"이제 바말 성 안으로 진입했다. 모두들 전투 준비를 해라."

공작은 작게 속삭였고 그의 말은 조용히 전파되어 나갔다.

그리고 지하 통로를 통해 바말 성으로 진입하는 순간 아드몬드가 소리쳤다.

"모두 부숴라. 남부 귀족들에게 북부의 기상을 보여주어라!"

"이런 멍청한 놈!"

바말 성 안으로 진입한 것만으로도 유리한 상황은 맞았지만 공격을 하기 전까지 은밀함을 유지하는 것이 더 좋았다.

하지만 아드몬드는 병사들의 사기를 북돋아주기 위해서라는 이유로, 혹은 자신의 존재감을 나타나기 위해서 소리쳤고 어둠이 가득했던 바말 성 곳곳이 밝아지기 시작했다.

이미 엎질러진 물이었다.

지금의 상황에서 은밀함을 유지하는 것은 불가능했다. 그렇다면 차라리 거대한 파도가 되어 남부 진영을 쓸어버려야 했다.

공작은 자신의 검을 들어 올리며 가장 선두에 서서 적군이 있는 곳으로 달려갔다.

"모두 진격하라. 블루 웨이브의 무서움을 남부 놈들의 심장 한가운데 각인시켜라!"

공작이 들고 있는 의지의 검의 특수 능력인 정신력 강화로 인해 공작의 목소리에는 더욱 힘이 실렸고 병사들은 공작의 목소리에 피가 들끓는 느낌을 받았다.

제대로 진영도 갖추지 못하고 있던 남부의 병사들은 북부의 검에 쓰러져 내려갔고 주변을 밝히던 횃불은 천막을 태우며 큰 불로 번졌다.

바말 성의 총사령관인 파트몬 영주는 바말 성에 도착해서 갑옷을 벗은 적이 없었다.

이번 작전이 자신과 가문을 발전시킬 수 있는 유일한 동아줄이었기에 작은 실수도 하지 않기 위해 노력했다.

자는 순간에도 갑옷을 벗지 않고 검을 쥐고 잠이 들 정도였다.

하지만 그의 그런 노력이 물거품이 되어가고 있었다.

지휘를 받지 못하는 병사는 사냥감이 될 수밖에 없었다. 자신의 병사들이 제대로 된 반항 한번 못 해보고 잔인한 북부의 검에 쓰러지는 걸 보며 파트몬 영주는 지금의 상황이 꿈이기를 간절히 기도했다.

피를 흘리며 쓰러진 병사들도, 불길이 치솟고 있는 천막도 모두 잠에서 깨어나면 원래의 모습으로 돌아와 있기를 바랐지만 꿈이 아닌 현실이었다.

"네가 바말트 영주인가? 작은 영지의 영주가 가장 중요한 거점을 지키는 사령관이라니. 남부에 그렇게 인재가 없었단 말인가. 이런 군사력으로 어찌 한 국가의 왕실을 좌지우지하려고 하는지 모르겠구나."

공작의 검이 파트몬 영주의 목을 겨누고 있다.

주변을 호위하는 병사들은 이미 싸늘한 시체가 되거나 도망을 쳤다.

성에 거주하고 있던 기사들의 모습도 보이지 않았다.

그들도 이미 북부의 기사들에게 제압을 당한 듯했다.

아무런 희망도 남아 있지 않았다. 많은 수의 병사도, 든든한 기사들도 모두 보이지 않는 상황에서 그가 할 수 있는 일은 악몽을 꾸게 한 자에게 검을 휘두르는 것뿐이었다.

"이대로 끝낼 수는 없다. 내가 이번 작전에 얼마나 많은 공을 들였는데, 이대로 우리 가문이 멸망하는 것을 지켜볼 수는 없다! 죽어라, 카인트 공작!"

마지막 발악을 하는 심정을 이해하지 못하는 것은 아니었다. 하지만 보기 흉한 것은 변하지 않았다.

파트몬 영주는 자신이 쥐고 있던 검을 제대로 잡을 힘도 없던 건지 검은 손아귀에서 빠져나왔고 카인트 공작은 가볍게 검을 피해내었다.

파트몬 영주의 마지막 발악은 그렇게 허무하게 끝이 나는가 싶었다.

"형님!"

여유롭게 날아오는 검을 피한 카인트 공작이 여전히 실력이 죽지 않았다고 생각하고 있었을 때 브로안의 다급한 목소리가 들려왔다.

"무슨 일이냐? 진에게 무슨 일이라도 생긴 것이냐?"

브로안이 형님이라고 부르는 사람은 최진기가 유일했다. 브로안이 형님을 외치며 다급하게 말했다는 것은 최진기에게 무슨 일이 생겼다는 뜻이다.

"형님이 칼에 맞았습니다. 칼이 정확히 심장을 노리고 들어왔습니다."

이미 전투는 끝난 상황이었다. 남부의 병사들은 뿔뿔이 흩어지거나 포로로 잡혀 한곳에 묶여 있었다. 마지막 승리의 의식만 남겨둔 상황에서 의도치 않은 사건이 터져 버렸다.

바말 성으로 진입할 수 있는 결정적인 도움을 준 진이 검에 맞다니.

공작은 파트몬 영주의 목을 단숨에 베어버리고는 최진기가 있는 곳으로 달려갔다.

"어떻게 된 일이냐! 왜 진이 검에 맞았다는 것이냐!"

공작이 피한 파트몬 영주의 검이 최진기를 향해 날아왔는데 승리에 도취되어 있던 브로안은 반응이 느렸다.

눈먼 검이 자신의 형님의 지척에 다다라서야 검을 발견했고 다급히 막아서려 했지만 늦었다.

브로안은 차갑게 식은 최진기의 육체를 끌어안고 눈물을 흘렸고, 공작은 허탈한 심정을 감추지 못하고 애꿎은 벽을 자신의 주먹으로 때렸다.

지금의 상황에서 유일하게 분노를 하지 않고 있는 이는 아드몬드 기사단장뿐이었다.

그는 자꾸만 터져 나오려는 웃음을 꾹꾹 눌러 담으며 억지로 슬픈 척을 하고 있었다.

아드몬드는 이번 전투에서 바말 성을 지키는 기사단장의 목을 베었고 자신의 공을 인정받을 생각만을 하고 있었다.

이번 전투가 끝이 나면 다시 아버지는 자신을 인정해 줄 것이고, 자격도 없이 회의에 참석했던 불청객들은 허름한 천막에서 남은 전투를 치를 것으로 기대했다.

자신을 이겼던 브로안이 무릎을 꿇고 사과하는 모습을 그리는 것만으로도 가슴을 답답하게 했던 응어리가 빠져나가는 것 같았다.

"형님의 몸이 사라지고 있습니다. 무슨 일입니까? 왜 형님의 몸이 사라지고 있냔 말입니다!"

"와, 죽는 줄 알았네. 분신을 이용해서 다행이지 하마터면 한국으로 돌아가지도 못하고 관짝에 들어갈 뻔했네."

최진기가 분신에서 빠져나와 정신을 차렸고 그의 옆에서는 현자가 여유롭게 차를 마시고 있었다.

"깨어났구나. 그래, 안의 상황은 어떻게 진행되고 있느냐?"

"성을 장악했습니다. 우리도 이제 안으로 들어가도 될 것 같습니다."

천막에 남아 있는 사람은 몇 되지 않았다.

최소한의 병력과 비전투 인원들이 북부 진영의 진지에 남아 있었다.

전투가 완전히 끝이 나자 굳게 닫혀 있던 바말 성의 문은 활짝 열렸고 진지를 정리하기 위해 병력들이 진지로 이동하고 있었다.

"현자님, 큰일 났습니다. 형님이 사라졌습니다. 형님이 눈먼 칼을 맞고 쓰러졌는데 시체가 감쪽같이 사라졌습니다!"

브로안은 눈물이 가득 맺힌 상태로 현자의 옷을 부여잡으며 통곡하다시피 말했다.

"진이 사라졌다는 말이냐? 지금 내 옆에 있는 사람은 진이 아니고 귀신이라도 된단 말이냐?"

"네?"

브로안은 천천히 고개를 돌렸고, 민망한 듯 머리를 긁고 있는 최진기를 발견할 수 있었다.

"아니, 형님! 어떻게 여기에 계신 겁니까. 제가 얼마나 걱정을 많이 했는지 아십니까. 몸은 어떠십니까? 칼이 관통을 했었습니다. 치료는 받으신 겁니까?"

"걱정해 줘서 고맙긴 한데, 괜찮아. 사실 분신을 통해 성안으로 들어간 거야."

분신을 이용했다는 말을 알아듣지 못하는 브로안에게 새로운 분신을 만들어 보여주고 나서야 그를 납득시킬 수 있었다.

"처음부터 분신이라고 말씀하셨으면 제가 걱정을 안 했을 거 아닙니까! 공작님도 얼마나 형님을 걱정하고 계시는지 아십니까? 어서 공작님한테 가보세요."

최진기가 살아 있다는 소식은 브로안을 통해 빠르게 공작에게 전해졌고 공작은 최진기의 머리에 거대한 혹 하나를 만들어 주었다.

눈물이 찔끔할 정도로 세게 머리를 후려친 공작이지만 그가 밉지는 않았다.

공작이 얼마나 걱정을 했는지 고스란히 느껴졌다.

물론 모든 사람이 최진기를 걱정한 것은 아니었다.

아드몬드는 매우 아쉽다는 표정으로 최진기를 쏘아보았다.

진지는 빠르게 해체되어 바말 성 안으로 옮겨졌고 모두 하루의 휴식을 취한 후 남하하기로 했다.

이제 전투가 시작된 것이었다.

바말 성을 공략한 것이 큰 성과이긴 했지만 대부분의 병력들이 후방에 위치하고 있었기에 여전히 갈 길은 멀었다.

최종 목적지인 왕궁으로 가기 위해서는 남으로 내려가야 했고 거기에는 붉은 꽃들이 가득한 초원이 있었다.

붉은 초원.

그곳이 남부 진영과 북부 진영의 격전지가 될 것이었다.

그곳은 모든 진영의 병사들이 전쟁을 벌일 수 있을 정도로 큰 초원이었고, 그곳에서의 승자가 이번 내전의 최종 승자가 될 가능성이 높았다.

*　　　　　*　　　　　*

"후작님! 바말 성이 뚫렸다는 연락을 받았습니다. 북부의 피해는 크지 않다고 합니다."

바말 성의 전투에서 남부 진영의 기사들 대부분은 포로로 잡히거나 목숨을 잃었지만 눈치 빠른 기사들 몇 명은 누구보다 빨리 성을 빠져나왔다.

그들을 통해 바말 성이 북부 진영에게 함락당했다는 것이 알려졌다.

"멍청하군요. 역시 능력 없는 파몬트 영주를 바말 성의 사령관으로 보내는 것이 아니었어요. 하지만 괜찮습니다. 최소한의 피해로 내전을 마무리 짓고 싶었지만 결국은 전면전을 펼쳐야겠군요."

자로트 후작이 숨을 고르고 이어서 말했다.

"지금 고용한 용병의 숫자와 병사의 수를 합치면 북부 진영의 1.5배에 달한다고 했지요? 질 수가 없군요. 제가 용병을 모으기 위해 얼마나 많은 돈을 사용했는지 알고 계시지요? 절대 지면 안 돼요. 누구에게 사령관을 맡기는 것이 좋을까요?"

1층 홀에 모인 남부 귀족들은 동시에 몸이 얼기라도 했는지 숨소리조차 내지 않고 있었다.

남부 귀족들은 바말 성의 전투에서 최소한 북부의 힘이 반 토막이 날 거라고 예상했었다.

그렇게 되었다면 서로 사령관이 되겠다고 나서겠지만 북부의 벽이 그대로 남아 있는 지금 사령관이 되어 전투를 승리로 이끌 자신이 없었다.

"아무도 하지 않으시려고요? 이런, 참 실망입니다. 알겠어요. 꿀이 있어야 벌집으로 달려드는 법이니까요. 이번 전투를 승리로 이끈 사령관에게는 후작령 곡식 판매권을 독점으로 드리겠어요. 군침 도는 제안이죠?"

브루니스 왕국에서 곡식이 가장 많이 생산되는 자로트 후작령에서는 전국에 유통되는 곡식의 반을 생산하고 있었다.

상인의 기질을 가지고 있는 남부 귀족들은 후작령에서 생산되는 곡식 판매를 독점하는 것이 얼마나 이득인지 모르지 않았다.

재산을 배로 늘릴 수 있는 기회를 이대로 남에게 주고 싶지는 않았다.

하지만 카인트 공작과 블루 웨이브 기사단이 주는 압박감이 입을 틀어막고 있었다.

머뭇머뭇거리는 순간 기회는 뺏기게 마련이다.

"제가 이번 전쟁의 승리를 후작님에게 가져다 드리겠습니다."

남들보다 한발 빨리 움직인 사람은 고인트 남작이었다.

그는 1층 홀에 있는 다른 귀족보다 낮은 직위를 가지고 있었지만 그를 무시하는 이는 아무도 없었다.

고인트 남작의 상재는 남부에서 유명했다.

서자 출신인 그가 남작의 직위를 가질 수 있었던 것도 모두 그의 상재 덕분이었다.

작은 상점으로 시작한 그는 5년이 지나지 않아 남부에서 다섯 손가락 안에 드는 상가를 가지게 되었고, 목적을 이루기 위해 수단과 방법을 가리지 않은 덕에 후작마저 그의 능력을 인정한 적이 있었다.

"하지만 부탁이 있습니다. 이번 내전을 승리로 이끌기 위해서는 많은 수의 궁병이 필요합니다. 전면전은 북부가 원하는 전투 방식입니다. 북부의 군대는 대부분이 보병입니다. 기사들이야 갑옷을 입고 있기에 화살에 큰 피해를 입지는 않겠지만 보병은 다릅니다. 제가 사령관이 된다면 남부 병사의 절반을 궁병으로 만들고 싶습니다."

군대 조직은 크게 기사와 기병대 그리고 궁병, 보병으로 이루어져 있다.

기병대의 빠른 기동력은 궁병을 무력화시키고 조직화된 보병은 기병대를 막을 수 있었다.

그리고 보병은 기동력이 빠르지 않았기에 궁병에 취약했다.

오러와 마나가 있던 시대의 전쟁에서는 오러 유저와 마법사가 전장을 휩쓸었기에 궁병을 중시하지 않았다.

하지만 오러와 마법이 사라진 지금 원거리 공격을 할 수 있는 궁병의 가치는 상승했고, 그런 사실을 깨달은 고인트 남작은 활의 공급을 늘려 달라고 건의했다.

"궁병이라, 좋은 생각 같군요. 각 영지에 있는 모든 활을 전장으로 이송시키세요. 그리고 모든 장인들에게 새로운 활을 만들라고 지시하시고요. 화살에 꼬치가 된 북부 귀족들을 떠올리니 배가 고파지네요."

간단한 음료만이 준비되어 있던 1층 홀은 순식간에 음식들로 가득 찼고, 후작은 게걸스럽게 고기를 뜯으며 화살 옷을 입은 공작을 생각했다.

후작의 잔인한 성정은 유명했다.

메이드를 매일같이 매질하는 것은 물론이고 기사의 종자까지 때려죽인 적이 있었다.

그런 그가 더욱더 잔인해지고 있었다.

왕국의 최고 권력이 곧 자신의 손안에 들어온다는 생각에 숨겨진 본성이 기어 나오고 있는 듯했다.

『스킬스』 2권에 계속…

초대형 24시 만화방

신간 100%, 샤워실, 흡연실, 수면실(침대석), 커플석, 세탁기 완비

- 일산 정발산역점 -

라페스타 E동 건너편 먹자골목 내 객잔건물 5층
031) 914-1957

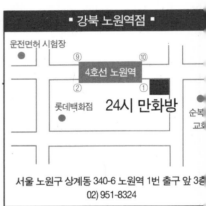

- 강북 노원역점 -

서울 노원구 상계동 340-6 노원역 1번 출구 앞 3층
02) 951-8324

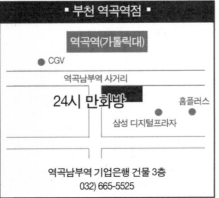

- 부천 역곡역점 -

역곡남부역 기업은행 건물 3층
032) 665-5525

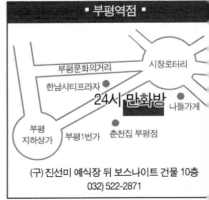

- 부평역점 -

(구)진선미 예식장 뒤 보스나이트 건물 10층
032) 522-2871

FUSION FANTASTIC STORY

성운을
먹는 자

김재한 퓨전 판타지 소설

『폭염의 용제』, 『용마검전』의 김재한 작가가 펼쳐 내는
이제까지와는 전혀 다른 새로운 이야기!

『성운을 먹는 자』

하늘에서 별이 떨어진 날
성운(星運)의 기재(奇才)가 태어났다.

그와 같은 날,
아무런 재능도 갖지 못하고 태어난 형운.
별의 힘을 얻으려는 자들의 핍박 속에서 한 기인을 만나다!

"어떻게 하늘에게 선택받은 천재를 범재가 이길 수 있나요?"
"돈이다."
"…네?"
"우리는 돈으로 하늘의 재능을 능가할 것이다."

Book Publishing CHUNGEORAM

네르가시아 장편 소설
FUSION FANTASTIC STORY

THE MODERN
MAGICAL
SCHOLAR

현대 마도학자

나르서스 제국의 전쟁영웅이자
마나코어를 개발한 천재 마도학자 카미엘!

그러나 제국의 부흥을 위한 재물이 되어
숙청당하는데……

『현대 마도학자』

죽음 끝에 주어진 또 다른 삶.
그러나 그에게 남겨진 것은 작은 고물상이 전부였다.

더 이상의 밑은 없다!
마도학자의 현대 성공기가 시작된다!

월야환담